李雪平——著

西北风

浙江文艺出版社
Zhejiang Literature & Art Publishing House

图书在版编目(CIP)数据

西北风 / 李雪平著. -- 杭州 : 浙江文艺出版社, 2025. 1. -- ISBN 978-7-5339-7768-9

Ⅰ. I247.5

中国国家版本馆CIP数据核字第2024VR9244号

责任编辑 罗 艺
责任校对 萧 燕
装帧设计 象上设计
责任印制 吴春娟
营销编辑 汪心怡

西 北 风

李雪平 著

出版发行 浙江文艺出版社
地　　址 杭州市环城北路177号
邮　　编 310003
电　　话 0571-85176953(总编办)
0571-85152727(市场部)
制　　版 杭州书道闻香图书有限公司
印　　刷 浙江国广彩印有限公司
开　　本 710毫米×1000毫米 1/16
字　　数 248千字
印　　张 19.25
版　　次 2025年1月第1版
印　　次 2025年1月第1次印刷
书　　号 ISBN 978-7-5339-7768-9
定　　价 78.00元

推荐语

这是一部系统反映西北高原部队军事生活的纪实性长篇小说。在我的印象中，还从未见过类似的作品。现有作品大多是蜻蜓点水，所涉不深，像《西北风》这么跨时代、身临其境的娓娓述说，生动真切，真的是第一次见到。

《西北风》讲述了高原部队里一支“农村兵”转变为正规军的蜕变过程。其间，物资贫乏，缺少粮食，想要保证部队稳定性、战斗力，战士们必须自力更生、丰衣足食。为了巩固国防，稳固部队思想，提升凝聚力，高原部队的前辈军人想了不少办法，一面要坚决维护纪律，一面要解决现实困难，看后我真的觉得我们的部队不容易。

书中塑造了一批可歌可泣、血肉饱满的普通军人。比如赵庆丰，他经常做好事，遇到困难冲锋在前，山体滑坡时，他义无反顾地去救人。他因救援受伤，导致生活不便，上级要给他二等功，但他想着照顾战友徐闻香，觉得自己受伤复员，要了二等功没什么用处，而战友徐闻香若获得二等功则可以提干。一个舍己利人、无私无畏的战士形象跃然纸上，让人泪目。

书中的男主角徐闻香，曲折的经历更是让人感慨万分。他是来自江南农村的青年，经历了恶劣自然环境的考验、生活习惯的巨大反差，仍然扎根于高原雪山上。他有才华，有抱负，业务精湛，遇到任务，他冲锋在前，遇到名利，他不争不抢，继续埋头苦干，入伍七年后才入党提干。作为一名军事、行政能力俱佳的军人，遇到边境战事，他是一定要上的，况且上级点名让他去侦察支队当参谋。这是一个看似有前途的任务，只要能活着下阵地，才华横溢的他一定会大放异彩。可让人难受的是，徐闻香下了高原，去了前线打仗，回来时却因为身体透支，不适合在高原部队继续服役，而不得不退出了现役，让人扼腕长叹！对部队来说，徐闻香如同一颗流星短暂划过，消逝无踪。

像徐闻香、赵庆丰一样的人物，书中还有很多。我们的部队正是有了这样的兵，才令国际上的敌对势力闻风丧胆。

不得不说，他们才是这支部队的灵魂所在。

——军事小说家：付勇军

序 言

在转业军人徐闻香的记忆深处，当兵的经历无论过去多少年都显得格外清晰，令他引以为傲，尽管当时他只是一名普通军人，并未功成名就。随着时光的流逝，每当回首青春，他惊奇地发现那些原本平淡无奇的往事早已成为扣人心弦的动人故事。

青年时代的徐闻香和千千万万普通青年一样，怀着理想和追求走进军营，放弃花前月下，挥洒青春热血，到部队去经受艰难困苦的磨炼。他们哭过、笑过、爱过，尽管遇到很多的坎坷、很多的无奈，甚至不公平，但还是坚定地走过来了，最终成就了军营大熔炉中永远不能忘怀的青春。

小说中的平凡事和平凡人，朦胧又清晰的战友面庞，会让曾经当过兵的人忍不住追寻自己的青春足迹，勾起遥远的思绪和情感的共鸣：那是曾经一起穿着军装，为祖国站岗放哨的战友；那是同吃一锅饭、同举一杆旗，为了国家利益舍生忘死、共同奋斗的战友；那是在困难时相互关爱过，在疼痛时相互抚慰过，在前行时相互携扶过而不图回报的战友；那是或许已经叫不出大名、记不清模样，但依然记得昵称、了解秉性并视为兄弟的战友。与战友紧紧相连的生活，是那样历久弥新。

故事讲述了以徐闻香为代表的一批基层军人鲜为人知的生活和内心世界。故事原型是一支被党中央称赞为“真正的无名英雄”的队伍，在特殊的条件下，他们坚定理想信念，认真履行保卫国家的神圣使命，不宣扬成绩，默默奉献在边疆。

军营是个大浪淘沙的地方，花落春去很多年，可那些事就像发生在昨天。

目 录

第一章
应征入伍

掷笔跨雕鞍
踏遍关山
旌旗猎猎鼓声环
罗帐三千云漠漠
谁在凭栏

莫道苦和难
瘦了衣衫
浮尘落日两盘桓
念起当年多少事
人已微酣

江南运河，一艘小汽艇划破了水平如镜的航道。

汽艇内，三位军官正襟危坐，正严肃地讨论即将到来的征兵工作。

“胡参谋，去年恢复了高考，录取率大约是百分之四或百分之五的样子。咱们要根据高考情况排查一下，把一些优秀的青年找出来。挑选的余地很大。去年为了高考，冬季征兵被推迟到了现在，目前边境部队人员紧张，战备任务依然繁重。这次把你从重要岗位上换下来，让你过来接兵，主要是想结合咱们部队的实际情况，招一些适合咱们自己发展需要的特殊人才！

“你要抓紧时间研究一下，接下来我打算把你调到训练大队去，配合他们训练新兵。你是年轻的老革命，工作很出色，你要把你的那些本领教给他们。”

说这些话的是一位年长的军官，约四十岁。他眉头紧锁，表情凝重，看起来心里很有压力。训练大队是个团级单位，下面有多个区队，军事训练和文化学习并重，重在选拔培养部队需要的专业人才。眼前军队乃至整个国家都正是用人之际，训练大队担负着重要的责任，要培养出高素质人才，这次征兵就得优中选优。

汽艇内另两位年轻的军官，年龄在二十岁出头。

“报告主任，我早就想去基层锻炼锻炼。”一位年轻的军官站起身，想跟年长的军官敬一个标准的军礼，可船上的空间实在太狭小了，于是只能欠一下身体。

年长的军官是政治部沈副主任，坐在他对面的是胡参谋。

“嘿嘿，你呀，可不要花言巧语。”沈副主任笑容满面。他有点谢顶，一副知识型领导的派头。他若有所思地对胡参谋说：“你该在全师露露脸了。这么灵活的脑子也要转在道上，让大家看到你能做事。”

“是，我一定创造更好的成绩。”

“别说空话，到时候实实在在地把培训计划给我看看，再跑几个大学去特招几名教师。我打听到了，这里的大学有几位水平很高的老师，你去做做工作。”

“是。”

“这里是相对富裕地区，以前尽出才子佳人，整体文化素质都比较高。我在县城听他们说，有一个数学特别好的小孩，你要把他招进来。”

“报告主任，我了解过了，他不在我们征兵的区域内。这里有好几个部队在征兵，可以说大家都在想办法抢人。”

“去去去！我是副主任，正团职，‘主任’可是副师，别往我脸上贴金。以后决不允许胡咧咧。”沈副主任故意板着一张脸训道。

“是！坚决服从命令！”胡参谋狡黠地答道。

“咱们先不说这些。你十四岁当兵，至今有十个年头了，成了老同志，怎么还死脑筋？我跟你讲，征兵哪有什么区域不区域的，部队都是一家子，分配在人家那里和分配在我们这里不是一样的吗？在这个问题上，你决不能含糊。你们平时硬拼硬打的那些工作作风，去哪儿了？要多动脑筋。不行的话，我去找他们的领导谈。这是上面承诺我的，我看中谁就要谁。”

“是。”胡参谋嘴上答是，可心里在犯难，这征兵又不是打仗。不过质疑归质疑，上级布置的任务还是要不折不扣执行的。

“还有一个，王副师长的小孩，他也在这里。记得小时候他光着脚丫子在院子里的雪地上满院乱跑，你想想咱们那大西北的生存环境多恶劣啊。我要看看这小孩现在是不是块料。这不是开后门，是种子不一样。”

“是。”

沈副主任对另一位军官说：“曹军医，这些兵的综合素质你要给我把把关。他们既要机智灵活，又要能适应环境，还要有良好的心理素质，锻炼出来以后干啥都要行。咱们的工作，一般人是难以胜任的。”

“是。这些小孩只要站在我面前，我就能看出个八九不离十。”曹军医大声回答。

“你的水平是大家公认的，但我要看实际效果。”沈副主任继续嘱咐。

“是。”

汽艇从运河转入镇区河道，眼前出现了一座江南古镇。古镇主要由一条河两条街组成，河上布满石桥，人家临河而居，石台阶从街上延伸到水里。砖木结构的民居依水而建，雕花木窗、紫红门面、斑驳墙壁，家家户户似乎都住在美好的古典诗词里。有几家斑驳的院墙上攀爬着古藤，镶嵌在粉墙黛瓦之上，如跌宕起伏的音符。卵石小街上，几个小女孩挽着竹篮在叫卖，柔软的声音在风中轻盈飘荡。河边的石台阶上，有人提水，有人淘米，河里的小木船吱呀吱呀地穿梭于桥下。

“你们两位看看，这里是否有点像《红楼梦》中的景象？难怪才子佳人都喜欢江南，这地方有灵气！哪像咱们驻地，连喝水都困难。”沈副主任和两位军官兴高采烈地议论着。

突然，从支河道拐出一艘大木船，六个粗壮的大汉在船的两侧奋力各摇一支橹。摇橹人往后仰的时候，脚踩在船板上发出整齐的咚咚声，速度比一般的木船要快很多，水面激起的波浪涌向岸边。船上有一个盖着三尺红头巾的新娘。唢呐声、锣鼓声吸引了两岸的居民，咚咚锵，锵咚锵！船上的人不断地往岸上扔糖。汽艇见状，赶紧放慢速度。

“师傅慢点，往浅滩边靠靠，让人家先走。”军人们不知啥情况，也想看个仔细。

大船从汽艇旁边驶过，三位军官基本明白了，那是艘接新娘的船。他们看了热闹正准备离开，可是汽艇搁浅了。

“师傅，怎么回事？”

“不知是搁浅了，还是被渔网缠住了。”

师傅急得团团转，难得给人民子弟兵开船，还遇到这等麻烦事。

没有竹竿撑，也不能下船看个究竟，正不知所措的时候，岸上有一个青年拿着一根竹竿，用力把汽艇往外撑。青年用尽了力气还是不管用，于是干脆卷起裤管走进冰冷的河水中，将竹竿重新撑进船底，用肩膀奋力一扛。小汽艇晃晃悠悠地脱离了浅滩。

“嘿，这小伙子不错，还主动来帮助咱们。”三位军官不住地称赞这个小伙。

沈副主任对胡参谋说：“这小子的身体素质不错，品质也好，估计水性也不会差到哪儿去。”

“是，我留意一下。”胡参谋明白他的意思。

军官们头一回见到这种水乡风土人情，随船饶有兴致地边走边看。这里的居民少见汽艇，更少见军人——县政府的大门口倒是有一个站岗的军人。岸上的人群围观了婚船后就开始指指点点，讨论这艘木质小汽艇，猜出这是要征兵了。

这年月，军属人家的大门上会贴有一张“光荣人家”的红纸，熠熠生辉，引人注目，是一种莫大的荣耀。每逢春节，政府还会派人敲锣打鼓地前来拜年慰问，街坊邻居见了十分羡慕。这是一种很好的国防动员和爱国教育。“一人参军，全家光荣”的口号家喻户晓，召唤着一批又一批的有志青年应征入伍，报效祖国，有的家庭甚至有多个子女参军。但是，不论是义务兵还是职业军人，只要走上从军路，比起光荣，军人和家属都需要更多地承受孤独、清贫和奉献。军人用人生最美好的年华，以世俗难解的方式，一往情深地寻觅着生命的热烈和璀璨。

几天后，人武部的徐部长带着胡参谋来到徐闻香家。

“就是这一家。”

两人的突然出现，吓了徐闻香一大跳。他正在复习功课，看着眼前这个英俊的年轻军官，不由得站起身，不知所措。

胡参谋认真打量着这个年轻人，觉得有点面熟，问："你不会是上次帮我们推汽艇的那位吧？"

"是，是我。"徐闻香说话都结巴，紧张得晕头转向，一手提着热水瓶，一手拿着茶叶，却不知茶杯在哪儿，嘴里还不停地招呼着，"坐，坐，请坐。"

徐闻香的家是一座清代古宅，外表陈旧，内里光线昏暗，有点像破落的贵族家院。大家围坐在天井的石台前，泡上绿茶。胡参谋观察着徐闻香的体型、眼神和一言一行。

"徐闻香，不说你也明白吧？胡参谋已经去过你们学校了。"

"是让我参军吗？我没说要去参军啊。"徐闻香感到有点意外。

"啥？人家打破头争着要去，你怎么……"徐部长更觉得意外——人家是哭着喊着要去参军，你可好，送上门来的还嫌便宜，对方能不能看上你还不知道呢。

"徐叔叔，是这样的，去年刚刚恢复高考，我的分数勉强达到分数线，不理想，我正在准备今年的高考，打算考师范做一名教师。当个小兵有啥意思？考个军校还差不多。"

听了徐闻香的一番话，胡参谋蓦然一愣：还真是头一回发现不想当兵的人，这是嫌当小兵没出息？看来恢复高考以后，青年人的追求转变了。

"小徐，我给你讲，恢复高考以后，院校招生规模的扩大会有个过程，而且暂时还没有军校到你们这里来招生。我们这次征兵的是训练大队，是培养专业技术人才的，是文化兵，被选中以后虽然不上军校，但也要读书，这是一个学习文化的好机会。别人不说，就说我自己，我十四岁当兵，到现在也没有放下过书本呀。"

"你十四岁就当兵？"徐闻香好奇地问。

"是。具体就不给你解释了，但可以告诉你，我初到部队还趴在地上打弹球呢。"

这话引得大家笑了起来。

“胡参谋是位翻译。”徐部长插了一句。

“天哪,翻译?”徐闻香很惊讶。

徐闻香在高考与参军之间摇摆。相对而言,高考更有吸引力,平民百姓的子女好不容易才盼到了高考的机遇,可眼前的这位军官唤醒了他的军人梦想。能在战场上保家卫国、挥洒青春,是多么英勇的模样。穿着四个兜的军官服,加上红色领章帽徽的点缀,胡参谋顿时就成了徐闻香心中的偶像,何况人家还是吃穿不愁的国家干部,还是这么有文化的翻译。在社会上,没有哪种服装会比军装更帅气,全民爱穿军装,舞台上的演出也有许多是穿军装的。

“那就容我考虑一下。”

“我跟你讲,想去的人都挤破了头,能不能轮上你还不知道呢。抓紧考虑一下。”

徐部长带着家访人员走了,心里挺不痛快的。江南的生活比较富裕,以前知青回乡,选择参军的人不少,现在打算参加高考的倒多起来了。

徐闻香送走了客人,在家冥思苦想。次日,同学赵庆丰找上门来了。

“徐闻香在吗?”赵庆丰在大门口喊着他的名字。

“哎哟,是赵庆丰。你这段时间在哪儿呢?怎么音信全无?”

“嘿,说起来话长。前段时间不是号召参加劳动吗,我在湖边打砖坯,累着呢。”

徐闻香招呼着他坐下,倒上水。

“那你是工人?”

“什么工人,工分都拿不到几分。你看看我的手。”

赵庆丰伸出了粗糙的双手,徐闻香看了啧啧叹息。

“我正要找你商量呢，部队来征兵了。”

“我不就为这事过来的吗，你的想法如何？”

“思绪很乱。刚刚恢复高考，我如果去参军就等于放弃高考，要二选一有点难。”

“我的想法很简单，能穿上的确良的绿军装就行。”赵庆丰拍打着自己的衣服，上面尽是泥土。

“你的意思是选择参军？”

“是。”

“你父母同意不？”

“他们肯定支持。你父母同意了吗？”

“我哥已经在服役，所以他们基本上不赞同，舍不得我走。但是，我也挺想参军。部队的生活是我向往的，男儿就应该做点有血性的事业，理想要远大。何况我从未离开过家乡，参军也是一次机会，可以见见世面，看看大好河山，丰富自己的阅历。国防事业是一片广阔的天地，一定有我们大展拳脚的地方，说不定还能开战斗机呢。”

“是的。听说今年招收的还是技术兵种？”赵庆丰显得神秘兮兮。

“是吧，听说是专门培训技术人才的训练大队。”

“那行，咱们一起去试试。还不知能否过政审关呢，不行的话我就考虑写血书。”

“嘿，你还会这一招？”

“那是！听说好多人都这么干，我可要主动一点，不然别说是当兵，就是当个民兵都没戏。”

“明天咱俩一起去找接兵的军官聊聊。”

“好，借机把我的情况也去解释一下。”

赵庆丰还挺有心计的。他找到了接兵的军官，展示了他的高考分数，并和军官议论了一番数学分析中的几个问题，借以说明自己在超前学习。他另外带上了毛笔和纸，当场书写了“雄关漫道真如铁，而今迈步从头越”几个近似于欧体的字，还临场表演了几招太极拳。

接兵的军官一看，这小子不错啊，就同意让他参加体检，结果还真顺利地通过了。对于出身贫穷的赵庆丰来讲，从军也是他从小就有的梦想。

徐闻香也顺利通过了。

征来的新兵集中在县城的党校里，有多个部队在此接兵，徐闻香他们六十九名新兵被安排在几间仓库里等待出发。其中一间是堆放柴火用的砻糠仓库，大伙儿把小山似的砻糠整平，铺上稻草睡在上面。新军服的樟脑味和臭脚丫味混杂在一起，不过睡地铺的集体生活让他们感觉还挺新鲜。他们即将离开生活了十多年的故乡，迎接崭新而具有挑战性的军营生活。他们相信自己，相信只要对生活和未来充满信心，就一定能坚强地走下去，部队是大熔炉，要锻炼出男人应有的气概来。

“陈亚军，你怎么也在这儿呢?”

徐闻香在砻糠间里意外地发现了老同学陈亚军，两人高兴地拥抱在一起，脸上露出了笑容。和老同学去同一个地方当兵，外出有照应了。

这年的新兵大都出生于三年困难时期，由于食物不足的原因，那几年出生率很低，所以这批当兵的大多是同学或同乡。徐闻香与陈亚军是初高中同学，后者下乡后当过代课老师。

陈亚军算是个数学才子，高中期间不认真听老师讲课，自吹他去讲课还差不多，结果被老师骂“无法无天”。有一次老师故意为难他，把考试卷出得很难，想看他还怎么牛，谁知全班同学都考趴下了，他居然还能得八十多分。从此，老师对他另眼相看。

大家正围在一起说着闹着，徐闻香看见赵香花在另一个姑娘的陪同下走到了砻糠间门外张望寻找，格外引人注目。这里是清一色的小伙，穿着统一服装不好认。徐闻香谨慎地走过去问："赵香花，你这是？"

"我来找赵庆丰。"

新兵们把目光齐刷刷地聚集到赵庆丰身上。

"赵庆丰，香花来看你了。"

徐闻香和其他新兵们咧着嘴笑开了。

赵庆丰也发现了，赶紧站起来，拍打沾在屁股上的砻糠。赵香花二话不说，把十张八分邮票与一本塑料封面的笔记簿交到赵庆丰手上。两人低着头没一句话，脸通红通红的。"好好学习，天天向上，做一个雷锋式的好战士。"在笔记簿的扉页上，写着这么一句话。这时，陈亚军过来凑热闹，装着结巴问赵庆丰："这，这，这是你对象？"

"对象？是媳妇吧。"不知哪个新兵又冒出了这么一句，把赵庆丰羞得脸红到了脖子根上。还没等他反应过来，徐闻香又接着问："哎，庆丰，这本子里没夹情书吧？"大伙儿越说越来劲。

"接兵的胡参谋说过的，谁要是有情况，就留家里生娃，别去部队了啊。"

"胡参谋把祖宗三代都查遍了，才把大伙儿带到这砻糠间里，你们保密工作做得挺好呀，哈哈。"

大家你一言我一语，笑声不断。赵香花实在招架不住，为避免给赵庆丰带来麻烦，连再见都没说，乘机溜走了。砻糠间恢复了平静。

这年的春天来得比往年早，东南风一吹，党校里池塘边的柳树上新芽嫩叶贴着枝条在春风中微微摆动。柳树下，几株迎春花似乎在迎接早晨的阳光，竭力向上空伸展，枝条上的花儿傲然挺立，争奇斗艳。

早饭后，接兵的军官吹着哨子集合队伍，异常严厉。军官迅速分好班，重新整队。立正、稍息等动作，新兵们以前在体育课上也操练过。立正时他们注视着胡参谋笔挺军服上的四个兜，脚上的制式皮鞋，还有手腕上格外炫目的手表。军官里有好几个都才二十多岁，相貌英俊，他们比新兵大不了几岁，从气质上来看却要成熟很多。

“报告沈副主任，队伍集合完毕，应到六十九人，实到六十九人，请指示！”

胡参谋一路小跑，停下后“啪”的一声立正并敬礼。沈副主任还礼。

“十分钟后出发。”

“是。”

“全体都有：立正，向右看齐，向前看，向右转……”

口令刚出，赵庆丰就转错了方向，与徐闻香成了面对面。两人撞在一起，引得周围家长哄堂大笑，而指挥员胡参谋依旧绷着脸没有一丝笑容，口令喊得震天响。

“齐步走，一二一，一二一……”

胡参谋带着队伍走出党校，迎着朝阳，步行走向火车站。

徐闻香没有见过军列，想象中军列一定是荷枪实弹、威武庄严的，可来到火车站，发现眼前的军列他太熟悉了——这不就是拉煤装猪的闷罐子车吗？新兵们爬上车，车上大铁皮门关上后，再拉开一条缝隙透气，缝隙之间挂着条铁链，防止刹车时铁门滑动。

车厢内四周放了些稻草，新兵们解开背包挨个整理床铺。角落里有个洞，是茅坑。火车开动时，洞底下有风往上吹，车轮滚动咣当咣当的声音传上来。胡参谋说过，今后几天的吃喝拉撒全在车上了，蹲在上面解决问题时要提防着点，当心排泄物反窜。

徐闻香对这样的“军列”有点失望，不过他心底明白，既然去当兵，就要有吃苦的准备，要是现在就嫌艰苦，哪里能做一名解放军战士？徐闻香正想着，一位军官大喊一声，打断了他的思绪。

“赵庆丰！赵庆丰人呢？”

军官点名后,发现少了一个人,到处寻找。找了半天,结果在另一节车厢找到了。他正跟几个来自城市的新兵在吵架。原来,赵庆丰搬雪饼上车的时候,误把雪饼搬到其他车厢去了,只得下车挨个儿车厢辨认寻找。可所有的车皮和人员配置从外表看都是一样的,他不知道到底是在哪节车厢。觉得是在这节车厢里,欲爬上去看看。有几个新兵在城市生活的,物质条件相对较好,面对农村来的赵庆丰产生了优越感。其中一个身材高大的“城市兵”在车厢门口对赵庆丰吼着:“你要干啥?抢劫?你敢上来,当心我把你摔个半死!”

赵庆丰个子比较小,说话还带有母鸡声。城市兵见这乡下小毛孩穿三号军服还大——他穿的是一号军服——更是牛气哄哄。而赵庆丰也不甘示弱,叫着:“我找东西!就得上来!你让开!”

“嘿,乡下人也牛起来了,看我怎么收拾你!”

城市兵跳下车,转了几下胳膊活动关节,打算把赵庆丰三下五除二地按到地上。赵庆丰个头不高,却机智灵活,练过几招,以前还在砖瓦厂干过体力活。城市兵出手想抓赵庆丰的外衣,被赵庆丰看准机会抓住手腕轻轻一扭,以四两拨千斤之势摁在地上,疼得哇啦哇啦直叫,只能悻悻爬上自己的车厢。

在人山人海中,胡参谋听到了吵闹声,跑过去严厉训斥:“你干啥去了?无组织无纪律。”

“报告首长。”赵庆丰还没有学过敬礼动作,为了表示对首长的尊敬想举手敬礼,谁知手一抬,摆幅太大,倒把肥大的皮帽不小心戳到了地上,滚了几圈。他赶紧把帽子捡起来,拍去尘土重新戴好,又把腰挺直,继续说:“报告首长,我犯了错误,把一箱雪饼不知搬到哪节车厢了,正打算去找回来。”

“算了,别找了。乱弹琴。快上车!”胡参谋知道新兵刚入队,思想品格都还不高,现在还不是教育的时候,得赶紧归队出发。

“是。”

人差不多都上车了，陈亚军却跳了下来。

胡参谋问："你要干啥去？"

"首长同志，我肚子疼，实在不行了。我去厕所解决一下。"

"你们怎么那么多的毛病，车厢里不是有厕所吗？"

"首长，我实在瞄不准，怕会影响大家的生活环境，而且人也容易掉下去。"

"瞄不准，你后面搞干净就是了。以后几天怎么办？"

在胡参谋的批评下，陈亚军不敢吱声了。

"首长。"徐闻香站了起来。

胡参谋用凶狠的目光注视着他，问："又怎么了？"

"车上没有水，我是否可以下车打点水？反正现在火车还没开。"

"你们还有完没完？要是在部队，我非让你们全部跑上十公里不可。毛病！"胡参谋严厉起来。

其他新兵见有人受到批评，都乖乖的。

站台上锣鼓喧天，伴着鸣笛声，火车开始呼哧呼哧地启动。车厢的门缝前，很多新兵没有再去看父母的身影，更多的是承受父母追逐的目光，承受他们的不舍、他们的不放心、他们满眼的泪水。新兵们一心只管离开，从未回头张望，因为对前方充满好奇和向往，因为他们知道那份爱会一直坚实地存在。

新兵们靠边坐着，只知道火车往西北开，不知道部队具体在哪儿。这是他们离开父母的第一次远行。新兵们轮换着从门缝里看风景，三月的江南已是"草色青青柳色黄，桃花历乱李花香"的初春景象，火车踩着花儿绽放的节奏，朝着部队驻地的方向匆匆赶路。

当火车奔驰在南京长江大桥上的时候，见到大桥周围的灯火辉煌，新兵们欢呼雀跃，争先恐后地从门缝里朝外张望，验证他们以前从图片上看到的景象。这些美景让新兵们对未来的军营生活充满了憧憬和期盼。

“快到秦岭了。秦岭是南北分界线,出去就是黄土高原。大家把棉袄棉裤穿上。”

胡参谋一声令下,新兵们纷纷取出自己的棉衣。

“南方北方不是以长江为界的吗,怎么是秦岭?”徐闻香嘟囔着。

“你说的是江南江北。乱弹琴。”

徐闻香抓耳挠腮,轻声问陈亚军:“你知道咱们要去哪儿吗?”

“你事真多。部队首长不是说过吗,不该问的别瞎问。你自己不会辨别方向?这是在往西北方向开。”

“不会直接把咱们拉到边境吧?”徐闻香有点疑惑。

“怎么可能,要经过操练以后才能上前线。咱们是吃稻谷长大的,人家是吃肉长大的,力量悬殊,需要锻炼。但是你放心好了,啥事有我在前面挡着呢,怕啥。”

“你操练过?”徐闻香以怀疑的目光看着他。

“你当过民兵没?我还打过三发子弹呢。”

“哦,原来是这样。我看咱们是‘哥俩’,你也强不到哪去。”

两人笑了。

火车越往西开景色越荒凉,逐步展现出“千山鸟飞绝,万径人踪灭”的景象,松软的雪饼已干成铁饼,好像一不当心就能把人牙崩掉。从江南鱼米之乡坐了四天四夜的闷罐子军列,新兵们终于在凌晨到达了西北一个很小很小的火车站。

“把各自的行李带上,以班为单位按顺序下车。”胡参谋大声呼喊。

在瑟瑟寒风中,新兵们背起背包,提着行李,踏在了打滑的冻土上。凄厉的西北风一个劲地刮,徐闻香似乎听见了父亲的嘱咐:“那个地方常年下雪,路滑难行。”他抬起头,看到天在下雪,低头顶着风雪看着路面坚强地往前走去,留下一串弯弯曲曲的脚印。

往出口走的路上，正遇一辆货车停靠在铁道上，拦住了去路。长长的货车不见头与尾。这里没有天桥或地道，几个新兵乱哄哄地打算从车轮底下钻过去，胡参谋见状又是大喊："回来，从货车尾部绕过去！"不怪指挥员的口令喊得这样大声，这帮稀拉兵好不容易快带到家门口了，可不能再有什么闪失，再说，纪律、形象可是军人的第一课。

火车站有灯火，徐闻香看到，这火车站就是三间土房。

"我说，胡参谋，咱们部队在哪儿？这儿房子都没有啊？"

胡参谋瞪了一眼，说："以后有问题，先要敬礼并喊报告。一点规矩都没有。"

徐闻香悄悄做了个鬼脸。

初春的大西北没有半点春的迹象，大风凄厉呼叫着，风与雪一个劲地往人衣领中钻，打在脸上如刀刮一般疼。长时间的旅途疲劳，让部分新兵身体出现不适。徐闻香在车上，觉得鼻子下有股暖流，手一摸方知是流鼻血了，赶紧仰头止血。胡参谋看了一眼，不动声色。

"报告，我要上厕所。"赵庆丰在队伍里向胡参谋报告。

胡参谋一挥手，示意他到车站里去解手。这些新兵蛋子事情真多！

赵庆丰走到车站门口，见一块木牌子上写着"军民共建车站"，屋里有一个皮肤黑里透红的师傅在打瞌睡，便上前问："请问大伯，厕所在哪儿？"

师傅抬了下头，揉了下眼睛，说："我怎么成大伯了？"

赵庆丰看清楚了，对方原来年龄不大，就是脸黑了点。"不不不，大哥，我说错了。请问厕所在哪儿？"他快憋不住了，弯着腰，双手做好了快速脱裤子的准备，脸上一副痛苦的样子。

"在外面。"

赵庆丰到外面兜了一圈，只见"厕所"字样，愣是没找到厕所在哪儿，又回来了。他再问："大哥，厕所没找到。麻烦你帮个忙，让我用一下厕所，我快憋不住了。"

师傅看了一眼这个没有帽徽领章的新兵，似乎明白了。

"你这新兵蛋子！外面，就在外面。这里哪有什么茅坑，对着棚底下的松土拉就是了。"

赵庆丰才明白过来，刚才写着"厕所"字样的墙下是有一堆松土，上面有棚。

"回来。"师傅把赵庆丰叫住了，嘱咐他，"脱裤子要快点，当心把你蛋蛋冻住。"

不愧是军民共建车站，赵庆丰非常感激地把问题解决了。

有队伍在车站前集合，解放牌卡车的大灯照得这一片通亮，军人们忙碌着。小小的车站怎么有这么多的兵，还一派奔赴前线准备打仗的样子？

"徐闻香，你鼻子是否还在出血？"胡参谋问。

"报告胡参谋，已经停止了。"

"还有不舒服的吗？有的话赶紧下来，坐救护车走。"

为了表现出一不怕苦二不怕死的革命精神，新兵们谁都不示弱，没有一个要坐舒适的救护车。仿佛谁要是因呼吸困难倒下了，就不是一个坚强的革命战士。大家穿着一身没有帽徽领章的棉袄棉裤，顶着寒风，登上了敞篷卡车。空军的数十辆卡车也整齐地停在路边，车灯通亮，正在等候新兵的到来。这里是西北兵源集结重镇，军人们到达这里后，再分散到各地。

晨曦中，依稀可见沟壑纵横、植被稀少的西北高原样貌。窄窄的公路两旁，伫立着几株笔直的白杨和零星的土房；杨树没有一片树叶，只剩下枝丫在黑夜里张牙舞爪；风雪在卡车的灯光中快速翻卷。南方来的新兵们第一次离开父母远行，被眼前的景色惊呆了，互相开玩笑说："咱们不会是在月球上吧？"大家把皮帽拉下来，戴上口罩和手套,相互偎依在一起。

陈亚军的表情却与众人完全相反,瘦弱的身体在寒风中没觉得冷,他感到莫名的亲切与熟悉。卡车在快速行驶,他始终站在车厢边缘,拉着木架辨别路边的景象。

卡车开了一阵,排气管的响声越来越大,它排出的不是废气,几乎就是汽油。司机还没完成左转就要右转,再猛打方向盘又要左转,车速越来越慢,直至停了下来。有的战士开始翻江倒海地呕吐。

胡参谋坐的是吉普车。他跑下来站在卡车前方发令:"下车,大家下来推车。"这时徐闻香才明白了,原来是车爬不过坡。他主动到后面去推车,将侧面让给别人。在这高原地带,人稍微用力就气喘吁吁。汽车慢慢往上爬,还没到顶却开始往后溜。胡参谋一看不妙,又是大喊:"危险,闪开!"接下来,几辆卡车干脆往后倒了一段距离,接着又加足马力冲刺。空车终于过了山坡,新兵们乱哄哄地爬回车上去。在车上,徐闻香鼻子又出血了,也不敢吭声。

卡车来回几次过坡,一路颠簸,终于在一个叫百家村的地方停了下来。所谓的百家村,其实只有几户人家。零零散散的土房里飘出烧暖炕的烟味,静静的村庄连狗吠声都没有,分外凄凉。新兵们耳边只有嗖嗖的风声。

"下车,快下车。"胡参谋又在大风中喊叫,嗓子都哑了。天实在太冷,要赶紧下车才行。

徐闻香以为又是卡车爬不过坡,跳下来后等待口令,准备推车。

"同志们,大家看看,这就是咱们的军营。你们要在这里成为一名真正的军人。"

胡参谋声音高亢激昂,感慨终于完成了接兵任务。新兵们却缩紧脖子,望着土坯围墙和土房院子在犯疑惑,怎么也不能相信这就是军营——与当初的想象差距太远了。

"胡参谋,这就是军营?"徐闻香问。

胡参谋怒不可遏，说："我跟你说过多次，我在说话，你别来打断。要想说话，先喊报告，得到允许后你才能说。明白了没有？稀稀拉拉，就是改不了自由散漫的德行！"

"是。"这回徐闻香学会了向胡参谋敬礼。全体新兵开始慢慢了解部队的规矩。

"这里是咱们部队人才的摇篮，很多优秀的军官就是从这里走出来的。你们在这里不仅要开荒种地、养猪种菜，还要进行为期三年的强化训练。这里原来是一座劳改农场，后来为了保卫边境的安全，改为军营。"

新兵们这下明白了军营的来历，难怪横看竖看也没看出威严之感。

"报告胡参谋，我们不去边境打仗？种地养猪的话，我们在家乡干不就得了吗？"

"你怎么又犯病了？"胡参谋对徐闻香真有点怒了，没有哪个新兵是这熊样的。

"同志们，训练大队队长和政委来迎接你们了。我给大家介绍一下，这位是程队长，这位是尹政委。下面请尹政委作指示。"

队伍里传来了稀疏的几下鼓掌声。新兵们头一回听到"政委"这个称谓，眼睛盯着政委看，不知级别有多高，毕竟小时候下军棋只知道排长、连长什么的。后来才打听到，政委是负责政治工作的干部。

"同志们，"尹政委说，"大家旅途辛苦了。你们今天站在这里，就站在了打击敌人的前哨。你们肩负着重要的使命，三年的强化训练后，你们必须要成为名副其实的人才，只要你们站在这里，敌人就不敢轻举妄动。如果你们做不到，就只能卷铺盖回家。在这里训练的除了我们训练大队的新兵，还有师部派来的其他受训团班，你们要互相学习，力争进步。今天，食堂为大家准备了大米稀饭。你们先回宿舍整理一下，等一会儿去食堂喝完稀饭就赶紧睡觉。今晚很冷，你们赶紧进屋，明天开始新兵训练。”

“全体都有：立正！向右看齐！向前看！向右转！齐步走！”

胡参谋带着队伍走进军营，安排各班进入宿舍。十多个新兵住一小间宿舍，宿舍两侧对称有大通铺，中间留上一条走道。床板上已经放好一块块七十公分宽的羊毛毡，这就是睡觉的地方。宿舍里有取暖煤炉，烟管子从屋里伸到墙外。新兵的开水和洗脸洗脚水就指望这煤炉。煤炭紧张，运输困难，天气不太冷大家就轮流关闭煤炉，唯留几只烧烧开水。

“徐闻香，你在家时吹牛不缴税，说什么飞机、大炮和坦克，还要实现什么梦想。这下可好，啥都没见着。咱们说好的，是心甘情愿来吃苦的，谁也不许打退堂鼓哦。”

赵庆丰边拆背包，边埋怨徐闻香。

“慢慢来，具体啥情况还不知道呢。咱们是来干革命的，你别遇到挫折就发牢骚。”

其实徐闻香自己心里也犯嘀咕。

“人家国外不是说了吗，说我们的军人拿起锄头来比操纵枪杆子还熟练。这里我还得帮人家补充一个充分必要条件——有水才行。”

“对呀，你们有谁看到地里有庄稼？”

新兵们七嘴八舌地议论着。

胡参谋过来了，看看大家安顿得如何。新兵们在老兵的指导下正在学叠被子，被子折叠以后，拍拍打打，就变成方方正正的豆腐干形状，再用手捋了又捋，把皱纹捋平，使得被子各边高低一致，有棱有角，整齐划一。

“同志们，条件还不错吧？咱们训练大队的住房条件是全师最好的。想当年我们刚来的时候，这里就是一座大山上的几间土坯房，荒无人烟。我们每年打土坯多造几间，现在还有了砖瓦房，接上了水，种上了树，地里还能种菜。你们这算是前人栽树，后人乘凉了。”

新兵们苦笑起来——原来如此。

"知道你们新兵吃不了苦。要知道,咱们训练大队的其他老同志全部住在周围的农民家里和帐篷里,他们的生活条件比你们要艰苦得多。接下来咱们要把烂泥巴操场修整一下,搭个篮球架,另外养猪种菜,还要把周围的荒地改造成良田……"

"胡参谋,这里是不是离边境很近?"

徐闻香还是期待上前线做英雄的。

"这里到边境确实不远,但也没那么简单。有些事不该问的别问,这是纪律。"

徐闻香明白了。和平时期不太平,部队要为今后的战争做准备。

军营没有想象中的气派,只是一个土坯院落,和周围的村庄浑然一体,外界根本就不知道这儿是部队。大门口有一盏昏暗的电灯在风中摇晃,灯下站着一个军服洗得发白的哨兵。部队有规矩,只要对方比你早当一天兵,就要喊人家老兵,不管你的年龄是否比他大。有的人为表现出自己是老兵,还故意把军服洗得发白。

破旧灰色的院落,三横一纵的平房,木头窗户被大风折磨得支离破碎。新兵们昨晚没有吃到晚饭,现在早就饿得前肚皮贴着后肚皮,连句话都懒得说。他们喝了碗稀饭暖和一下,把叠得整整齐齐的被子散开,赶紧草草躺下睡觉。颠簸了四天四夜,浑身散了架似的,满怀的豪情壮志也只能先搁一搁。

这里气候恶劣,土地贫瘠,沙尘风暴频发,寒冷又干燥。半夜,风声大作,窗户抖动,风雪不停地从窗户和屋顶的缝隙里溜进来。不少新兵被惊醒,有的还坐起来看个究竟。透过窗户可以看见有手电筒在闪烁,那是值班军官在查铺巡视。胡参谋轻轻走进宿舍,给睡着的新兵盖实被子,摆正毛皮鞋,如关心自己的孩子一般。

第二章
初到军营

清晨，嘹亮的军号声打破了旷野的寂静。新兵们从梦中被惊醒，懵懵懂懂不知身在何处，就被班长赶鸭子般地催着："快点快点，把衣服穿好，到操场集合。"新兵们知道在部队动作要快，有的提着衣服就直接奔了出去。

"稍息！立正！向右看齐！向前看！稍息！立正！"

各班班长正集合队伍，按身高调整次序。口令声响亮，泥土飞扬——操场上的积雪已经被老兵们铲除了。新兵们大多没有睡醒，见这阵势，也马上振作起来，整理服装，检查自己的军容，学着拿出点军人的样子来。

"队长同志，队伍集合完毕，请指示。"

胡参谋"嘎"的一声转向，一路小跑到队长跟前，又"啪"的一声立正并敬礼。

"请稍息。"

"是。"胡参谋小跑回队伍前面，发出口令："稍息。"然后站在队伍的带队位置上。

程队长走到队伍前面，锃亮的皮鞋格外引人注目。"立正——"他的口令声响彻云霄。这个响亮不只说它声音大，隔栋楼都能听见，还指它能立刻让人感受到职业军人的威武。

新兵们吓得全神贯注地听着口令，不敢有一丝的懈怠。以前他们羡慕胡参谋的英姿，现在却钦佩程队长的威武。程队长个子矮墩墩，但身板笔直，脸色黝黑透着红，浓眉大眼炯炯有神，神态严厉，从不见笑容。他的皮鞋锃亮，是制式三节头黑皮鞋，能在泥土操场上走出咔咔直响的脚步声。在火车上，胡参谋曾说过，程队长是步校高才生，上过火线，平时走路每一步的尺寸都是一样的，性格刚正不阿，一往无前，且视死如归，有典型的军人风范。

一阵大风过来，卷着沙土残雪在人群中肆意穿梭，把程队长锃亮的皮鞋吹得满是泥沙。新兵们为避开风沙，低头的，转向的，什么动作都有，整齐的队伍便变得歪歪扭扭，只有队长站在那里纹丝不动。这里确实没有一块平坦宽广的操场。

“站好了！”

听到队长的命令，新兵们不敢乱动，重新笔挺站着。

简单的队列操练后，胡参谋带着队伍跑出营区，上了窄窄的公路，练习连续上坡。早操没有负重，也不要求速度，但没跑多远，就有人缺氧了，新兵们开始叫唤。

“不对啊，我在家跑步像飞一般，今儿怎么跑不动呢？是在火车上没吃好睡好呢，还是毛皮鞋太重的原因？”徐闻香喘着粗气，边跑边与赵庆丰说话，话语含糊不清。

“我不也是一样吗？腿没劲。”赵庆丰也是张着大口，拼命地在呼吸。

队伍里不准说话，大家龇牙咧嘴地坚持着。还没跑出两公里，就快要散架似的，踩在积雪的冰碴路上脚直打滑。风吹在脸上真如小刀刮似的疼。徐闻香记得胡参谋说过，这里天冷，不能张开嘴巴直接呼吸，可现在不张开嘴巴能行吗？

“我说赵庆丰，这地方咱们江南人可能适应不了啊。”

“这才刚开始，时间长着呢，你怎么知道不行？以后还要去和敌人打仗呢。”赵庆丰的体力稍微好点。其实因为干燥，他的嘴唇在火车上就出现了皲裂，说话很困难。

“这里的天是黄色的，咱们把尘土全吸到肺里了……”

“所以胡参谋嘱咐咱们尽量用鼻子呼吸。”

“各班注意队形，跟上。”

胡参谋在前面带队，控制着速度，时不时回头看看这些兵的表现。程队长在后面压阵。徐闻香感到头昏脑涨，两眼发花，四肢无力，咽喉与胸口因呼吸急促开始疼痛。平时他好强，可今天实在招架不住，胃也疼了，便左顾右盼，第一个退出队伍。他弯着腰，双手撑在膝盖上，大口大口呼气，嗓子眼涌上一股血腥味，鼻涕眼泪也全出来了，狼狈不堪。这里气温低，肌肉容易抽筋。他顽强地把身体站直，慢慢走动。新兵们实在招架不住，陆续有人退出队伍，仰天喘气。在这个地方跑步，怎么会这么累？

“立定，向后转，跑步走。”

程队长的脸上从无笑容，数百米以外都能听清他的口令。他明白这些新兵的情况，知道要量力而行，循序渐进，硬撑只会伤身体。下坡总算好一点，只是坡太陡，脚尖时不时要点一下刹车。

到了大门口，胡参谋说自己当了十几年兵，天天这样出操，算是家常便饭。徐闻香听后暗自忐忑——他真不知自己能不能练出来。他明白，这才是万里长征第一步，今后自己还会执行越野、登山和战备任务，更多的艰难险阻还在后面。

刚才还精神抖擞的新兵们，现在个个灰头土脸，蔫了，有的干脆勾肩搭背，相互扶着，看来是真走不动了。

军营旁边有个村庄，几家土坯房子弥漫出烧炕的烟味。土房边站着几个满脸高原红的少年，他们头发凌乱，穿着破旧，好奇地观望着出操队伍。有一个小孩在吃煮土豆，掰出一半给他弟弟。这里的人不太容易吃到白馍。他们穿着简陋的皮鞋——一块牛皮钻几个孔，用绳子代替鞋带，把脚伸进去后再用绳子系上就算好了。这种皮鞋江南人还真没见过。

只见一个穿着黑色棉袄的农民走在路上，身体佝偻，腰部挂个小布袋，扛着铁锹，顶着风走。他是要下地干活去吗？

这里的天黄澄澄的，高低不平的小路边堆满积雪，凛冽寒风在地上打转，发出呼呼的凄厉叫声，风雪和尘土一个劲地往人脖子里钻。

站在军营门口，徐闻香判断出这里的海拔有点高，估计平地在海拔三千米左右，而山上的海拔更高些，气温在零下十几摄氏度的样子。环顾旷野四周，遍地是乱石、沙土和山丘，远处的高山顶上白雪皑皑，云遮雾罩，他不由得缩紧脖子。

大山到这里形如喇叭口，峡谷里的气流则让这里整天刮着呼叫的大风，如台风一般卷着沙尘横扫一切。当地人称这里是黑风口。黑风口的大风一年刮到头，加上植被稀少，造成风沙肆虐，遮天蔽日，就连公路上稀稀拉拉的杨树都是顺着风向歪着长的——树刚栽下就被刮得直不起腰，长大就成了斜树。人在路上需低着头顶风走，脸上、口腔里、脖子里、衣服内全是沙土。

新兵们在公路上出操，有时会与空军的队伍相遇，因为附近还有个空军团和航空兵基地。听老兵们讲，这里的冬天没法洗衣服，衣服晾到外面，会立刻冻成冰块，在风中硬邦邦地晃荡。冬季基本上也不洗罩衣和床单。据说等天气暖和点，洗了衣服都不用晒太阳，风里一吹就全干了。

宿舍的窗户是木框加双层玻璃，主要是因为风沙太大。“一天三两土，白天不够晚上补”，晚上睡觉前，要把被褥拎起来抖上几下。新兵们在这样的环境中训练，不能像老百姓一样将脖子和脸包得严严实实，不管沙尘多大，也要像个军人的样子，维护军容。没有一不怕苦二不怕死革命精神的人，不可能成为一名合格的军人。

从小就向往军营的新兵们昨天凌晨到此没看清楚，现在才算看清楚了自己的营区。土坯围墙，泥土操场，破旧陋室，朽木窗户透着风，看上去就像民用住房。院子里有几株枯萎的杏树，几棵苹果树。食堂边的猪圈就用石头垒了一圈，有半个顶，两只猪在里面嗷嗷乱叫，不是饿着了就是冻着了。还好，室内有张乒乓球桌，只是没有球网，拿一根木棍搁在中间。操场上还有个篮球架，也没有球网，球筐歪着，被大风吹歪了，一看就是老兵自己业余做的。泥土场地有待整理，而茅坑边有一块空地，干得冒烟，寸草不长。远处的小溪边深深的乱石层中有一口深井，井上有座高高的水塔，把井水从地下抽上来饮用——冬天水管常会冻住。不巧，新兵入伍的第一天就没有水喝。

“同志们，今天对不住大家了。因天气冷，水管被冻住了，咱们储存的水又不够做早饭，只能晚一点开饭了。山坡下有条小溪，大伙儿跟着炊事班长，去把冰层砸开打水。”

胡参谋派工后，新兵们拿上工具和水桶乱哄哄地涌出军营。这下可不管军容风纪了，个个把皮帽放下来把脸捂个严实。

在这里，新兵们干活事倍功半，他们走在高低不平的山路上不断地晃荡，一桶浑浊的水挑到军营只剩下半桶，折腾了好久才算搞定。

新兵们饿了，等着快点开早饭。部队有规矩，吃饭前要先集合队伍，唱歌比赛，然后再进食堂就餐。拉歌是一项业余训练项目。吃饭前要拉歌，看电影要拉歌，看比赛要拉歌，只要有人员集合的地方都要拉歌。拉歌讲的是一种气势，是一种精神，通过歌声来激发大家的斗志。当听到其他队列里发出震耳欲聋的歌声时，战士们仿佛遇到了强劲的对手在挑战，强烈的集体荣誉感油然而生，决心一定要超越对方，发出更为响亮的歌声，让激昂整齐的歌声直冲霄汉，直至胜利。拉歌获胜的标准是唱得响唱得齐，为了把歌唱得响亮，多数人会把演唱变为吼叫。

食堂前，战士们着装整齐，尽管没有红色领章帽徽的辉映，也照样显得英姿勃勃。

“一班长，带头唱一首！”胡参谋发令。

钱班长一愣，抓耳挠腮，脸一下红了起来。我哪会唱歌？让我领唱？我混在人堆里还不会冒泡哩。无奈之际他灵机一动，推荐班里的郑君桦来指挥并领唱。呵，他这独唱歌手在中学里就被女同学们紧追不舍，正好来表现一下。

“日落西山红霞飞，战士打靶把营归，把营归……”一班开唱了。郑君桦不负众望，姿态优美地挥舞着双手，引来大家一片赞赏。

“说打就打，说干就干。练一练手中枪，刺刀手榴弹……”二班开始了。郑君桦表现得这么优秀，我们也不能示弱！二班副许卫国毫不示弱，脖子上青筋暴突，自告奋勇带领全班放开喉咙。他们的歌声如喊口令一般。陈班长暗中得意：看看咱们的阵势，可不是吹牛的，说不定会成为红旗班！

“向前向前向前……”三班徐班长的二杆子劲儿上来了，非要模仿专业指挥，站到食堂拣菜用的破凳子上，凳子在坑坑洼洼的地上不停地摇晃。队伍旁边的陈干事一看徐班长的架势太业余，实在看不过去就让他歇歇，自己来帮着指挥。

“四班，来一个！”

“我是一个兵，来自老百姓……”四班也不弱，铿锵有力，吼声震天。

这时五班长一想，坏了，这些熟悉的歌曲都被他们唱过了，那我们唱啥？事先也没排练一下。他思索片刻，对了，我们干脆别具一格，唱首温柔一点的《在那遥远的地方》？不行，大家不一定背得出歌词。

“九九那个艳阳天来哟，十八岁的哥哥呀坐在河边……”五班长带队开唱。他想着要唱得最响亮,最好能让其他区队也过来驻足观看,那才美呢。班副金鸣的眼珠骨碌碌地转,感觉有点不太对劲:拉歌怎么能唱这种歌? 下回还是由我领唱吧。

五个班轮番唱了一遍。一班长觉得亏了,他们怎么这么厉害? 他跃跃欲试,叫嚷要搞第二轮。可班副张大伟早就吼得口干舌燥,眼冒金星,肚子饿得咕咕叫个不停,他递了个眼神——后面有机会。一班长便作罢了。

总算要进食堂了。食堂只有临时用木板敲上几只钉组装的几十张简易方桌,没有凳子,一个班围着一张桌子站着吃饭,目的可能是让大家吃快点。坑坑洼洼的泥土地,还算压得结实,只是走路要当心,别崴脚或绊倒了。木头窗架支离破碎,有的用木板钉住,不管怎样,倒还是能遮风挡雨。

各个班长拿着两只洗脸盆,打了一盆馒头和一盆土豆丝,放回桌上让大家分着吃。这些江南兵在老家把馒头与包子叫混了,有馅儿的也叫馒头,这里是没馅的才叫馒头。徐闻香原本还等着肉馒头,看来是没机会了。也是通过这顿早饭,南方兵知道了从此以后自己要努力改变饮食习惯。

馒头和土豆丝的搭配,南方兵有点不习惯。南方的洋芋只有乒乓球大小,很糯,而这里的土豆足有半斤、一斤重,切出来的土豆丝比萝卜丝还长。

“这土豆这么大,不会是吃了发酵粉长大的吧?”

“这你就说错了。这边的沙土适合土豆生长,吃了以后能长身体——你看看本地人的身材。”

徐闻香边吃边用眼睛观察食堂里的情况——角落里一个洗澡盆大小的铝锅里有黄澄澄的羹汤,军官们都在喝。

“班长,那是鸡蛋羹?”徐闻香用手指点了一下,问陈亚军。

“不知道啊。我端着盆先过去看看情况。”

其他班长见状纷纷跟上，毕竟大家吃干馒头都不太习惯。班长打回来的一盆羹被新兵们叽叽喳喳、争先恐后地围住。

“哈哈。”徐闻香一看可以吃鸡蛋羹，也感到胃口大开。

“吃饭不准说话。”

程队长大声一喊，大家就不敢吱声了，整齐地发出“呼噜噜——呼噜噜——”的喝羹声。

徐闻香也美滋滋地喝上了一口，可还没咽下去他就愣住了：

“陈亚军，不是说鸡蛋羹吗？这是啥？”

“我没说是鸡蛋羹呀，是你在说。”陈亚军也是一头雾水，不知这是啥东西。

“怎么这么粗硬呢？”

“这是粗粮，吃了以后拉歌才厉害。”

“别扯。我不想吃了，能不能倒掉……”他觉得自己还是吃馒头更合适。

“我看不能。”

“那怎么办？我打了这么一大碗……”

“谁在说话？站出来！”这下程队长真的发火了。

徐闻香被罚站不许吃饭，算是杀鸡儆猴。

“你以为部队是你家开的，由你性子想吃就吃、想说就说？我看看你们这懒散的作风改不改得了。”

三分钟过后，队长让他恢复吃饭，批评也点到为止。徐闻香知道，自己得慢慢适应这里的伙食，于是一口一口，艰难地把一大碗粗粮糊糊喝完了。这下倒好，肚子被一碗糊糊灌饱了，剩下的三分之一个馒头却吃不下了，于是他偷偷扔进了猪食缸。馒头漂浮在猪食缸上面。政委见状，赶紧走过去捞出馒头，甩了甩，抹一抹，又放嘴里吃掉了。徐闻香看见了这一幕，他的脸红了……

政委把大家召回来。

“同志们，部队粮食紧张，大家吃饭不能浪费，能吃多少就打多少，吃少了会没力气训练。我看有人把玉米糊糊全倒掉，嫌不好吃。它无非就是粉粗了点，你们慢慢会习惯的。改天吃小米饭，这里称之为糜子，带壳的，还要难咽，大家要有思想准备。这里我教大家一招，把馒头揪成小块，泡在玉米糊糊中，这样吃馒头滑溜。一个馒头二两面粉，一个吃不了就相互分一下。下回谁要是再把白馒头浪费了，我就让他吃玉米窝窝头。大家明白了没有？”

新兵们明白了，这顿早餐是部队里最好的早餐，有白馒头和土豆丝。

“明白！”新兵们异口同声。

这时大家才搞清楚刚才喝的是玉米糊糊。老玉米打成了粉，因为玉米粒子上的皮太老，太硬，打不细，做成的糊糊就像糠一般粗糙。许多南方人没吃过。

他们抢喝“鸡蛋羹”的情景让一些老兵笑得前仰后合，还把这当作新闻，逢人便讲，而新兵们则是一脸的尴尬。老兵们已经适应了玉米糊糊，虽谈不上美味，但确实是充饥的好东西。

操场坑坑洼洼，程队长早就想着等这批新兵到来后整修整修，好让他们打打篮球。早饭后，他指挥大家到外面挖土，把土与石灰搅拌在一起铺在地上，再用石头把地夯实整平。没过两小时，徐闻香就坐在那里喘气。

“怎么了？你的脸色不太对劲。”程队长关切地问。

“报告队长。”徐闻香想坚强地站起来敬礼，可还是一屁股坐了下来，他身上没劲，“队长，我有点头昏脑涨。但没事的，轻伤不下火线，比起两万五千里长征这算个啥。”

“少废话，你的脸肿起来了。”

“我也奇怪，怎么吃了玉米糊糊脸上就长肉了？”

“不对，你犯病了。”这时，陆陆续续又有十多个新兵出现同样的症状，程队长立刻明白了是怎么回事。他见卫生员站在旁边，喊：“卫生员。”

“到。”

“你去把炊事班的郝班长和司务长给我叫来。”

“是。”

不一会儿，郝班长和司务长跑步过来了。郝班长矮墩墩胖乎乎，胸前挂着白色围裙，脚上的毛皮鞋已快湿透，挂满冰碴碴，与众不同的体型让人一看就知道是炊事班的。

“报告队长。”郝班长跑到程队长跟前，赶紧立正敬礼。

“郝班长，你入伍多久了？”

“报告队长，您不是最清楚吗？”郝班长浓浓的中原口音，嘴里不断地冒着热气。

“你一个老兵了，怎么还犯这种傻！”程队长这么一说，大冬天的把郝班长吓得额头直冒汗。

“队长，我做错啥了？”

“我问你，早上从沟里打来的水干啥了？”

“队长，不是做玉米糊糊了吗？一百多张嘴等着吃早饭呢。”

“糊涂！你不长记性！我问你，这水能直接饮用吗？我们喝了没事，这帮新兵能喝吗？”

“队长，我不是着急吗？今天快要零下二十度了，咱们这水塔和水管只要低于零度就废了。”

“在营区，这点保障能力都没有，那到了野外你怎么办？”

“队长，我知错了。我赶紧想办法解决饮水问题。”

“眼前先这样——让师部后勤给派辆供水车。”

“是。”郝班长和司务长跑步回炊事班。

“卫生员，你看这些病号怎么办？”

“队长，依我看，最好送陆军医院。”

“胡扯！咱们哪来条件送陆军医院？这样，你联系一下门诊部，让派几名医生过来。”

“是。”卫生员敬礼后正要离开。

“回来。给他们讲，别让女医生女护士来，最好让接兵的曹医生过来，明白了没有？”

“报告队长，我明白了。”

程队长的脸上始终冷酷无情。

这里的水除了水塔存的水以外，沟里的是冰雪融水，细细的溪流从上游流下来，人畜共用，有些被污染了，不到万不得已是不能食用的。好在经过一夜的诊治和休整，新兵们终于恢复过来了。

操场上，新兵们开始练习单杠、双杠、跳马和举重等项目。篮球场上是最最热闹的地方，喊声一片。徐闻香在单杠上只拉了三下，第四下的时候，不管再怎么龇牙咧嘴，再怎么挣扎蹬腿，也上不去。程队长见状直摇头。唯一的篮球场上，几个高个子已经占领了场地，赵庆丰和徐闻香只能在球场边转悠，看看有无机会上场发挥一下。场上有个高个子新兵时不时打量着他们，而这时赵庆丰也认出了对方。

“那个不就是和我在火车站摔跤的家伙吗？怎么是一个部队的？”赵庆丰与徐闻香低声说着。

冤家路窄，两人在这里又碰上了。下一刻，球场上的那个高个子走了过来，看起来很不友好。

“你还记得我吗？咱们再单兵操练一下？”高个子一副凶横的样子。

赵庆丰笑道：“算了，兄弟。咱们现在是战友，再说了，程队长也在，怎么操练？上次是我对不住你了。”

高个子一把抓住赵庆丰的衣服，而赵庆丰后退一步，扭住他的手腕。这次赵庆丰不想和他纠缠。在部队不能打架，参军入伍是件很光荣的事情，很多优秀的地方青年争也争不到，他不能因打架而毁了前程。

“你如果真想打，以后咱俩到外面去操练。”赵庆丰轻轻扭了一下高个子的手腕挣脱开，高个子抓住机会给了赵庆丰一个嘴巴子。赵庆丰没有还手，徐闻香站到了两人中间劝架。

“好，咱们说定了，下次我和你比拳头，谁要是把脸打歪了就说是自己摔了跟头。”

他们拉扯的时候被程队长发现了，程队长大声阻止：“王建军，你要干啥？”

赵庆丰和徐闻香一向守规矩，见程队长这么大声一喊，站在那里一动不动。可王建军不是这样的人。他甩动胳膊，乘机又给了赵庆丰一个嘴巴子。

程队长怒视着王建军，大声喊道：“你闹够了没有？太不像话！你再这样下去，别怪我不客气。”

这时，王建军才有点畏惧，担心队长会给他处分或把他摔个半死，狡辩道：“报告队长，我没干啥。我们俩闹着玩呢。”

“你现在是军人了，大家都是战友，你多带带他们才是。大家到这里来都人生地不熟的，你跟他们耍什么威风？训练去。”

赵庆丰和徐闻香愣在旁边，听出来了，这王建军是有些来头的。

“报告队长，我以前和黄建军摔跟头是不对，但我不会因这个受处分吧？”赵庆丰做出让步，主动向队长承认错误。

“他叫王建军。你怎么王黄不分？摔个跟头算啥事，以后你们天天要摔。”

“天天要操练格斗？”

“擒拿格斗天天要练。但绝不是打架斗殴。你们要以部队为家，在学习与训练中勤学苦练，互帮互助，争先创优。你们都要好好表现。”

徐闻香赶紧插话道:“请问队长,在部队怎么才算表现好一点?”他知道,在学习与训练上要做出成绩才行,其他的就不是很懂了。

队长思忖片刻,问:“你来部队是干什么的?”

徐闻香同样也思忖片刻,答:“保家卫国,科技强军,为国防建设贡献一份力量。”稚气的脸上洋溢着光彩,也很真诚。

“不错啊,入伍动机端正。想要在部队好好表现,根据我们的实际情况,要把科技强军放在第一位,还要向优秀的老兵学习,为荣誉而战,见困难先上,见待遇就让;要发扬一不怕苦二不怕死的革命精神,为了国家利益,不惜一切代价冲锋在前,撤退在后;要刻苦学习文化知识和军事技术,为军事现代化尽心尽责;业余时间还要学雷锋做好事,比如帮厨、搞卫生、垦荒种地等等,好人好事抢着干……”

“是,我明白了,谢谢队长的谆谆教诲!”

经过与队长的简单交流,徐闻香基本知道了今后的路该怎么走。

这天,新兵们接到通知,要去师部洗澡,看电影。白色的粗棉衬衣在尘土和汗水的作用下领子早就发黑发亮,能洗个澡,还能看电影,新兵们很激动。

师部在上坡几十里的大山里,得步行过去。江南来的新兵没有见过西北高山大川,对此充满好奇。只见两座山之间有条窄窄的公路,公路边有条小溪,溪流上有两座小桥。汽车出去需要绕着山谷转,从外面不能直接看见军营,使得这里成为绝佳的军事要地。两边山坡上分别坐落着师部机关和一团。师部机关有司、政、后三栋楼和师部领导干部的宿舍楼,说是楼,其实就是紧贴山坡的小房子,隐蔽在树林里。树林里有备战坑道的出入口。这里守卫森严,树林里还隐藏着电线杆等通信设备。大西北很少下雨,但部队年年植树种草,使得两山之间雾气缥缈,茂密小树林遮掩中的这座军营也变得朦朦胧胧起来。

澡堂里有一个水池，两只淋浴头。记得在家乡穿新军服前，接兵的军官让所有人到县城澡堂洗个澡，赵庆丰从小就习惯在自家的木盆里洗澡，又是青春期，害羞，死活不肯脱裤衩，引得大家笑话一场。僵持之际，接兵的军官允许他穿着裤衩冲刷一下就行了。今天可好，他仍然打算穿着裤衩入澡堂，结果被陈亚军和徐闻香按倒在地，硬是把裤衩扒拉下来后扔进澡池："羞什么羞，不就才开始长毛吗？又没人说你是光板。"既然露馅了，也就没啥好扭捏的，只见赵庆丰红着脸，乖乖地躲在池子的角落里，再仔细想想，很多团职干部不也一样光溜溜的？

水池里的水被大伙儿搅成米泔水一般，两只淋浴头流着细细的水流，这里水量有限，最多也就流两小时。胡参谋现在成了区队长，他有经验，赶紧招呼大家："每人只冲一分钟，淋浴很快就会没水。"

每人冲一分钟，时间长了不但会断水，也会来不及看电影。于是大伙儿排着队，一个个接着上。徐闻香背上的肥皂沫还没冲干净就让给了人家，被人赞扬是乖小孩，学雷锋助人为乐。等他穿好衣服走出澡堂并呼吸上新鲜空气后，才发现身上全是肥皂味。

洗完后去礼堂看电影。新兵们不在乎看啥电影，就想了解部队更多的情况。礼堂约有千号座位，一个个伸长脖子远远望去，看见几个戴无檐帽的，只是隔太远看不清，应该就是通信队或者门诊部的。

意外的是电影非常看好，苏联故事片《这里的黎明静悄悄》，讲了准尉瓦斯柯夫带着五个女兵去打仗，把俄罗斯浪漫主义情怀和英雄主义表现得淋漓尽致。那个年代，电台和电影只要涉及爱情的，都属于腐朽思想，要被禁止。部队提前于地方放映这电影是为了更好地开展反敌工作，算是教育片。反正训练大队里清一色的瓦斯柯夫，不会有类似的浪漫情调。

第三章
写信照相

新兵们跑回宿舍，又是一身汗。他们开始急急忙忙给家里写信报平安——父母一定在着急地等待。

床上的被子叠得边角分明，床单整洁无皱。正好要睡了，徐闻香干脆把自己的被褥拉开一角，蹲在床边写信。

白天，陈亚军发现食堂外面有一只小方凳，只有三条腿，猜测一定是被扔掉的，便想着拿回宿舍修理修理，以后可以坐着写写信什么的。谁知刚拿起就被炊事班发现，他撒腿就跑。现在，这好不容易拿回来的、半只屁股大小的小凳派上用场了。

爸、妈：

你们好！

我们坐了四天四夜的火车才到军营，一直没时间给你们写信，你们有个把月没有我的音信，一定着急了。我在这里穿着棉袄棉裤，比家里暖和。我开始学吃馒头了，身体比吃大米时结实。我在家的时候，母亲给予了关爱和温暖，父亲教会我自尊，现在来到这里，部队首长把我打造成真正的军人。妈妈别难过，别哭泣，三年后我会平安回家的……

信封是黄色牛皮纸做的，印有部队别名。

熄灯号响起，没过几分钟就传来值班军官的喊声："怎么还不熄灯？"下一秒，每个宿舍顿时漆黑一片。拉闸了。

宿舍里人多，各种味道混杂在一起，却没有影响大家的睡眠。新兵们都太累了。

这里经常大雪封山，且没有邮递员传信。不知过了多少天，师部的一辆三轮摩托车路过训练大队，往大门口扔下一只巨大的麻袋。

"家里来信啦！"

哨兵这么一喊，操场上所有的人都愣住了，接着就从四面八方汇聚过来，有扔下健身器材的，有从球场上退出来的，把正在走队列的队伍都给冲散了。家，是一种怎样的力量啊！

"家里来信了！"新兵们边跑边疯了似的喊叫，他们多么想念家庭的温暖。大家把麻袋团团围住，按捺不住心中的喜悦，急吼吼地解开，倒了一地信，然后在地上疯抢寻找。很快，地上一封信都没了，只留下一大堆不知晚了多少天的报纸。没拿到信的战士心里酸溜溜的，拉长着脸，含着泪水，因为他们明白，下次不知何时才会有人送信过来。听老兵们说，这里就算是加急电报也没人送，县城到这边太远，寄信过来最快也得个把月。

徐闻香手里拿着六封信，兴奋得直哆嗦，赶紧跑到边上，避开人群，慌乱地撕开信封，把里面的信笺都扯破了。先看父母的来信。

"三儿：你出去这么多天，让我们天天牵肠挂肚。你报喜不报忧……"徐闻香读着母亲的来信，热泪盈眶，躲在操场上的角落边，久久没有回头。他把信看了又看，塞进兜里又拿出来，字斟句酌地品味信中每一个文字带来的温情。

在这几乎与世隔绝的环境里，写信是战士们寄托亲情的唯一方式，来信能给孤独寂寞的心田带来无比的温暖，他们期盼家里的来信就如婴儿期盼母亲的乳汁一般急不可耐。

晚上新兵们召开班务会，由区队长组织，每班在地上坐成一列。徐闻香手里拿着崭新的笔记簿和英雄牌钢笔准备记录。会上区队长先做引导性发言，之后要求每人发言。不发言是态度问题，很多人就是从这里开始逐步提高自己的发言水平的。

“同志们，大家要认真总结前一阵在训练、学习和生活中的情况，发扬成绩，改正缺点，积极开展批评与自我批评，毫不隐瞒地汇报自己的思想动态。你们要尽快朝着一名合格军人的标准发展。”胡参谋现在是第一区队长，“大家要绞尽脑汁地查找问题，不改正缺点就不会进步。”他又重复了一遍。

新兵们冥思苦想，做发言准备。

“我先发言。”陈亚军心想，大家都是初次参加这种会议，比较胆小，害羞，既然临时指定我做了二班长，就该由我发挥点表率作用。“我们班很多战友入伍动机不纯。”他说到这里，战士们哗然，都用惊讶的目光看着他，“这些人当兵一心想着要入党提干，刚到部队就梦想当将军，一点都不脚踏实地，罔顾军人的情怀和责任。”

徐闻香也想发言，但话还没说，脸先红到脖子根上。他想说部队的伙食不好，但自己也知道不应该挑剔、发牢骚，于是绞尽脑汁说点别的。

他说：“昨天我操练的时候，本来单杠只能拉三下，但是看见大门口停着一辆有红十字标志的救护车，想着可能有女护士进来，就一口气拉到了五下，不过第六下再也拉不动了，因为进来的是男驾驶员。”

新兵们哈哈大笑。

徐闻香继续检讨：“我这是腐朽的意识，是不对的。咱们要学习部队的老同志，单身干革命，不想家。”

王建军发言："我有把小梳子，天天起床后要把头发梳一下。我这是虚荣的爱美之心，与无产阶级价值观不相符。咱们要把革命的浪漫主义体现在学习和训练上。"

区队长皱着眉头，越听越不是味。

赵庆丰紧接着发言："我每天比战友们早起床到院子里打扫卫生，这其实是因为我起床速度比较慢，早起床的话就不会给我们班丢脸。还有，跑步时会肚子疼、嗓子疼，我早点起来先活动一下，也可避免出现这种情况。但是，我的这些做法与部队要求的整齐划一不相符，今后我要改正。"

"行了！"区队长绷着脸，实在有点不耐烦，这些新兵什么时候才能有个军人样，"同志们，咱们区队在最近的几次紧急集合中表现不错。你们还真要向二班好好学学，他们的优点就是有那么一股子劲，见困难就上，见第一就抢，为荣誉而战。有了这种拼命的精神，咱们的部队才会强大。徐闻香和王建军敢于暴露自己的思想问题，这是好的，不过我提醒你们，军人要耐得住寂寞。咱们这里实行封闭管理，战士服役期间不准谈恋爱。你们除了给家人写信，什么亲戚朋友同学等等，能不写就尽量别写，这是部队不成文的规矩。还有，外出到县城，要结伴同行，相互监督。是否明白？"

新兵们面面相觑。

"我告诉你们，现在书信这方面其实已经放松了许多，你们不要有怨言。还有，老同志外出，不能暴露一点军人的痕迹，衬衣都要换掉。你们呢，由于条件有限，外出只限于县城，暂时不用穿便服。我再嘱咐你们，到了外面，不要去逞能，更不要惹事。这些你们一定要记住。"

新兵们逐步了解了部队的规矩。

一个晴天的早上，灿烂的阳光洒满了军营。早操后，训练大队举行新兵入伍仪式，新兵们终于戴上了帽徽领章。帽徽领章给战士们增添了特别的风采，他们个个精神抖擞，神采奕奕，牢记着政委说的话：帽徽象征着党的领导，红色领章象征着国旗和军旗，作为一名戴着帽徽领章的军人，我们要不惜一切代价去捍卫国家利益。政委还请了县城照相馆的摄影师给大家合影留念。

部队每周星期天休息一天，大家都期盼着去县城照张相寄回家里。

轮到外出的新兵欢欢喜喜，准备上县城。每次每班的外出名额控制在总人数的四分之一，且要与其他班的结伴而行，不准单独行动，挎包要左肩右斜背着。区队长嘱咐过，让大家多买点生活用品，别再让家里邮寄包裹。

到县城只能走路，战士们吃过中饭就得走，回来要抓紧时间，否则会赶不上吃晚饭。新兵们没去过县城，别提有多高兴了，一个个勾肩搭背，手插在裤兜里，解开风纪扣，摇头晃脑乱哄哄地走出来，然而还没到大门就被哨兵拦住了。

哨兵严厉地说："你们要注意军容风纪，三人成列，否则不能出去！"这时新兵们才想起了区队长的嘱咐：出门看队列，进门看内务。他们排着队，迈着整齐的步伐走出军营，想象着县城一定很繁华，什么都有，不由得加快了脚步。上了窄窄的公路后还要再走几十里山路才能到县城，下坡还行，上坡很累，但他们丝毫不觉得。

徐闻香这次和四班的张敏敏一同外出，刚走到大门口，就见一辆手拉车从他们面前呼啸而过，吓得赶紧躲避，车上的树枝差点刮到他们身上。这辆车装满树枝而不见人，车头完全被遮住了，只能看见两只脚在地上控制前行方向。

"这是什么？"

"我猜应该是他们说的'飞车'。"

"可能是的。"

飞车其实就是架子车，是用木板和自行车轮胎做成的板车，从山上滑下来速度飞快，是本地人根据自己生活需要再结合地理环境创造的一大发明。板车的前部有两个手柄，系着粗粗的布条，车手驾驶时就将布条套手上来操纵车辆。板车的尾部安装着一块圆弧形的橡胶块，通常是用自行车外胎做的。这就是刹车装置。车手刹车时把脚用力一蹬地，车身前高后低，尾部的橡胶圈摩擦地面，板车就慢慢停下。要让板车“飞”起来，掌握车子的平衡是关键。脚一蹬，板车前后凌空，两个车轮顺势下滑，坡越大越陡，车行的速度就越快，车手用双脚当舵控制方向。山里少见汽车，只要控制好平衡，这种架子车在路上“飞行”还是比较安全的。

徐闻香他们正溜边走着，却见刚才的那辆架子车在前面的拐弯处“轰”的一声栽在路边的沟里。两人赶紧跑过去看个究竟，走近才发现，驾车的居然是个婆娘。

“大婶，你没事吧?”两人帮着把架子车扶起来，婆娘一屁股坐在地上，咧着嘴苦恼地笑着：“没啥没啥，谢谢小解放军。”她牙齿很黄，透着浓浓的地方口音。

“大婶，你少砍点树枝，这山上没几棵树，树枝砍了就光秃秃的……”

“那有啥办法，大家都这样。没这些树枝烧炕，不把我们冻死才怪。我们买不起煤，也买不到煤。”看来是生活所迫。

走到了县城，徐闻香已经是满头大汗。这山路不是好走的。仔细一看，县城除了两条呈丁字形的马路外，几乎是有县无城。

路边，一位枯瘦的老汉在卖鸡蛋，瓦片上用粉笔歪歪扭扭地写着几个字：一元一角换十个鸡蛋。大街上，风卷尘土，几只放养猪在觅食，只有几个军人缩紧脖子在走路，除此以外不见人影，好在邮政、商店、储蓄所和照相馆等还是有的。县城只有两家商店，百货大楼和供销社。百货大楼是两间土房子，称其大楼，确实是楼，不过是两层土楼，一楼营业，二楼做仓库。柜台里商品不多，少有上海等外地过来的轻工产品。玻璃柜台内商品寥寥无几，好不容易才能见到一盒飞马牌香烟。门口挂着被顾客撩得发黑的门帘，里面透出来一股烟味，有煤炉取暖。

徐闻香买了牙刷、牙膏和肥皂，还想买饼干，可是没有全国粮票。经过询问，他发现这里的砂糖可以随便买，家乡反而是计划供应的。女营业员很年轻，手上戴着露手指的手套，她称好砂糖用黄纸一包，再用棉纱线一扎，动作熟练。

“营业员长得挺好看的。”张敏敏见徐闻香盯着姑娘看，也凑上前去。

部队边上十里八村的，连个人影都没有，新兵们见到一个姑娘格外稀奇。县城的姑娘比起刚才那个婆娘要干净许多，这是他们来到部队以后第一次近距离见到姑娘。

“为啥她的脸是红色的？跟咱们队长一样，橘子皮似的。”徐闻香用家乡话问张敏敏，怕被她听懂。

“这是高原红。你别说人家缺点，当心她给你一个耳光。”

“那高原红是胭脂，还是什么呀？”

“你真蠢。”

“光荣”照相馆里的顾客基本都是穿着陆军或空军服装的军人，墙壁上的镜框里展示着各种尺寸的照片，每种尺寸都标着价格。照相馆不大，三五个人就挤得满满的。照相师傅推着有轮子的巨大相机，对准坐在凳子上的人，再打开强光灯。师傅钻进相机的遮光布里调焦距，噼里啪啦忙活一阵，钻出头来提醒：“别动，看我这边……笑一笑……”再做个滑稽动作逗人，客人顺势微笑。师傅似乎发现了什么，又钻进遮光布里忙活一阵，伸出头来再次提醒：“别动，头往这边偏一点……笑一笑……”这时顾客已经笑得有点僵硬了。师傅快速按下手中长长皮管连着相机的小气球，只听见“咔嚓”一声，照好了。

一拨人结束，他忙着招呼另一拨人，生意还挺红火。

“小伙子坐好了。”

徐闻香早已穿着帅气的新军服，端端正正地坐着，脸上的微笑却有些僵硬。师傅钻进遮光布里忙活，突然电灯灭了。

“没电了，你改天再来。”

师傅可能经常遇到这情况，并不当回事。

“师傅，我们等一会儿行不？”

“要到晚上才会有电。”

徐闻香和张敏敏只能拉长着脸，扫兴地离开照相馆。打算尽快拍张照片寄回家是没戏了，下周他们轮不上外出。不想了，赶紧返回，否则要赶不上吃饭了。

走上坡路很累，两人时不时要停下来，坐在路边歇歇。

“张敏敏，你饿不饿？”

“饿啊，这里偏远人少，想找点吃的也不容易。”

“嗯，再说部队也不允许买零食。咱得学会挨饿。”

“是啊。”

两人正说着，听见背后有“突突突”的响声，回头一看，是辆手扶拖拉机。他们如见了救星一般，赶紧站到马路中间招手。

“师傅，帮忙带带我们吧。”

开拖拉机的师傅还挺客气，见两个小新兵累得不行，便放慢速度。他们从侧面快走几步，就一屁股坐到侧面铁架上。其实拖拉机的速度比走路快不了多少，但在高原上，可是让人省劲不少，这让两个南方兵感觉太美妙了。

第四章
伙食风波

食堂门口，司务长在队伍前讲话："同志们，为了改善伙食，照顾南方兵，咱们食堂每月给大家吃一顿米饭。今天中午就是米饭，如果不够，还有玉米发糕。你们一定要吃饱吃好，练好身体准备打仗。"食堂里伙食变花样，司务长要出来宣布一下，鼓舞士气。

新兵们听说有大米饭，都露出了笑容。可餐桌前，赵庆丰皱起了眉头。原来是因为这里地处高原，米饭有点夹生和煳味。几个新兵看看老兵和军官们，没啥反应，看来他们早就习惯了，新兵也就默默吃着。

陈亚军拿着饭碗去打了一碗开水，把饭泡在开水中，这样吃得快一些。但这样的泡饭吃不饱，他又去吃玉米发糕。

菜基本就是土豆、萝卜和白菜，战士们戏称"老三样"。"老三样"每天"三班倒"，都是去年储存在地窖里的。这里的冬季很漫长，九月就要开始储存过冬的蔬菜，这些菜要一直吃到第二年的五月下旬。猪肉配额少，猪圈里有两头猪，养大了就有额外的肉吃。因为量少，炊事员打菜有个习惯，一勺菜打起，手会不由自主地抖三下，这样一勺就只剩半勺。中午剩下的晚上热一热再吃。热完菜再往锅里加点水，煮开了就是汤，战士们戏称是“刷锅水”。还不够的话，食堂会加点咸菜。

王建军对这样艰苦的生活正一筹莫展，忽然，他见有人从食堂厨房里端出一碗面条，上面还有一个荷包蛋。他扔下自己的饭碗，赶紧走过去看个究竟。

“你这饭是怎么回事？食堂内部的饭，怎么和我们吃的不一样呢？我们吃老玉米发糕，你们吃鸡蛋面条，这军民一致、官兵一致的优良传统都到哪儿去了？”

“你有毛病，什么军民官兵的，这是病号饭！”

“啥？病号饭？病号可以吃一碗面加一个荷包蛋？”

王建军明白了。条件艰苦，为照顾生病的官兵，部队会单独做病号饭来给他们适当补充营养。这里让人垂涎三尺的病号饭，就是面条加一个鸡蛋。

过了一会儿，王建军来到医务室，呻吟着：“卫生员，今天我头疼，没劲，看来问题比较严重。”

刚才他还拉大嗓门和人家评理，现在却是一副弱不禁风的样子。

“哎哟，别感冒了，高原上就怕感冒。这样，你先量一下体温，我洗洗手就来。”

卫生员刚刚走开，王建军就把体温计搁在煤炉的铁板上。“量啥体温，我又没病。”他精神抖擞地在医务室东转西看，把架子上的各类药品翻了个遍，看看有没有自己需要的东西。

“王建军，你没事吧？”

卫生员回来了，王建军转过身趁其不备，把温度计塞到自己腋下：

“没事，还能坚持。”

他虚弱地坐着，低着头，看起来很痛苦。

“我来看看。你哪不舒服？”

卫生员拿着王建军递过来的体温计一看,心里一惊,不对呀。

“可能是没吃饭的原因,我浑身没劲。”

“我给你听一下。”

王建军解开了棉袄,卫生员用听诊器听后,却没发现异常。

“这样,你先吃一片退烧药,再有啥不舒服就赶紧过来。高原上感冒什么的是很危险的。”

“卫生员,我这病能不能吃上病号饭?你就给我开几天病号饭吧,病休就不要了,轻伤不下火线。”

“可以给你开两次,但我要给你说清楚,病号饭的标准是面条加鸡蛋,但发烧的话是不能吃鸡蛋的,你就吃点面条吧。”

“鸡蛋不能吃的话,能不能换成肉片?”

“哪有肉?”

王建军一想亏了,早知道不把体温计放煤炉上了。他一不做二不休,说:“卫生员,刚才你给我体温计时没见你甩上几下,上面不会是留着别人的体温吧?你再给我量一下。”

经过再次测量,卫生员有点摸不着头脑了,是我搞错了?算了,没烧最好,就给他开了两次病号饭。

“你把单子交给炊事班。”

“谢谢卫生员!”

王建军接过审批单,飞一般地奔向炊事班。炊事班的厨房一般不让进,王建军走进去交单子。咦,怎么没人?他发现鸡蛋就放在墙角边的筐里,迫不及待地拿起一只捏手上,真想立刻就打到锅里。在家时吃只鸡蛋算啥事,到这里却要费这番周折。

“小王,小王,要让我自己做病号饭吗?”

小王走过来了,接过单子一看,说:“没面条了,压面条比较费时,晚饭给你做如何?”

“啊?!”食堂确实没面条,王建军只能把鸡蛋放回原处,满心的希望落空了，悻悻离开。

司务长知道许多新兵不适应粗粮为主的伙食，知道粗粮要精做，于是他想变着法子做，让大家吃得香。在饭前集合队伍时，他又发表了激情四溢的讲话，想让战士们重新燃起希望。

“同志们，咱们炊事班为了让大家吃好、吃饱，尽心尽力、献计献策，克服一切困难把玉米粉拉到县城去加工成了‘钢丝面’。钢丝面加点酱油后会滑溜滑溜的，今天就吃这个。以后有条件的话，争取给大家做一回炸酱钢丝面，那才叫好吃。钢丝面是本地居民最爱吃的主食，他们要吃还吃不上呢，比糖精玉米发糕还好吃。我把话说在前面，你们不能抢，慢慢吃，如果吃得满意，就给咱们炊事班把流动红旗挂上。”

战士们听到很形象的“钢丝”两个字，就产生了疑虑。进入食堂后，大家见到了黄澄澄的钢丝面，据说这是用玉米粉压成的面条，因没有黏性不能下水煮，所以是用蒸笼蒸熟的。

司务长站在大家面前说：“咱们训练大队是培养肯吃苦、懂技术、能打仗的基层指挥人才，有些新兵怕吃粗粮，借各种理由不吃或少吃，这与我们的培养宗旨是格格不入的。我不多说了，我先吃一碗。”司务长捞了一碗钢丝面，加点酱油，歪着头，大口吃起来。

政委是南方人，南方兵见他吃得也挺香，大家也有了信心。每个班打上一盆，很快传来一片哗啦啦的吃面声。这面条确实有点硬，捞不进碗里，到处乱窜，吃到嘴里多咀嚼几下，就像是吃玉米碴子。

有一段时间，为了节省粮食，天又黑得早，一天三顿饭改为一天两顿饭。许多南方新兵不习惯，晚上饿了躺在床上，翻来覆去睡不着。

二班宿舍里，徐闻香有气无力地说：“班长，我浑身没劲，头也犯晕。这几天都吃两顿，我有点撑不住了。”

陈亚军是班长，他说："睡着了就不饿了，心放平静点。少吃一顿饭饿不死的。你不是老说自己能吃苦耐劳吗？入伍前你还信誓旦旦的，才多少时间就要变卦？你要想顿顿吃饱吃好，方便得很，到炊事班去吧。"

"拉倒吧，不跟你争了。"

"我知道你饿了，但你必须学会忍，忍不住也要忍，忍过了今天还有明天。去县城买饼干还要全国粮票呢，你有吗？艰苦的生活必须要适应，否则你在部队想怎么好好干，都是空谈。"

"明白了。但是，我问你个问题，要是现在去打仗，咱们能不能吃饱饭吃上肉？"

"这难说的，运送不上来的话，照样没吃的。所以说，在艰苦的环境里，生存是一项很重要的锻炼，咱们以后有这项目的。"

"饿着肚子打仗，效率低得很。"

"那也没办法，连这点饿都忍不了的话，怎么能在战场上执行任务？怎么成为一名真正的军人？"陈亚军说，不过他心里也在想，啥时候才能吃顿好菜好饭。"要说好吃的，老家杀猪的时候大米饭配红烧肉才叫好吃。"陈亚军忍不住回想。

一说起红烧肉，大伙儿又来劲了。

赵庆丰说："我妈烧的红烧大排骨，那可是十里飘香，还没起锅，隔壁邻居就都知道了。"

"红烧排骨算个啥，我们家乡的烤羊腿，哧溜哧溜直滴油，咬上一口，那个感觉呀别提有多美。"

"我们家乡的臊子面，你们没吃过吧？尤其是里面的肉末末……"

新兵们躺在床上议论着。

另一边，司务长在食堂里给全体炊事员训话："看看你们的水平，多了几个新兵，就整天做不好馒头。我跟你们讲，要做好馒头，发面最讲究，你们跟班长学着点。蒸馒头的时候，火烧大，气冒足，这样蒸出来的馒头才会既白又香又暄。要是蒸不到位，用手指一压一个坑，吃时是啥感觉？这里是高原，开水只有八十度，想把馒头蒸好，还真要下点功夫。这几天是小张在学放碱水吧，碱放少了，馒头酸，放多了则苦，而且馒头的颜色发黄。你们知道就餐的战士怎么说你们做的馒头吗？不是说发育不良，就是说那是‘军用馒头’。你们看看，丢人不丢人？这几天，你们这些人一起跟着班长学放碱水，看他怎么烧火，知道了吗？”

“是。”

“要是连这点小玩意儿都学不会，看我怎么收拾你们。人家来帮厨的新兵，除了没有发过面，其他事情样样都干，看几眼就学会了用双手同时揉出两只馒头。你们再这样下去——解散！”

高原上空气稀薄气压低，米饭和馒头得用高压锅蒸才好吃，但是这么多张嘴，用高压锅是不可能的。而且，就算是用高压锅做，掌握不好尺度的话，照样会半生不熟。所以说炊事班要想做好馒头，是项比较艰巨的任务。

炊事员是个容易挨骂受气的行当，吃力不讨好的苦差事。这里指的不完全是众口难调的问题，实在是巧妇难为无米之炊。他们三天两头做粗粮，难得做次馒头，碱水放不准，被批评得大气不敢出。说起来，炊事员常挨批，饭菜做生了要挨批，猪食没了要挨批，战士们粗粮吃多了要挨批，不按时开饭更要挨批。官兵们经常与炊事班发生不愉快，可是队长和政委的心里还是清楚的，现实就是这么个情况，炊事班也是有心无力，遇到官兵们在伙食上发牢骚时也总会认真帮着做好解释工作。

一天中午，一个新兵把半只发苦的“军用馒头”扔进了猪食缸，结果被协理员发现了。协理员走过去一看，猪食缸里还漂浮着不少馒头。

“你给我捡出来,吃了!”协理员大声训斥,把新兵吓了一跳。他不敢顶嘴,捞出来后在手里摆弄了半天,不愿吃下去。

“还有谁扔了?”协理员大声追问,没人应答。食堂门口站着不少新兵。“你们要是不把扔猪食缸里的馒头吃了,就别想吃下一顿。”

食堂外一片哗然,协理员在追问,新兵们也不敢离开。程队长和区队长便放下碗筷匆匆过来看个究竟,嘴里还咀嚼着。只见协理员一个人在大声训斥,旁边没人应答。

被抓现行的只有这个新兵,他迟迟没有吃手中的馒头。区队长对他说:“你给我,我吃。”

区队长的话让新兵一震,他惭愧地把刚才从猪食缸里捞出来的半个馒头咽了下去,两滴眼泪却流了下来。

区队长看着猪食缸里这么多的馒头直摇头,他有再大的本事也吃不完,看来各级干部都要为自己的战士浪费粮食而承担责任了。防浪费,堵漏洞,是部队管理伙食工作的一项重要措施。几百号人的食堂,要是每人都浪费一点,真如洪水猛兽。很明显,有些新兵是没过过苦日子的。

这天超强度的训练下,徐闻香浑身酸痛,加上伙食不适应,傍晚休息躺在床上,只觉得喉咙发苦,眼睛冒金星,口干舌燥,肚子饿得咕噜噜直叫唤却不想吃东西。陈亚军也有同感,两人都躺着不想动弹。

王建军趁机煽风点火:“我们都不去吃饭了。”另外两个新兵也点头同意。

不一会儿,走廊里传来协理员的声音:“怎么,不想吃了?”他走进二班,态度比中午缓和了许多。可能他也觉得刚才自己过于严厉了,这回没有用命令的语气。

二班战士们犹犹豫豫,不知该咋办。其实他们并非真的要绝食,而是食堂里可吃的太少了。

协理员觉得有点不对劲,这帮小子来真的?难道要区队长来管？他继续耐心地给大家做解释工作："同志们，我告诉你们，咱们每人每天的伙食标准是六毛钱。这里高寒边远，生活不便，到外面去买菜多难，还不一定买得到，要到五月以后情况才会好一点。大家可以想想喀喇昆仑山上的边防哨所，人家在生命的禁区站岗放哨，相比之下，咱们这点苦算什么？当兵就是奉献！再看看这里随军的小孩是怎么上学的？他们每天要走几十里山路去读书，出去是下坡，回家是上坡。你们可以想想这些小孩回到自己家里都是什么时候了？你们连小孩都不如吗？当兵，不要忘了国家赋予我们的神圣使命！"

听了协理员的一席话，新兵们无言以对。这年头，城里买许多东西都还要票，更别说部队驻扎在贫困高寒山区，物资缺乏是肯定的，好在军粮能保证供应，只是吃副食品和蔬菜很困难，就是有钱也不一定能买到。首长曾经说过一句玩笑话："什么时候在市场上能随便买到花生米，那就是好日子开始了。"

协理员看了他们一圈，终究没有发火，撂下一句"你们好好想想吧"，走出宿舍去。

新兵王建军躺在床上，饿得实在不行，想出去搞点吃的。他对陈亚军说："我出去看看……"胆大心雄的王建军向来无所畏惧。陈亚军怕他惹事，跟了出来。

他们来到一棵细细的杏花树旁。陈亚军这才明白，王建军是要出军营，只要爬上这棵树，再跳出去就简单了，哨兵发现不了。

王建军对陈亚军说："咱们是哥儿们，我出去搞点吃的，你先托上我一把，让我跳出去，你就当不知道。如果有吃的，我就给你带回来。我饿得实在不行，天都在转。"

"这样不行，你是在犯错误。白天外出都要申请的。"

"就一会儿工夫，犯啥错误。你去不去？"

"我不去。你快跟我回去。"

刚才王建军与陈亚军在床上窃窃私语时，徐闻香感觉他们在密谋什么,便跟着过来看个究竟。他们要偷偷到外面去?徐闻香赶紧返回,打算报告区队长来阻止他们。他们这么做是在错误的道路上越走越远,今后肯定会后悔的。

只见区队长双手插在裤兜里,敞着衣领,正在操场上来回地踱步。

“报告区队长。”

徐闻香上前一个敬礼,声音响亮,把沉思中的区队长吓一跳——闹绝食这帮新兵正搅得他不安宁。

区队长生气地盯着他:“干什么?”

“区队长,我要向你汇报。”

“汇报啥?是不是想吃饭了?一顿饭不吃,你照样奔得飞似的,中气十足,你牛!”

“不,我……”

徐闻香欲言又止。

“我什么?是轮到你站岗吗?告诉你,不吃饭也要把岗站好,谁敢缺岗,我给谁处分。”

“不是我站岗。”

徐闻香还是愣着不走。

“还有事吗?没事的话,向后转,起步走!”

区队长的想法与协理员相反,一方面,他要饿上新兵们几顿饭,杀杀他们的威风,另一方面,他想着以后在野外吃不上饭的情况会经常发生,正好借机让新兵们体验一下,不能把伙食太当回事。

次日清晨,起床号响起,区队长来到战士宿舍门口。他决定了,今天就算新兵们不吃饭,也要把他们一个个拖起来操练,正好看看他们的能耐。

“报告区队长,我们班少了一个人。”

听到陈亚军的报告,区队长马上脸色突变。

“啥？谁不在了？”

“报告区队长，是王建军。”

昨晚陈亚军还以为王建军出去一会儿就会回来。

“是去县城买吃的，还是去哪儿了？”区队长意识到事态严重，他立刻跑步到队长政委办公室。“是我失职。但一般不会是逃走。就怕他出去后，在安全上出点啥事。依我的看法，先向他父亲汇报一下。”区队长知道，如果是逃走就更严重了，各级班子都有责任。

政委沉思了一会儿：“不必着急，先摸摸情况，他到外面去总有原因的。在没搞清真相之前，不能随便汇报。”

“我把我们区队全体人员拉上，到周围去搜索一遍，还怕找不到这熊孩子？”

“先别急，咱们这地方，要想走出去还真不是那么容易的。这帮新兵吃不好饭本来就有情绪，而且人生地不熟的，让他们出去搜别再丢几个。”

这时区队长忽然想起了什么，昨晚在操场上，徐闻香似乎有事要说：“报告政委，我觉得徐闻香应该知道些线索。”

“好的，把他叫来。还有，王建军和谁睡一个通铺的？”政委问区队长。

“陈亚军和徐闻香。”

“把他们两个都叫来。”

陈亚军和徐闻香忐忑地来到了队长政委办公室，在门外喊：“报告。”

“进来。”

进去后见首长们都在，他们吓得低头站着，知道自己犯错了。

“你们谁和王建军挨在一起睡的？”

“报告政委，他睡在我和徐闻香的中间。”

“你们俩昨晚没有发现王建军有啥动静？他一个晚上不在，你们不汇报?”

“报告政委,我本来……”徐闻香话到嘴边又咽了回去,偷偷看了区队长一眼改口说,“以为他去小便的。”

“报告政委,我也以为他就出去一会儿,所以没向区队长汇报。我想他不可能去外地,毕竟车站在哪个方向我们都没搞清。他不可能靠两条腿走远,县城晚上又不开店,所以我判断他是去了其他部队。”

“目无纪律!”

正说着,一辆吉普车开到了院子里,急促的刹车声把大家吓了一跳。

第五章
火灾救人

三团的大门口有家军人服务社，十来个平方里挤了四五个军嫂。部队又在隔壁腾出一间，让两个军嫂做豆制品，卖小炒，解决军嫂的就业问题。

王建军知道在三团有个柳连长，与自己父亲有些交情。他从训练大队出来后又走了一段山路来到三团找柳连长，想着找柳连长吃顿饭，打个牙祭。

好容易找到柳连长，他怕柳连长向他父亲告状，撒谎说请假出来的。食堂晚饭时间已过，柳连长去服务社买了一个大肉罐头，又炒了一份花生米和豆腐白菜，在宿舍里两人吃了个痛快。柳连长要去值夜班，让王建军早点归队。而王建军见天色已晚，自说在三团不算外出，就在柳连长的宿舍里擅自过了一夜。

第二天，柳连长见他还在，催促他赶紧归队，自己提了一袋面粉和十斤菜油，要去黄副连长的临时宿舍慰问——黄副连长的爱人昨天从老家来探亲。王建军抢上前去帮他把菜油拎上，又顺道送到了黄副连长处。隔壁的幼儿园传来了儿歌歌声，王建军愉快地跟着哼唱，打算折身返回训练大队。

以前军官家属来部队探亲,做饭就依靠煤油炉子,这年刚有了改善,用上了罐装液化气。临时宿舍是简易住房,部队自己在山坡上搭建的,屋顶就用水泥梁和木棍钉上,再加瓦片,从缝隙间都能看见天上的星星。

由于房子太简陋,平时没人住,电线线路已老化。柳连长站在黄副连长的家门口,见他正站在凳子上修电灯,便招呼了一下。黄副连长见柳连长过来,便问:“有电了吗?”柳连长见电灯没亮,答复:“没有。”

两人正说着,黄副连长一不小心把没有保护装置的两根线碰在了一起。电线顿时冒出火花,形成火龙,顺着木制房顶迅速烧下来,黄副连长从凳子上摔了下来。刹那间整个屋里燃起了熊熊大火,发出了啪啦啪啦的响声,正在煮饭的液化气胶管被火融化后喷发出火焰,烟火直往上冲。

柳连长在门口大叫:“着火了!”

王建军刚走出不远,听见呼救声赶紧往回跑。他判断要先救师部的幼儿园。园长是个东北大姐,王建军不顾一切地冲进幼儿园,同园长一起来回多次,把十多名受惊吓的儿童抱到了操场上。操场上哭喊声一片,但无人受伤。

这时柳连长已经冲进屋里,把摔倒在地的黄副连长拖了出来。之后,柳连长第二次冲进火海,把黄副连长的爱人也救了出来。

“我的孩子!”黄副连长的爱人躺在地上,带着烧伤的痛苦,声嘶力竭地尖叫着,努力地想爬起来冲进屋去,被身强力壮的柳连长劝阻了。

孩子还在里面。

柳连长想着煤气罐要是爆炸,那危害程度可想而知。一定要把这炸弹拔掉!他毫不犹豫地第三次冲进火海。

王建军几次想冲进去帮柳连长,都因火势太猛,到了门口就退了回来。

“我的孩子！我的孩子被拴着！”黄副连长的爱人躺在地上拼命喊叫。

屋顶的瓦片和火棍不断地落下，水泥梁也开始摇摇欲坠。这时王建军才明白，孩子是被拴在床架上的，难怪柳连长还没救出来。

远处的警卫早已发现了火情，除了值班的，其他人全部出动。可是怎么救火？这里的山坡上连水都没有，只能救人。然而烈火熏得周围炽热难忍，人根本靠不上去。

“小刘，你把棉衣脱下来，让陈班长顶在头上冲进去。”四个兜的警卫排长指挥着。

王建军拦住陈班长：“我去。我刚才来过，在门口看到了屋里的大致情况。”

陈班长叫着：“听你的还是听我排长的？你让开。”

不过，警卫排长觉得还是王建军训练有素，看体型和身手猜测他是哪儿的兵，再说里面的液化气罐在哪儿，确实他更清楚。

“陈班长，把棉袄给这个大个子顶着，让他先冲进去，你在边上准备着。大个子，你最多进去半分钟，而且一定要服从命令。记住，看准机会冲进去，屏住呼吸，用刀割断床架上的带子，救到孩子后就马上出来。”

“是。”王建军冲了进去。

在场的官兵都静了下来，与房屋保持一定距离，预防液化气发生爆炸，只焦急地注视着。

王建军拿着锋利的刀，紧盯着火舌，看准它低下去的一个瞬间冲了进去。十几秒漫长的等待之后，大家终于看到他把孩子抱了出来。接着，他第二次冲进去，把倒在地上的柳连长也拖了出来。

这次火灾最大的祸害是液化气罐，一旦爆炸，旁边的幼儿园就惨了。因为火势太大，不熟悉屋里情况，两个警卫兵冲进去之后都没能带出来。王建军第三次冲进去。他拉柳连长的时候看到了液化气罐已滚到床下。他顶着棉袄钻下去,拖着液化气罐快要到门口时,房顶轰然倒塌。红色的瓦片和燃烧的木棍纷纷砸在他的头部和身上,他的前路又被一根水泥梁卡住了,情况十分危急。警卫排长急红了眼,大声喊着:"大个子,快出来!"他把其他战士的棉袄顶在头上,冲进去救王建军。

在十分紧急的关键时刻,奇迹真的出现了。警卫排长拖着王建军顽强地从废墟中钻出来,王建军手里拖着液化气罐。最后,液化气罐被扔到了空地上,大火慢慢停止。

王建军的后背和腿部多处受伤,鲜血直流,黑乎乎的脸已经辨别不出是谁了。柳连长躺在地上,衣服烧焦了,粘在手臂皮肤上,浑身冒着热气,伤势很重。看着眼前所发生的一切,现场的官兵们痛心不已,不禁落泪。

门诊部曹军医开着救护车赶到现场。因柳连长烧伤严重,需要紧急送往陆军医院,而部队只有这么一辆能容纳一名伤员的救护车,王建军只能被抬上卡车送往师部的门诊部抢救。

这里到陆军医院还有很远很远的路程,山路颠簸崎岖,不知医生和病人一路过去会是怎么个情况,现场的官兵们站在原地目送救护车走远,很为他们担心。

王建军被抬上卡车送往门诊部,鲜血渗透纱布从担架上滴到了地上。门诊部平时比较清闲,医疗物资储备不多,因为部队都是青壮年,没啥大毛病。没一会儿简陋的手术室门打开了,一名护士紧张地喊着:"血浆不够,哪位是A型血?"现场的几个官兵面面相觑,都摇摇头。

"我是。"卫生员祁莲正好走过。

"那你就来帮个忙吧,伤员的血压正在下降。"

“是。”她不假思索地对边上的警卫排长说，“据我所知，一团A型血的人比较多，而且一团离得最近，你赶紧电话联系。”说着就往里走。

排长听到祁莲说的话，立刻答复：“那我去联系车队，请求一团支援。”

祁莲问：“抽200毫升够吗？”

“说不上，要看止血情况。一团的人不知何时能到。”

“那就再抽200毫升。”

“胡扯，你不要命了！”

“那怎么办？先抽一点是一点，一团用不了多久就会过来人的。”

“咱们平时又没啥多余的营养，你以为你有多强壮？”

“现在没办法，慢慢应付着，救人要紧。”赵护士听祁莲这么说，眼睛里闪着泪花。

一团的院子里，随着团长一声招呼，A型血的官兵们自告奋勇地爬上卡车，没赶上的不断埋怨自己动作慢了点，等待着看是否有下一车。

祁莲被抽了400毫升的血，感觉头有点晕。这时，大门外传来了卡车刺耳的刹车声和官兵们整齐的跑步声。一团的官兵们赶到了。

一天过去了，王建军躺在病床上，脸色苍白，还在昏迷着。

祁莲问赵护士：“他不会残废吧？”

赵护士轻声说：“只是背部、腿部、脸部和手上有一点烫伤，残废不会，但可能会影响面容。主任说他的身体情况不错。”

“王副师长来过没？”

“没，就来了个电话。”

“这类‘少爷兵’平时看上去稀稀拉拉，可在关键时刻绝不含糊，真是好样的。”

这边沈副主任的车开到了区队院子里。首长怎么突然过来？正在调查出走事件的区队长挥挥手让两个新兵走开，他匆匆去迎接沈副主任。

“胡参谋，你这小子不错啊，招来的新兵蛋子有出息。”沈副主任还是习惯叫区队长“胡参谋”。

区队长莫名其妙，心脏突突跳，摸不透沈副主任啥意思，而沈副主任满脸笑容，边走边说，径直往会议室走去。

“你们的新兵火灾中舍己救人，好样的！咱们要把这样的好人好事报到政治部，树立典型，让战士们学习先进。政委，宣传材料你要把把关，写得细点，层次高点，文字新颖一点。不要老是那么几句。”

大家听了沈副主任带来的消息，才知道王建军在外面做了好事，只是……

“沈副主任，王建军眼前的情况是这样的……”

沈副主任听了政委的汇报后，一脸的怒火。区队长给他倒上一杯水，在场的几位都不敢说话。

区队长和沈副主任比较熟，大胆地谈了自己的想法，说：“首长，新兵们不吃饭和王建军夜不归宿的事情，我们正在处理。这与王建军英勇救人是毫不相干的两件事，做错了要批评，做好事就要表扬。宣传王建军临危不惧，在大火里救人，保护了师部幼儿园，没啥不妥呀，这样的事迹在全军来讲，都是榜样。如果是地方幼儿园都不用咱宣传，媒体自己就过来报道了。”

政委说：“新兵犯错我们是有责任的，是因为我们没有把思想工作做到位。有些南方来的新兵，要接受大西北的艰苦生活还需要一个过程。另一方面，王建军确实做了件大好事，我认为该奖励的要奖励，该处罚的要处罚，这事我们要尽快如实向上级汇报。”

“你们不拿出具体方案来，光汇报有什么用？合适不合适，你们自己确定。我马上要去三团，看看他们那里的情况。”

沈副主任说完后就匆匆朝门外走，区队长在后面跟着。

“我说首长，王建军和几个带头不吃饭的新兵，咱们就批评一下吧，处分的话就算了。这帮小孩还挺要进步的。这事我有责任。我想着，正好饿上他们几顿——咱们以前在野外执行任务，不也经常没饭吃吗？这些新兵蛋子，要是因为不吃饭挨处分，对咱们训练大队的名声也不好，说不定还会树个坏榜样。”

“带新兵不动脑筋，当心连你一块处分。”

“是。”

区队长敬礼，会心一笑——首长是爱护新兵的。

第六章
忆苦思甜

针对浪费粮食的情况,训练大队安排新兵们去附近的百家村体验,忆苦思甜。这是对战士政治教育的一项重要内容,以新中国成立前的社会苦难,来对比衬托现在生活的幸福,同时也让新兵们了解一下当地百姓的生活现状,让大家搞清楚在部队的吃穿与贫困山区靠天吃饭的生活水准之间有多少差距。

大西北的日照时间长,白天训练结束后,区队长带大家去附近的百家村。临行前,区队长在队伍前用嘶哑的声音讲话:"陈亚军,钢丝面、窝窝头好吃不好吃?"陈亚军站在全班队列第一个,区队长就问他。

区队长的突然提问让陈亚军愣了一下,问这话是什么意思?"好吃。"心里却直犯嘀咕:老玉米粉能打细点才好吃。

"你说好吃,那是违心话。钢丝面、窝窝头哪有米饭好吃? 哪有馒头好吃? 包子饺子更好吃! 可是大家想想,咱们哪有这么多的白面? 你们是否知道,咱们每人每月的口粮是多少? 是四十五斤,有一部分还是粗粮。咱们一个区队六七十号人,一天只能用三两菜油,肚子里没油水,那这四十五斤口粮够吗? 不够,多数战士要吃六十斤。

这些粮食从哪里来的？是咱们部队的全体官兵，轮换着在农场辛辛苦苦，战天斗地，通过垦荒种出来的，女同志也参与其中。说明白一点，就是咱们部队全体官兵的血汗。你们说粮食来得容易吗？并且，咱们农场种出来的粮食除了自己吃，还要支援没有农场的其他部队。你们各自的父母也在家披星戴月地种粮食，支援全国各地，他们容易吗？另外，粮食虽然是自己种出来的，从农场运输到这里，还要花大量的运输费用。这里物资匮乏，食物价格高昂，再加上运输，咱们的生活成本比起城里来要贵上一倍还不止。所以，咱们能吃啥？徐闻香，你下次扔馒头就扔我碗里，我来吃。你没有为种粮付出一滴汗水，有什么资格把粮食扔猪食缸里？你们有什么资格绝食？这有悖于你们参军的初衷和使命！咱们天天备战，边备战边垦荒，拖家带口在这高寒山区艰苦创业。如果连这点觉悟都没有的话，你们就不配做一名军人。”

区队长一番语重心长的话，让徐闻香和其他新兵都很惭愧地低下头。最近一段时间，区队长嗓子都哑了。他转头对陈亚军说：

“再说，你是当班长的，觉悟低下，是非不分，带头瞎起哄，没有一点吃苦在前的风格。照这样下去，我看你都不够当班长的资格。”

陈亚军低着头，羞着脸。

“等一会儿你们好好看看村里的生活现状，看看他们在吃啥穿啥。附近的帐篷是老同志住的，别去打扰。”

一区队六七十个新兵，整齐地坐在百家村的打麦场上，只有少数能坐在屋里。这里是高寒贫困山区，部队如要请当地的泥瓦匠干活，工钱是没有的，给吃上一顿白馒头就行，人家还抢着干。这次来村里请人家帮助忆苦思甜，区队长也带了一些白馒头给村民。

村里没几户人家，大都没文化，他们没有几点钟的概念，作息全看天色安排。傍晚，打麦场上，妇女们三三两两凑一起闲聊，她们谈的话题无非就是地里的收成怎么样，狗娃的小五子跟村长儿子打架了，隔壁村的光棍看上了赵家儿媳妇，等等。

在连喝水都困难的生存环境下，村民们的脸上却充满着笑容。男人们最喜欢的事情就是蹲着抽烟。生活上，能吃上土豆和玉米窝窝就满足了。天色渐暗，村庄里没有电灯，只有屋里稀疏的几盏煤油灯带来一点光亮。

村长看着有四十岁了，一年四季头戴解放帽，帽檐乌黑冒油。他的脸上皱纹交错，满口黄牙是抽旱烟抽的，里面穿着褪色的中山服，外面披着黑色的棉袄，黑色棉裤靠近脚端处用绳一扎，比起其他村民要精干得多，一副干部模样。

他将此次的忆苦思甜安排在一户房屋比较大的村民家里，门外就是打麦场，里外点上几盏煤油灯。三四个贫下中农被邀请来忆苦思甜，他们盘腿坐在坑上，一个个嘴里叼着自制卷烟，抽个不停，正在酝酿如何给战士们讲述。

等待的时候，有一个从口袋中掏出皱巴巴的报纸，放在手掌中慢慢地摊平，再将粗糙的烟叶放在纸上，卷起来用口水粘住。赵庆丰在里面服务，用火柴给他点上火，笑嘻嘻地说："大爷，您抽好。"炉子上熬着一大壶茶，整个屋子里烟雾缭绕，烟味、人味和蒜味混杂在一起。

主人家的一个小男孩，在这寒冷的日子里只穿着一条单裤。这与战士们身上的棉袄棉裤形成巨大反差，啥也不用说就已经给新兵们上了一堂生动的课。这里生活贫困，与江南有着很大的差距。小男孩脚上没穿袜子，鞋子很特别，鞋底是用木板做的，像只小凳子，上面放些稻草，外面用牛皮包裹一下并用绳子系紧，穿上走路走不快。新兵们一看，这不就是前一阵在马路上见过的那种皮鞋吗，这回近距离终于看清楚了。小男孩同样也盯着他们脚上的毛皮鞋看。

村长提了一下裤子，紧了紧裤带，从腰间抽出旱烟杆敲了几下桌子，再喊了一声清清嗓子，接着他开始大声讲话："乡亲们，现在开会了。今天解放军到咱们村里来开会，我代表咱们村欢迎解放军同志的到来！在座的都是老农民，有些还受过地主阶级的剥削和压迫，甚至逃过荒要过饭，是新社会把他们从苦海里救了出来，让他们获得了新生。等一会儿，他们会给大家讲讲旧社会遭受的苦难和新社会获得的幸福。他们牢记艰苦奋斗的革命精神，不怕苦不怕累，与天斗与地斗，天气暖和了就下地干活种粮，有的家里还养牛羊——这地里种不出啥来也是事实，一个个还一个劲地添丁进口……"

说到这里，下面的村民笑了起来，却是狗娃在带头起哄。

"狗娃，你笑啥？你生那好几个娃，生活质量能提高吗？添乱。"村长大声指责狗娃。

一点到狗娃的名字，现场一下站起来了好几个狗娃。听到生娃的事情后，又陆续坐回去，只剩一个狗娃还站着。由于贫穷，这里的小孩生下来后难养，小名叫狗娃的人不少。父母是希望自己的小孩如小狗小猫一般好养，可以少花点心思。到村子里喊一声狗娃，一个班的狗娃跑过来，那都没啥稀奇。

屋里屋外熙熙攘攘，没有人把村长的讲话当回事，战士们忍不住也跟着笑了起来。这时，一个婆娘从打麦场上站了起来。她穿的是黑棉袄黑棉裤，头上扎着头巾，战战兢兢地对着村长说："村长，生娃真不是咱娘们的责任。我也想少生几个，可我们家的男人嫌天气不好整天不干活，从五月到十月就种了一点点小麦和土豆，剩余时间宁可蹲在墙角边晒太阳抽烟闲扯。他白天攒足了劲到晚上使，我们能不生一堆娃娃吗？村长您是该教育教育他们了。"

村民们大笑，其他婆娘则叽叽喳喳议论不停。

"好了，你别来瞎扯。今天是忆苦思甜，新社会总比旧社会强。我们男人怎么就不下地干活？还不是因为土地干得冒烟，种不出啥玩意儿吗？接下来我要带着大家搞点副业，多挣点钱，改善生活。"村长接着说，"别瞎扯了，咱们现在开会。下面让老牛头来给咱们忆苦思甜。"村长唾沫横飞，溅得破桌子上到处都是。

老牛头看样子有六七十岁，甲状腺肿大粗脖子，瘪着嘴，牙齿掉光了。他没头发，戴了顶帽子，说话漏气，烟袋却不离手，一喘气就能听见呼呼作响声——与这里的生活环境有关。他抖抖索索地说："今天解放军同志给咱们带了几只白馍馍，咱们要谢谢解放军。要说那个解放前，那真是苦，给地主打工难得吃上玉米窝窝，每天得饿着肚子下地干活，碰到天灾或收成不好，更是苦，连玉米糊糊都喝不上，大伙儿争抢着到地里挖土豆什么的。唉，咱们这地里本来就长不出啥玩意儿……在最困难的时期，地主想方设法克扣我们，我们要吃的没吃的，要穿的没穿的。"

老汉绷着脸，眼泪流个不停。现在他家里基本能维持温饱了，还有几头牛羊。

村长说："老牛头，解放军同志带来的白馍馍你先吃上，我来给他们说说咱们村里的情况。"

村长扶老牛头坐下后，他接着说："咱们村不富裕，虽然叫百家村，其实是只有十六户人家，为啥只有十六户？是因为这里的自然条件太差了，有些人家搬到了很远的大山外面，但是，我们都能离开这里吗？显然是不行的，至少我不会走。这里是我们的家，我们的国土，得有人在这儿过活。放牛羊类似巡逻，种地也是站岗，跟你们军人是一样的。

"我们现在的生活水平比起旧社会来讲是强多了，肚子能填饱了，我也不用交地租了，干出来的都是自己的。但是距离过上富裕的好日子还相差很远，我们这里除了五月到十月能种点庄稼以外，其他的生活费用来源就靠这些果树了，果子在县城能卖多少钱你们也能估算出来。多年前，我就盘算着要带领村民们多种些果树，等果树成林，地上就会长草，有了草就可以适量放牧，放牧还可以为果树增加肥料……

"又是果子又是牛羊，想法是好的，但要想栽活一棵树，真是比干啥都难，我们辛辛苦苦干了这么多年依旧成效不大，但我们必须继续干下去，决不轻易放弃。

“其实，我很羡慕你们的生活。我们也想改变村里的状况。你们是否知道我们平时在吃啥？主食是玉米窝窝和土豆，小麦从五月到十月在山坡上只能种一点点，你们说，我们一年到头能吃上多少白面？我们村挨着小溪，喝这水得病的多，只有一位乡村医生，一些常用药品还是你们部队送给我们的；我们的衣服比起你们的棉袄棉裤要单薄许多……”

这堂课让战士们在思想上受到了启发。相比旧社会，相比靠天吃饭的乡亲，部队的生活是优越的，村民百姓尚且知道“守土有责”，自己有何理由埋怨、动摇……

“乡亲们，下面请解放军同志们给咱们唱个歌吧。”

徐闻香主动与几个战友一起来到门口的打麦场上。他们借着昏暗的灯火，合唱了几首歌，表演了一出短小的话剧，获得了不断的喝彩和掌声。话剧讲的是贫苦青年受尽地主老财的压迫，最终起来反抗。最后，战士们赠送了一些图书和文具给村里的学生，还慰问了一户军属。

第七章
军事训练

凌晨，正熟睡的时候，尖厉的哨声突然响起，划破了营区的宁静。此时军营里灯光全无，漆黑一团。

紧急集合是连队的常规训练科目，每个战士要在哨响五分钟内从床上一跃而起，穿好衣服，打好背包，披挂武器，背上水壶和挎包等，然后冲出宿舍到操场上站队集合。这批新兵第一次操练紧急集合。

胡参谋，也就是一区队长，今天轮值做指挥员。他在走廊里大喊："紧急集合！"响亮的口令声把走廊震得嗡嗡直响。

"干啥？"梦中惊醒，新兵们一个个从被窝中弹起，还迷迷糊糊不知啥事，相互问着。赵庆丰穿着衬衣光着脚去拉电灯开关线，灯却不亮，再拉开宿舍门，把头探出去看个究竟。

"紧急集合！"区队长拿着手电筒大声吼着。

"紧急集合了。"陈亚军招呼着大家赶紧穿衣打背包，大家才明白是怎么回事。

新兵们乱作一团，辨不清哪些是自己的衣服，伸手摸到衣服就抢着穿。他们睡觉本来就一个紧挨着一个，一个翻身把自己被子上的衣服拱到边上很正常。徐闻香伸手抓住棉袄棉裤就往身上套,又抢到了两只鞋,袜子却不见了。战士们各顾各跑,谁也不愿落后。徐闻香还算机灵,为了争取时间,提着裤子就往外跑。刚跑出宿舍门,就发现裤子上的皮带扣子搭在了屁股后面。该死的皮带!他将错就错,伸手把屁股后面的皮带给扣上。

战士们以最快的速度从各宿舍蜂拥而出,迅速跑到操场上集合,程队长已经在操场上等候。陈亚军在五分钟内到达,非常自豪。

"稍息,立正,向右看齐,向前看,向右转,跑步走。"

各区队集合队伍清点人数后,开始往外跑步,又是连续上坡。徐闻香知道这回将面临巨大的考验,暗忖这次可不能在中途退出。他在慌乱之中把裤子给穿反了,想脱下来再穿已来不及。千万不能吭声,若被队长看见会取消自己参加此项目的资格。徐闻香心中不安,幸好队列检查时没被队长发现,可因为裤子扭着,跑步时受了不小的罪。他大口喘气,边跑边埋怨自己,决心下次要长记性。

还是赵庆丰的体力稍强,他看徐闻香快跑不动了,就把他的步枪拿过来挂在自己身上。王建军也跑不动了,上次救火受伤后,昏迷了两天终于活过来,虽然已经休养了一个月,但体力还没有恢复。他看赵庆丰帮徐闻香背枪,也把自己的枪挂到了赵庆丰的脖子上。

三公里跑步结束后,程队长点评各班在紧急集合中的情况。陈亚军带队的二班获集体第一名,受到口头表扬,二班战士们非常喜悦,兴奋地欢呼。

回到宿舍,为了避免被人笑话,徐闻香在混乱之中迅速把自己的裤子脱下,只剩裤衩,冷得直哆嗦。赵庆丰觉得不对劲,自己的上衣不合身,而刚才徐闻香和自己争抢衣服,不会是把我的衣服穿在了他的身上吧?走近一看,果然如此。

"我说徐闻香,你像话不?这是我的上衣,你还跟我争抢了半天。要不是你,我五分钟内也能到达操场。下次你可别把我的毛皮鞋也穿你脚上。”

徐闻香一摸兜里的东西，发现果然如此，捂嘴一笑，道歉说：“黑暗中实在看不清。不过，我这是为了不给集体添乱，要不咱们怎么能成为一个先进集体呢？”至于袜子，不用找了，就在地上，被踩得全是土。

陈亚军趁热打铁，计划带领全体人员继续练习，说：“大家听我说，再坚持一下，咱们用几分钟时间再练一下打背包。两竖三横，忙而不乱，要用力捆紧。背包带统一放在被褥边，不能乱，不能抢。”

练了几次，大家又试着用毛巾蒙住眼睛来打背包，越练越快。再将衣服鞋袜放置有序；将随身携带的物品放在固定位置，避免瞎摸，并学会边往外跑边调整，做到不遗漏。规范内务要从点滴做起，从琐碎小事做起，养成习惯，这样才能为下次紧急集合打好基础；踏踏实实走好军营里的每一步。

晚饭没吃饱，徐闻香这时觉得很饿。他体力消耗太大，等一会儿还要站岗两小时。

不一会儿，战士们都睡着了。

尖厉的哨声再次响起，区队长又在走廊里大声喊叫：“紧急集合！”

新兵们蒙了：“是真的？”

“这是怎么了？还让不让睡觉了！”王建军满腹牢骚。

“快快快，东西别拿错，背包捆结实，衣扣可以边跑边扣。”

在班长陈亚军招呼下，大家有条不紊地打背包、穿衣服、背武器。这次明显比刚才动作迅速。

原来，在上次的紧急集合中，程队长从队伍面前走过，对各班各人情况了如指掌，只是没说而已。徐闻香的裤子穿反了，赵庆丰的背包散架了，王建军的外衣衣扣是错位的，徐闻香和陈亚军没穿袜子，几个人跑步回来的时候歪背着枪，整个形象就如战场上溃败的兵。

二班明明做得最差,他反而说二班做得最好。这是因为他在二班战士身上看到了一种团结友爱和坚忍不拔的拼搏精神,这是最为可贵的力量。速度可以操练,精神是基石。

区队长上次一边跟在他们屁股后面从地上捡起一大堆掉下的物品,一边琢磨着要对这帮熊兵多搞几次紧急集合。看到不少人比上次有所进步,他感到满意。

程队长在队伍面前点评:“同志们,日常备战和紧急集合,是为了锻炼咱们军人的紧急机动能力,是为了让大家树立起常备不懈的战备观念。大家想想,敌人要进攻的话会分白天和黑夜吗?会告诉咱们是进攻一次还是两次吗?敌人的摩托化部队用不了几个小时,就可以到达咱们这里。这次紧急集合,比起上次要强得多。二班的陈亚军在帮助落后战友的同时,四分钟就到达了操场。这很好。下次,咱们各区队争取都要在四分钟之内到达操场,以后的标准则是三分钟。你们每个班都是一个战斗集体,战友之间要团结友爱,相互帮助,生死与共。有人提出,每个班的人员是否可以重新调整一下。你们觉得这样做妥当吗?你们是不是觉得经过短时间的训练,自己已经很优秀,想把落后的战友踢出去?我告诉你们,团队精神是你们战场生存的重要保证,更是取胜的关键!为了让大家尽快适应部队紧张的生活节奏,我们将不定期地搞紧急集合。本次成绩最差的是四区队五班。下次,超出四分钟的或装备不全的,我要让你们整个区队留下来做体能锻炼。希望你们回去以后,认真总结经验教训。今天就点评到这里,各区队带回。”

这里天气很冷,半夜从被窝里钻出来,紧急集合或站岗放哨都是需要坚强意志的事情。部队有时候还把站岗作为对战士的惩罚。这次轮到赵庆丰站岗。他头戴皮帽,身穿皮大衣,脚上套了一双毛皮鞋,戴着兔毛手套端着枪,任大风呼呼地吹在身上。此处群山环抱,大风仿佛要把人吹干,周围黑灯瞎火,就凭月光辨别远处的情况。大山和村庄的轮廓在月光下显得光怪陆离，一片寂寥。

突然传来“砰”的一声，把赵庆丰吓得毛骨悚然。他禁不住打了个寒战，咳嗽几声给自己壮壮胆，又立刻把子弹推上膛，手指紧扣扳机，举枪做瞄准动作。他眼睛眨也不眨地搜索目标，发现原来是半块玻璃掉了下来。没过一会儿，又传来了几声狼嚎，在旷野里久久回荡。他紧张得有些哆嗦。这两小时是那么漫长。

凌晨四点程队长来查岗：“口令。”赵庆丰快速回答：“长城。”但答复后又没把握。他刚从被窝里钻出来时迷迷糊糊，根本没听清，也没记住。

口令一般都是晚上下发的，每天要换，哨兵必须记住。哨兵们换岗时要交接口令，遇到生人时要盘问口令，对方若不答或答错，另一方有权开枪。这里处于战备状态，这点常识大家都是明白的。

赵庆丰还在犹豫之际，尖厉的哨声又响了——紧急集合！

队伍在四分钟内集合完毕。程队长训话：“今天的口令是‘长江’，不是‘长城’！搞错口令，充分暴露了大家的战备意识淡薄，协作精神不强。现在立正，向右看齐，向前看，向右转，跑步走。”

大伙儿又出去跑了三公里。一晚三次紧急集合，够艰难的。这下口令应该不会记错了。

这时，新兵们才慢慢体会到老兵们给程队长起绰号为老虎的含义。

起床号响起，大家坐起来穿衣准备出操。徐闻香发现王建军还在床上，不由纳闷，怎么回事？

“王建军，赶紧起床，你忘了你要站岗了？”徐闻香着急地把王建军叫醒。

“敌人也要睡觉，而且他们到这里路远着呢，怕啥？让赵庆丰多站一会儿。”王建军揉了下眼睛，满不在乎的样子。他打算继续睡一会儿，出操不用着急。

人家的袜子都是躺着的，只有王建军的袜子是站着的，可想有多臭。徐闻香把他的臭袜子放他嘴边，打算把他熏醒，谁知他毫无反应，继续发出呼噜声。徐闻香干脆把袜子放他脸上，他仍然毫无知觉地摇了一下头。实在没时间了，徐闻香把他的被子拉掉，也不管他恼火不恼火，大喊一声："队长要查岗的！"

王建军猛地睁开眼睛，一想不对，出操时要是让队长发现自己不按时接岗，非挨批不可。于是，他迅速从床上跳起，穿衣动作比紧急集合时还要快，飞一般地跑了出去。

训练大队的北面有个小水库。说是水库，其实就是一个比较大点的塘，有水的时候成为北方兵的溜冰场，干涸的时候就成了部队的天然靶场。

"向前，向前，向前，我们的队伍向太阳……"全体新兵在程队长的带领下，边走边唱着歌。他们着装整齐，扎着腰带，背着步枪，迈着整齐的步伐，一个个英姿勃勃，有点出征去打仗的样子。只是走出军营后，乱石路上高低不平，新兵们不但踏不响节拍，还要时刻当心崴脚。

"砰砰"两声枪响，大家吓了一跳。原来是程队长举枪朝空中打了两下，让大家先闻闻火药味，听听枪声，以消除恐惧。

他站在队伍前，给大家辅导："我简单讲一下射击要领。这是56式半自动步枪，打枪时枪托底抵于右肩窝，抵肩要实，紧靠锁骨，右手虎口握把柄，右腮贴紧。食指第一节靠在扳机上，左手握紧弹匣。瞄准时要将缺口上沿、准心上沿和目标的下沿排列在同一直线上，也就是三点一线。眼睛看准心和缺口是清楚的，看远处的目标是模糊的。当瞄准线接近瞄准点时，开始预压扳机，并减缓呼吸。当瞄准线指向瞄准点时，应停止呼吸，继续增加扳机的压力，三秒内完成击发。你们先练习趴着瞄准射击，有了基础后，再练习在运动中射击。下面我给大家示范一下。”

程队长先面向前方趴地上射击，很快又起身跑到左侧几米远的地方以跪姿射击，再向左跑上几米站着射击，三个连贯动作只在几秒钟内一气呵成，全部命中靶心，引得新兵们阵阵喝彩。

轮到徐闻香上场，队长在一旁监督着。

“徐闻香，用右眼瞄准，左眼闭上，你两眼都睁着干啥？”

“报告队长，我不会睁一眼闭一眼。我右眼瞄准，左眼还能观察敌情。”

“乱弹琴！真是一帮奇才！下回请你做教练好了。”程队长气得不轻。

步枪练习完毕后，开始练习用54式手枪射击。程队长举着手枪，在队伍面前示范：“身体侧向，双腿微开。你暴露给对方的是右侧面，人体最小面积，这是为了保护好左侧的心脏。战场上不是你死就是我亡，你一出手就要置敌人于死命。你不把对方果断击毙，就有可能被对方毙命。拔枪的速度要快，目视对方，右手拔枪，眼睛始终看向敌方而非枪身。再强调一下，枪别在腰间，拔枪就是顺手一捋。枪拔出后用左手顺势向后一撸使枪栓上膛，再打开保险，伸直右手，憋气瞄准，确保三点一线后快速击发。这几个连贯动作要练到何种程度？要练到在拔枪的瞬间能同时完成击发，并且射击后迅速瞄准下一个目标。动作越快越好。”

新兵们开始练习出枪和瞄准。至于啥时候能练到程队长要求的程度，他们也心里没底。不过，终于摸到了枪，还能有模有样地射击，让小伙子们沉静多日的报国热血又沸腾起来。他们白天练了夜里还练，你争我抢，技术精进。队长非常高兴。

投弹训练已经进行了一段时间，军营内没有这么宽大的操场供练习，新兵们就到院子外面高低不平的山坡上操练。投弹既是力气活，也需一定技巧，要充分发挥腰部和手臂的力量才行。投弹时，要先快速起跑，再用左脚紧急刹车，依靠惯性侧身后仰并蹬腿，用尽全力将弹投出。平时多流汗，战时少流血。平时的锻炼就是为了保证大家在枪炮响起时能无所畏惧，在激烈的爆炸声前能保持良好的战斗状态。

今天要练习实弹投掷。投弹训练的及格成绩是三十米，大家一般都能投上五六十米。训练时达不到及格成绩，是不能参加实弹训练的。只见程队长打开一箱手榴弹，拿出一个后左手拉线，停顿一下，再用右手扔出去。爆炸声太响，新兵们吓得捂住了耳朵，被程队长瞟了一眼。以前投弹训练时，就丢在自己脚跟前的、扔到别人身边的、吓得尿裤子的、不爆炸的，种种情况，程队长见多了。

程队长继续演示。他拿着步枪冲向敌方阵地，时而匍匐前进，低头躲避敌人子弹，时而弯腰一路小跑再继续匍匐前进，看准时机后抬头射击，接着侧滚到边上的隐蔽物后继续射击，然后穿越假设的敌火网和障碍物，在快要接近土坡时用站姿和跪姿分别命中靶子，最后将步枪往后背一挂，从弹袋中快速掏出手榴弹，拧开盖，拉住环，奋力将冒烟的手榴弹投出，只听"轰"的一声，敌方阵地被炸，顿时硝烟弥漫。战士们发出一片喝彩和掌声。队长是大家学习的榜样。

前面有射击训练用的坡，坡的外面就是干水库，周围还有多位老兵在不同位置做安全观察。新兵们一个个从后面跑过来，差不多快到坡的时候边跑边做投弹姿势，甩开手臂扔出去。巨大的爆炸声引来一片喝彩。安全员拿出一颗手榴弹交给一个新兵，叮嘱他打开弹盖的方法。新兵套在中指上，做好投弹准备，听到一声令下，就按训练的要求起跑，投向远方，然后卧倒在土坡后面，等到爆炸并听到安全员的口后令方可抬头。所有的战士都趴在土坡后面不能抬头，时间长了大家想舒展筋骨，但马上就会遭到一声呵斥，又立刻把头缩回去。

快要轮到徐闻香了，今天的训练内容让他激情澎湃，终于到了展现军人风姿的时刻了。大冷天的，他额头上直冒汗。“徐闻香，准备投弹。”听到口令，徐闻香从后面开始助跑，凭借助跑的冲力、臂力和腰部力量把手榴弹扔了出去，然后顺势趴在坡后等待爆炸并观看投了多少距离，心里想着这次自己投上六十米肯定没问题，估计能有八十米。可是，时间过了这么久，怎么没情况？大家正想把头抬起来看个究竟的时候，听到安全员的口令：“趴下！”

趴了半天还没情况，程队长开始沉不住气了：“妈的，屁弹？”

“你们谁都别动，我去看看。”程队长说完，趴在地上匍匐前进。地上全是高低不平的乱石沙土，爬过去难度不小。

徐闻香也打算爬过去看个究竟，被安全员命令趴下别动。他记得自己好像是用小指勾住弦的，可能没有勾住？不对，勾住了。徐闻香脑子里有点乱。

程队长爬过去了，可手榴弹在哪儿呢？由于不知落弹点在哪儿，程队长只得艰难地来回寻找。干水库不是平地，底下全是浮土和砂石，一颗手榴弹掉进去怎么找？费了很大的劲，他总算靠近了手榴弹，仔细一看，差点气晕——没拉住弦。程队长坐在原地，拍打尘土，缓缓劲。这帮新兵，训练任务还很重呀！

程队长铁青着脸，瞪着徐闻香，要不是看他是新兵，真恨不得给他两个耳光。徐闻香红着脸，羞愧地低着头，就像做错事的孩子一般。安全员问程队长是否要中断训练，队长果断地答复要继续训练。这些新兵的战斗能力，如不加强训练简直不可救药。

一个月后。“下一个训练项目是十公里越野。上坡最高点在四千米左右，直线来回距离十公里，走弯路的话距离未知。以最高点红旗手所在的位置为标记返回，不管你们线路怎么走，谁先到达目的地谁就胜利。按我的经验，沿着小溪，跳过乱石岗，穿越灌木丛，逐步上坡，这样走的路线会最快，也不会迷失方向。需要注意的是路过刀背坡时眼睛要往地上看，抬头或看两侧，你会恐惧。害怕刀背坡的，就绕道走。你们别麻痹大意，那本来就只是一条羊肠小道。现在气温在零下十几摄氏度，山上有积雪，上坡比较艰难，上面的气温还会更低，下坡也好不到哪去，当心打滑，要注意安全。今天考虑到路况原因，我们没有增加负重。这次你们能成功跑下来的话，就拿下了新兵训练的最大拦路虎，以后什么高山大川也不惧了。水壶不带，干粮没有，十分钟后出发。"程队长在队伍前做越野动员。

越野是五项全能中的一项。南方来的新兵恐惧越野，因为他们到高原时间不长，还没有完全适应——在高原上奔跑，肺部简直像快要拉破的风箱。经过这样的训练，腿部力量和心肺功能等能提升不少。

在旁边服务的卫生员穿着皮大衣，戴着皮帽子，捂着脸，只露出两只眼睛，呼出的热气在眼睫毛上冻住，整个脸上全是白花花的冰珠。新兵们临时披着皮大衣，脚穿单胶鞋，冻得不停地在原地跺脚，在做跑前准备。这里零下十几摄氏度是家常便饭。

程队长发出口令，王建军把皮大衣一脱，只剩下背心与裤衩，嘴里吹着热气，像匹野马般地开始奔跑。三团的几个女兵一个个蒙着脸，穿着绒衣绒裤，任山风呼呼地吹。别小看她们，这些西北女兵在三千米上下的高原上跑就像南方兵在平地上一样，习惯了，南方兵根本不是对手。

徐闻香连续跑了近一个小时才到达中转站，在他后面已经没人了，他是最后一名。刚才他踩在乱石上摔了一下，把脚扭了，衣服上沾满了湿漉漉的雪花与泥土，此刻非常疲惫。这项训练并不是他想象中的越野跑步，而是爬山，爬有积雪而没有路的山。程队长说，以后十公里越野的速度要练到四十分钟内完成。不知何时才能达到这成绩，徐闻香面对眼前的困境，越来越没信心。

"徐闻香，我来扶你一把。"区队长发现他一瘸一拐的。

徐闻香感到眼睛湿湿的，在最困难的时候，区队长来了。"不用，不用，我能坚持。"他很要强，尤其在首长面前——这要是让别人知道了岂不成笑话？

区队长在他边上跟着。

"都怪我不小心崴了一下，该死的，闯祸了。"

"没事，别硬撑，实在不行补考也没事。你能坚持下来已经算很不错了，其他区队有几个已经在半途退了下来。"两人气喘吁吁，说话含混不清。

徐闻香知道自己在拖区队的后腿，仍然咬紧牙关拼命奔跑，话都说不出来，只是点头示意，在痛苦中绽放笑容。

程队长和其他战友们已经在终点着急地等待，心想怎么慢那么多，别走丢了什么的。当徐闻香的人影出现后，大伙儿开始大声呼喊："加油！加油！"程队长看着徐闻香一瘸一拐地跑到终点，鼓励地拍拍他的肩膀。

"下面宣布成绩：王建军五十二分钟，获第一名……徐闻香一小时四十八分。这里对徐闻香在受伤的情况下坚持跑完全程，提出表扬！下周补考的有徐闻香……"程队长点评越野情况。二班战士垂头丧气，唉……徐闻香暗暗下定决心加强训练。

"明天的训练项目咱们要改变花样，由体力改为眼力。"程队长又在布置明天的训练项目，"会给你们每人发一本不同的英语书，你们要给我数出来自己的书中有多少个相同的字母。全书数一遍约三小时，想一遍就数正确是不可能的，很多人要数十遍，希望你们不要数到半夜。谁先完成，谁就可以去打篮球……"

五月初，有时还会下雪，到了下旬，才有春天的迹象。这天早上，天气晴朗,天也蓝蓝的。被赵庆丰精心浇灌的那棵杏花树知道有喜事,露出几朵嫩白色的花蕾。干巴巴的枯树现在变成了美丽的公主,战士们高兴地围观欣赏。

“告诉大家一个好消息,咱们要会餐了!”区队长发布了一条振奋人心的消息。

新兵训练结束后,炊事班开着卡车到附近几个县城兜了一圈,买到了一点新鲜蔬菜,又回来杀了一头还没太长大的猪。食堂每张桌上有八个菜,第一回有了米粉肉、木须肉、鱼香肉丝和醋熘白菜等等,汤是氽丸子加白菜粉条。新兵们笔挺站着,却不住地用余光看着桌子上的美味佳肴,不停地咽着口水。饭前的拉歌照样进行,大家只要不晕倒就要尽力吼。

政委先讲话:“同志们,大家辛苦了！你们经过了短暂的新兵训练,已经初步适应了部队的生活。这是你们刻苦锻炼的结果,而今后你们还将迎接更多的挑战。你们大多来自江南,从骨子里就传承着一种文化,一种精神,一种灵性。你们在高考中的成绩,你们的身体条件、心理素质和政治觉悟等都很符合咱们部队的要求。咱们部队在精心调查研究的基础上,通过选拔才把你们接到这里来。你们要不负众望,为实现科技强军梦发挥你们的才智与力量!”

政委的讲话引来热烈的掌声。刚到部队,新兵们从叠被子、洗衣服、穿军服和走队列等开始,逐步转变作风、转变思想;经过新兵训练,他们初步品尝了军旅生活的艰辛和坎坷,练就了顽强的意志,具备了军人的姿态和品格。

政委继续说:“你们将进入为期三年的文化学习和技能训练阶段,我们要把你们培养成有文化、懂业务、讲政治、会带兵打仗、能为国防事业做贡献的基层军官。所以,训练大队绝对不是安乐窝,更不是保险箱,我们将严格训练你们,并实行阶段性的淘汰。从以往的情况来看,你们中间只有十分之一的战士能坚持到正常毕业,毕业了同样不能保证一定能提干。要想成为一名合格的军官,你们将会面临十分苛刻的挑选,大家有没有勇气接受挑战?”

“有!”

战士们的吼声震耳欲聋。

“开饭!”

第八章
露天电影

最近一段时间，新兵们除了练兵备战，还增加了文化课学习，应用数学、英语等等都有学习任务。陈亚军和徐闻香除了正常的训练与学习之外，还在准备高考，希望能考上军校。区队长说了，大伙儿要向这两位战士学习，大家现在这点文化还远远不够。陈亚军在学习上已经初露锋芒，哪怕是很难的应用数学，课上只需稍微听教员讲一下就懂，下课后只管在操场上练习军事技能。

考期即将来临，傍晚，陈亚军和徐闻香在球场边散步，脸上泛出喜悦的光泽，应该是对考试很有信心。其他战友从球场上纷纷投来羡慕的目光。

区队长喊："陈亚军。"

"到。"

"你们俩到我宿舍来一下。"

"是。"

区队长关起门，三人都站着。区队长说："接师政治部通知，你们不参加高考了，留在队里继续学习训练。"

听到这话，陈亚军和徐闻香如天塌下来一般，陈亚军赶紧问："报告区队长,这是为啥呀?”

“上面自有安排,我们只能服从命令。”区队长也一脸怒容,沉默一会儿后他接着说,“跟你们说几句掏心话,当然都是我自己的想法,不是上级的解释。首先,咱们部队在扩编,你们在这里学习跟去军校学习差不多,而且理论与实践相结合的训练方式效果还会来得快些,也许上级不愿让你们离开这里或转岗;其次,其他学习机会少的战士也需要成长机会,上级需要综合考虑分配名额;再次,被团以上单位评过先进和奖励的战士,是有加分的,你们很有希望;然后,咱们的专业,招生的学校很少……”

陈亚军和徐闻香只听不语,欲哭无泪。

“按照我的想法,你们就在这里好好学习,咱们训练大队也出过不少人才。再说了,也不是以后都没机会,啥事都说不准。一个人只要具备了自学能力,今后学啥都行。话说回来,现在不是很多事情都在逐步改革吗? 摸着石头过河,未来到底会是啥样谁也说不清。”

陈亚军和徐闻香仍然满脸愁容。

“回去吧,安心学习训练,苦心人天不负。”

几天后,战士围在门口看小黑板上写的通知:今明两天在峡谷口放电影,战士们分两批前往观看。

部队里基本没啥娱乐,战士们平时就在山沟边走走,看看泉水和山花。在精神饥渴的年代,他们白天看山沟,晚上看天空,剩下的就是强化训练,天天这样循环,偶尔看次电影就成为一种巨大的享受。去峡谷口看电影要往山里走十里上坡路,回来再走十里下坡路,但大家心甘情愿。

这天战士们提前吃晚饭,徐闻香赶上帮厨,没来得及吃饭就抓了两个窝窝头装兜里。前面为了备考,他既要训练又要复习,实在辛苦,后来又因为不能参加高考苦恼了好几天,今天总算有机会出去散散心。

徐闻香刚刚跑出食堂就被炊事班长叫住:“徐闻香,你和小张一起抬一下猪食缸,把猪喂了再走。”

“我说郝班长,你就饶了我吧,我自己吃饭都来不及了。”

“我们也来不及了,不就一会儿工夫吗?做一件好事并不难,难的是一辈子做好事。去,明天我在你们区队长面前表扬你几句。”

无奈,徐闻香只能与小张一起把猪喂好了再走。洗完手,他刚跑到操场上集合,又被王建军拦住。

“徐闻香,你留下来替我站岗,下回你有啥帮厨、站岗和值日什么的,我全包了。”

“不行,我足有三个月没出过大门,都快傻了,还是你自己辛苦点吧。”

“你不是要进步吗?下回只要说起入党的事情,我就给你举手,说你是学雷锋标兵,而且我会再拉上几位一起举手。”

“得了,你要我做事,就说我是学雷锋标兵。今天你不去,明天再去呗,又不会掉块肉的。”

“我这人不行,一说起看电影就浑身痒痒。要不这样,下回吃白菜炒肉片的时候,我从碗里给你挑几片肉出来,这样现实一点吧。”

“不行。”

“天哪,你真不仗义。你不是前一阵把脚给崴了吗?你走山路要当心复发,到时候别连训练都参加不了,入伍时的梦想就全泡汤了。”见徐闻香不吃软的,王建军开始吓唬他。

“我最多跋山涉水去陆军医院看病。你就明天去吧。”

王建军无计可施。

队伍匆匆赶路,到达目的地已是傍晚。高低不平的土场上,两棵杨树间拉起了绳子,幕布已经挂了起来,大风把幕布和两棵杨树折腾得不停摇晃,真担心它们会被吹翻。场地中间坐的是军人,周围是零星的当地村民。以前放电影大多是重复放映的黑白片,《地道战》《地雷战》和样板戏等,而且放映之前必先放《新闻简报》,看多了大家台词都能背下来了。随着改革开放,有点谈情说爱内容的国产电影和外国电影也逐步出现。

由于各部队比较分散,集中到师部礼堂观看有难度,电影组每隔一段时间便会到基层组织放电影。有时候有新片子过来,就在礼堂和露天场地同时放映,电影组派人专门开着吉普车或摩托车两边跑片,万一接不上的话,就插放诸如《新闻简报》之类的片子。

到达后,指挥员安排各连队到指定位置,然后开始拉歌。官兵们穿皮大衣,戴皮帽子,排着队,坐地上。天气很冷,呼啸的山风在人群中任意穿行,他们脸庞黑红,腰板笔直。每个官兵都放开喉咙,竭尽全力,脖子上青筋暴突。歌声响起,震耳欲聋,为了响亮几乎跑调,就如喊口令。

各连队的领唱人员都是训练有素的拉歌指挥员,指挥起来一招一式铿锵有力,鼓舞着官兵们的士气,歌声一浪高过一浪。有的指挥员还会做出很滑稽的指挥动作,引发阵阵掌声和欢呼声。指挥员和官兵们被鼓励后更是憋足劲地大声吼唱,轮番轰炸,粗犷的吼声在旷野的山谷里回荡,直冲云霄。

这回,三团通信队有位女指挥员,戴着眼镜,文质彬彬,想露一手。据说她在文工团干过。她别出心裁地指挥女兵合唱了一首抒情军旅歌曲《花儿为什么这样红》,这属于表演了。男兵们正好歇歇。徐闻香他们这批南方兵第一次听到了女兵们用标准普通话唱的歌曲,真美。

掌声、吼声、笑声不断,直至天完全暗下来才停止。

电影开始前,电影组利用音响先播放一些好听的军旅歌曲。战士们的口水吼干了。期盼已久的电影总算开映。他们一路打听放啥电影,真没想到,原来是彩色宽银幕的外国电影《叶塞尼娅》,其色彩、乐曲和场景，给官兵们带来了全新的享受。

“当兵的，你不守信用。你不等我了？”野玫瑰叶塞尼娅与军官奥斯瓦尔多的一段情景对话，把故事情节推向高潮，加上乔榛和李梓韵味十足的配音、震撼力极强的音响效果，整部影片深深打动了战士们的心。

徐闻香看着电影，多想成为一名军官，早日实现影片中的浪漫梦想。他从小看样板戏长大，鬈发花裙、谈情说爱、西洋乐曲，这些以前被认为不健康的东西，逐渐被接受，也装点了徐闻香的军人梦。

回到宿舍后，赵庆丰意犹未尽，充满幸福感，拿出赵香花送他的塑料面笔记簿，把刚才从电影上听到的电影主题音乐记录下来，嘴里还哼着旋律。

“你能把刚才听到的歌谱记录下来？”徐闻香偷看他在写些啥。

“看一次能记录大部分，假如再去看一次，那绝对全了。我看过《冰山上的来客》后，就把谱和词全记下了。”

“好样的。你借给我抄一下吧，我也有一本新的笔记簿没用呢。”

“没问题。”

从此以后，战士们几乎每人都有一本用于记录歌曲的笔记簿。这是高强度训练学习之外的宝贵消遣。

过了一段时间，战友陈建桦在宿舍里宣布重大消息。“同志们，宣布重大消息，县城将放映外国彩色电影《奇普里安·波隆贝斯库》。上次看的叶塞尼娅美吧，据说《奇普里安·波隆贝斯库》的情节比《叶塞尼娅》还要精彩，里面的小提琴曲比《叶塞尼娅》的还要动人。想去看的请举手。”陈建桦停顿了一下，卖一下关子，接着说，“但是，大家是知道的，咱们外出的比例是四分之一。”

“屁话，说了白说。”徐闻香被吊足胃口后，听到这话有点恼怒。

“请陈亚军说说看有啥高招。”

“我有啥高招！晚上外出比例不是四分之一，是零，又不是自己部队放电影。”

“那有啥办法？心里特别痒痒，这《叶塞尼娅》把我看上瘾了。”

“依我看，留点悬念更好，以后总会有机会看的。看电影太浪费时间，看完电影今晚的复习内容只能推迟到明天完成。据说这个月电影队会到咱们这里来放露天电影《沸腾的生活》，也是外国电影。”陈亚军说。

“陈建桦，你知道那部电影大概的情节吗？”徐闻香问。

陈建桦笑嘻嘻地从兜里拿出一张纸，说：“这是三区队的老兵在县城电影院门口抄的电影介绍：奇普里安·波隆贝斯库是位音乐艺术奇才，他站在鲜花盛开和光影摇曳的海边，怀着失去祖国和心上人的悲愤感情创作了《叙事曲》。该曲深情委婉，哀怨缠绵，如泣如诉，听之使人心潮激荡，欲罢不能。这是对祖国、对心上人、对生命的深深眷恋……更主要的是有徐雁和向隽姝的配音！”

“可惜了，没机会欣赏了。”徐闻香一声叹息。

陈亚军批评徐闻香说：“今天习题册上的五十页作业你完成了没？整天想玩！咱们班可是优秀班，是突击班，是学习和训练的带头班，把心思都用对地方吧。”

大伙儿不吭声。

“还有，大家做题的时候要选择性地做，要学会归纳总结，不能硬拼。看部电影要走这么长的山路，花费这么多的时间，你们居然还有闲工夫想去看，叶塞尼娅把你们的魂都勾去了。抓紧睡觉，明天早上又是越野。”还是班长陈亚军比较懂事。

“是。”徐闻香觉得班长说得有道理。

露天电影如故乡的云水一般，冰冷而又温暖地悬挂在战士们心头的枝叶上。

第九章
种菜抢收

这里只有穿棉袄和穿绒衣的两个季节，五月下旬到九月适合种菜，如菠菜、大葱、莴苣和青菜等短期生长的蔬菜。司务长到县城买来菜籽，队长把土豆切成块，土豆只要入土就能发芽。这样大家就不用总吃地窖里的“老三样”了。学习和训练之余的种菜也是乐趣，队长把菜地划分给各区队，大家要一镐一镐地挖，翻土施肥。铁锹一脚踩下去没有一点动静，就如铲在石头上，大伙儿把吃奶的力气折腾完后就围在一起干瞪眼。这里的土壤质量差，除了坚硬，土中还含有大量的乱石，需要把石头从土中拣出来，而且这种沙土几乎没啥营养，能否种出菜来还值得怀疑。但是，在部队，只要有要求，就一定要见效果。

程队长神态严肃，转来转去，最后，他找到一个薄弱之处，先用铁镐挖开一个口子，再用铁锹一点一点挖，终于有了开端。他对徐闻香几个说：“你们先去搞点水，把土湿润后再翻。”

“是。”徐闻香和其他战友刚刚转身要去很远的小溪里打水，又被队长叫住：“不行，浇了水，土会被冻住。”

徐闻香大胆地出主意：“队长，现在是中午时间，这块地正好朝南，不会冻住，只要翻松了，晚上就算冻住也好办。”

“对呀，读了几天书就是不一样。”

战士们和队长一起翻地种菜，有机会与他近距离接触，队长身上的神秘感和威慑力渐渐退去，让战士们感受到他作为普通人的一面。

用了很多天的中午休息时间，大家辛辛苦苦终于挖出一块近百平方米的菜地。菜地四周与中间筑起一道田埂，再把茅坑里的粪土和猪圈里的肥料拉过来改良土质，最后种上土豆与大葱，把菜籽撒上。撒菜籽是技术活，队长奔走在田间地头，不厌其烦地教战士们怎么种菜，今后如何栽培和管理等。战士们最近一段时间只要有空，就很自觉地翻土垦荒，浇水施肥。大家又在院子周围的荒地里顺便种了一大片豆苗，作为猪饲料。

程队长很有成就感，蹲在地里说：“徐闻香，你们几个去附近老乡家的院子里移几株格桑花过来。菜地周围长点花花草草，好看着呢。”

“是。”徐闻香习惯性地答复，可不知格桑花是啥。几个人你看我，我看你，谁都不敢先出声，怕被队长批评。以前程队长说过：什么不耻下问，问人家就是可耻，自己不会动脑子去想一想？徐闻香只能硬着头皮去找。他找来找去发现这里只有一种花，还能搞错？徐闻香挖了几株回去。程队长满意地说：“用不了多少天，这块地里就会变得花花绿绿。”

“同志们，大家好好干，争取在‘八一’会餐时吃到清炒油菜、凉拌菠菜和大葱炒土豆丝。咱们不但要吃上新鲜的蔬菜，还要让咱们的营区里开满格桑花，年年盛开，岁岁鲜艳。”队长信心满满地说。

战士们听了队长的话备受鼓舞，高兴地呼叫了起来。他们开垦出了更多的菜地，精心管理，施肥浇水。菜地里绿油油的蔬菜茁壮成长，大家等待着品尝绿色蔬菜的味道。部队不但要会打仗，还要学会种地，这是老一代传下来的光荣传统。

晚饭后，战士们经常会到菜地边忘情地谈论，欣赏自己的成果，总觉得这里比江南还美。只是没过多少天，才冒出一点嫩芽的蔬菜全部被一场霜冻蔫了。说来也怪，几株细细的格桑花却越来越挺拔，越来越鲜艳，成了灰土色营区最有色彩的植物。花儿不惧风雨，不惧寒冷，把根深深地扎在土壤里。

程队长在周围转了转，皱着眉头。新兵们远远地张望。

队长在队伍前讲话："同志们，很可惜，大家辛辛苦苦种的菜全白费了。但是要知道，这不仅是在垦荒种菜，解决吃菜问题，也是在考验咱们的意志，考验咱们的决心，希望你们以后都有格桑花那种拼命的精神，不屈不挠，顽强生存。不管自然条件有多恶劣，不管理想信念受到多大的阻挠，咱们都要在这贫瘠的土地上寻找生命的价值，等待着绽放的那一刻。这样，留几个人重新把大葱和蔬菜籽种上，其余的去周围山坡上把树苗种上。干这些事都要讲究时节，先把营区周围种上，再慢慢向外扩散。咱们既要种菜，也要改善环境。虽然年年种树，年年成活不了几棵，但是慢慢积累，总有一天这里一定会绿树成荫。"

在队长的发动下，徐闻香和赵庆丰表现出不怕苦不怕累的革命精神，主动提着水桶去附近山坡上种树。当地民间有句俗话：栽棵树比生个娃还要难。种树要先把石头扒开，挖坑加土，土是从别处运来的，再把树苗栽上，每天浇水直至它成活。一棵树还没栽成呢，徐闻香和赵庆丰已累得一屁股坐在地上喘气，开始议论。

"咱们不能往一个坑里栽两棵树苗吗？这不就省劲了吗？"

"乱弹琴，要是可以，早这么干了。"

"哎呀，看看我的汗。适应高原，还需努力。"

"咱们是体虚。在南方，把杨树枝扔沟里都能成活。"

……

忙活到八月底，种菜种树终于略见成效。

后勤部来人检查食堂，路过大门口的菜地，首长指出，菜地的边界不直，歪歪扭扭的。程队长后来带领战士们把格桑花挖出来，画好线把边界拉直后，再把格桑花栽下去。没过几天格桑花活了，部队的田地变得整齐方正。

炊事班这段时间也不甘落后，在学做豆腐。程队长边抓训练边抓伙食，只要有空就往炊事班跑，这次去看看他们新做的豆腐。炊事班第一次做豆腐，程队长吃着豆腐皱着眉头，这豆腐酸唧唧且不成形，这不是浪费黄豆吗？他嘴里鼓励着炊事班，心里琢磨着该怎么办。他听说三团的一位随军家属会做，立刻派人去学习卤水、过滤和压制等技术，炊事班才算慢慢做成了豆腐。但是，黄豆是计划供应的，有了技术，买不上黄豆也只能放弃做豆腐。程队长打算找机会与后勤部领导协商，争取让农场给分配一点黄豆。

转眼到了收麦子的季节。

一天，训练大队接到命令，去农场抢收麦子。政委在队伍前动员："同志们，师部安排咱们去秦岭农场抢收麦子。你们刚来不久，还不清楚咱们农场的情况，我来介绍一下。咱们的农场在秦岭附近，要坐火车去。为了减轻国家负担，咱们向当地政府申请了没人要的荒地，经过我师官兵连续十多年的垦荒造田，目前农场已有两千多亩良田。由于天气原因，眼看着麦子将会减产，另有被偷盗的风险，师部命令你们快速前往帮助抢收。你们目前的任务是训练与学习，但这与种地并不矛盾，以前的南泥湾不也是这样吗？你们一区队大都是农村出来的，让你们去收割麦子是有依据的，是对你们的信任，是对你们的器重，你们一定要完成好上级交给的光荣任务。但是，回来以后，你们还是要补上训练计划，哪怕每天晚点睡觉。大家有没有信心？"

"有！"战士们异口同声。

“由于这次任务特殊，去抢收粮食，对于成绩突出的同志我们将给予奖励，作为以后入党的参考条件。大家马上准备一下，明天晚上坐火车出发。”政委借此机会与上级协商，请农场给审批点黄豆，让战士们能吃上豆腐。

战士们对陌生的环境很好奇，他们想象农场一定很有意思，有丰富的农产品——大米饭、白馒头，有丰收的喜悦。经过两天的火车，他们到达秦岭附近。这里的小麦到夏天才成熟。天下着小雨，解放牌卡车架起雨棚，车队载着大伙儿驶向农场。在农场大门口，战士们看到大山一侧的良田被雾气笼罩着，简易住房的外围是一排高大的杨树，大门一侧红砖的围墙上写着“备战备荒为人民”的红字标语，另一侧写着“深挖洞，广积粮，不称霸”的标语。废弃的木质岗亭成了狗棚，一条被拴住的黄狗肩负重任，另有一群小狗看护院子，鸡鸭满地乱跑。进入院子就是很大的打麦场，场地上有几台脱粒机器，西侧是两排红砖简易平房，食堂、宿舍和卫生所等全在其中。

农场在县城东七八公里处，原来是水库库区。院子外不远处有一条用于浇灌的小水沟，一直通往麦田深处。金色麦浪一望无际，好一幅田野、村庄、大山和云雾的天然画卷。这里是部队的科研基地，因试验武器的需要，也为了保障安全，道路从大山出发，经过的荒地就成了部队农场。被整出来的良田与江南小块小块的田地绝对是两种概念，这里的田埂上可以开汽车。一边是荒滩，一边是良田，战士们走过田边感叹不已，不用说，这良田都是官兵们用自己的血汗换来的。所以，粮食不能浪费。

农场场长知道有兵来支援，早早就站在大门口迎接。他平头短发，脸色黑里透红，像一个穿军装的庄稼汉。由于农场为解决部队粮食问题做出了重大的贡献，场长和政委都是副团职干部。

场长讲话：“同志们，你们看，前面就是咱们的两千亩小麦田，左边是桃园，右边是藕塘。八百里秦川八百里粮仓，咱们这里还只是八百里秦川的边缘。站在这里,就如站在你们江南的鱼米之乡,这是我师全体官兵通过十多年的轮换垦荒,用辛勤的汗水垦出的成绩。田里是咱们部队和其他前线部队的口粮,咱们一定要全力以赴把麦子全部收上来。部队从事粮食生产,解决好吃饭问题,具有重大意义。大家要站在打击外部侵略、维护边境安全的高度,来看待自己所肩负的重任。我话不多说了,大家旅途辛苦,整理一下先去食堂吃饭,下午就去地里收割,拜托同志们啦。"他的一席话让战士们听得热血沸腾,斗志昂扬。

食堂为欢迎大家的到来,抓了几只鸡。炊事班人手不够,徐闻香和赵庆丰等几个放下背包主动去帮厨。他们走到哪儿,好人好事做到哪儿。徐闻香从手起刀落,给鸡放血拔毛,开膛破肚,到剁碎扔进锅里,一共没花几分钟时间。这些熟练的动作让炊事员瞠目结舌。怎么他们这兵也会杀鸡?炊事员小宋不买账,要比试一下。动作没你麻利,还算什么炊事员?结果被炊事班长臭骂一顿:"哪还有鸡杀?这几只要留着孵小鸡的。"赵庆丰前去显摆:"告诉你吧小宋,他专门练过的。而且,让他杀敌人比杀鸡还要利索。他摔跤也厉害,不信的话,你们试试?"

"你们吃饱了没事干!赶紧做饭去。"吃饭的人多了,炊事班长忙得焦头烂额。

说徐闻香练过杀鸡说不上,只是因为馋,在老家只要有机会都是他抢着上。训练时要计时,实战时要麻利,这样才不易被人发现——这是队长的教诲,结果被他应用到了杀鸡上。徐闻香帮厨时特地看清了他们做米饭的方法,不是一锅慢慢煮熟,而是先煮个半熟,然后捞起来放在蒸笼上蒸。至于炒菜,全靠一把铁锹在大锅里翻炒。门诊部派来的女军医陈医生与另一位女军官李参谋也在帮厨,食堂里很忙。

不一会儿,红烧鸡块、清炒西葫芦和西红柿鸡蛋汤端出来了,大伙儿垂涎欲滴。其实，几只鸡哪够六十九个壮小伙吃，但是能解解馋大家已经非常满足了。

大家开心地吃饱饭，跑步去农场抢收。农场有两千多亩地，由于播种时间以及所处位置不同，小麦的成熟期也不同。训练大队一区队被安排收割两百亩麦子。收割的第一天，毛毛雨飘个不停，湿漉漉的麦子就让区队长犯了愁。麦子堆在那里直发热，战士们给它们翻了几次身透透气。

区队长在现场召开班务会，说："同志们，农场领导安排咱们要在计划时间内完成收割，这是命令。播种和收割都是讲究时效的，现在刚刚收割了一天，这雨就下个不停，眼看着麦子就要烂在地里。同时，打下来的麦子湿漉漉的，已经堆满了仓库，兄弟连队也把抢收下来的堆在那里。我看这些麦子已经发热，用不了几天，会发霉变质，真是进退两难啊。大家都知道，这些麦子，是咱们全师官兵辛辛苦苦用血汗换来的，是咱们的口粮。吃不上白面就要吃窝窝头，怎么办？大家都有文化，希望你们尽快提出合理的建议，尤其是有种田经验的。只要粮食获得丰收，我就向上级申请嘉奖；相反，要是完不成任务，我会带头承担责任。"战士们也明白，麦子要是损失了，大家都要受苦。

战士们身穿黑色雨衣，雨衣外面是雨水，里面是汗水。沉默了一会儿，赵庆丰发言："报告区队长，这边不像南方，雨水不会多的，或者说下不了多久。按照我的意思，这麦子要等雨停后再割。成熟的麦子不会轻易倒在地里，就算倒在地里，也比堆在仓库里发霉要强。"

"有道理，可是时间上来不及啊。万一这老天真要持续下上几天，那怎么办？上级要求咱们十天收割完成，完成后还要翻地种别的，所以必须按时完成，否则要受处分。这样吧，我向上级汇报一下当前的情况，你们先休整一下，回去讨论讨论如何提高割麦效率。"

农场的一间平房里，地上临时摆上两排木板就成了床，大伙儿十几个人紧紧挨着睡。他们把带来的床单盖在身上挡蚊虫,将衣服卷一下做枕头。这里没有条件洗澡,战士们自己打了口小井,用抽上来的地下水简单冲一下。说是井,其实只是一个坑。天气比较炎热,这样的环境对新兵来说又是一大考验。

第二天是阴天,湿答答的,区队长坐不住了,啥时能给我出个太阳? 全体人员都在地里站着,他问赵庆丰:“你对这天气有多大把握?”赵庆丰一直在观察天气变化,可因为附近有大山,难以预料。

“报告区队长,我也只是猜。这里位于山区附近,天气肯定变化多端。我主观地判断,这天气明天会好,接下来该考虑的是怎么去突击收割的问题。”

“希望能托你吉言。我们这回不但要收割好,还要留好明年的种子,否则会影响明后年。”

后勤部李干事也来到地里视察收割情况,见大家都站着,就问区队长:“你们怎么不抓紧收割? 不按时完成任务是不行的。”

“报告李干事,我们正在见机行事。这天气不帮忙,一会儿小雨一会儿阴天。”区队长堆满笑容。

“后勤部是在考虑天气因素的基础上才制定出了收割时间表,你们要是擅自改变计划,是要承担责任的。我们兜了一圈,看了不少抢收的连队,确实都在反映和你们同样的问题,预计损失会比较大。不过,我也不敢随便改变上级指示。”

“是,我们会尽快执行抢收方案。”区队长很清楚蛮干是不行的,他肩上的分量比挑担还重,一直在琢磨如何能完成抢收,减少损失。这么好的麦子千万不能浪费。

二班战士开始议论,班长陈亚军说:“这次如果完成不好抢收任务,不仅口粮会更短缺,咱们区队以后的入党名额恐怕也会受影响。”

这么一说,大伙儿更着急起来,都在想办法怎么才能减少损失。

只有王建军满不在乎地说:“你们的私心杂念太重,整天想着入党提干，我告诉你们，这地方是靠天吃饭，你有再大的劲也没用。”

“你站着说话不腰疼，你可以不考虑入党提干，可我们不行。再说了，我们抢收麦子又不是纯粹为了入党。”

“哟，还是王大个儿洒脱，满三年你就卷铺盖回家吧。”

“不想当将军的士兵不是好士兵。”

“大个子弯着腰割麦子累着呢，少割点他才高兴。”

战士们你一句我一句地说王建军。

“少说几句，把劲用在正道上。”区队长打断了大家的议论。

第三天雨停了，是阴天。赵庆丰笑了，区队长更是满脸笑容，打算等地里晾晾干，明天开始干活。他带领战士们沿着管辖的两百亩田走了一圈，看哪儿麦子先熟安排哪儿先割。

第四天，起床时还是阴天，大家正准备动手时又飘起了小雨，这下区队长急得快要崩溃了。他就像热锅上的蚂蚁在屋里团团转，又集合队伍到田里观察情况，不再追问赵庆丰。他觉得赵庆丰是凭空瞎猜，没有一点科学依据。不过徐闻香注意到了，雨不大，麦没倒，这就是好事，等天转晴马上可以收割。于是徐闻香报告区队长：“麦子没倒，只要雨停就可以收割了，这里的水分蒸发得快。”

正说着，天气显示出转好迹象，区队长绷了几天的脸才露出笑容。这几天来，他是吃不好睡不好，现在赶紧做动员：“同志们，现在考验咱们的时候到了。我让炊事班做干粮，咱们从明天开始，分两批人马在这里日夜连续作战，好不好？”

“好。”战士们斗志高昂。

次日清晨，天没亮就起床，每人带上两只足有半斤重的巨大包子。包子馅就是一点白糖而已。另外带上两小块咸菜，背上一壶水。

经一周时间的日夜奋战，收割即将完成。

后勤部李干事来到田头，见区队长就夸：“预计你们区队产量最高，没有一点烂在地里，好样的。其他连队堆在仓库里的那些粮食可惨了，而且整天搬进搬出晒太阳，劳民伤财。”

区队长满脸笑容，骄傲地说：“那可不，我们区队是什么素质，召之即来，来之能战，战之能胜，收割用上了优选法统筹学。你再看看我们这些小伙的肌肉，哪个不壮实？我们可不比专门种田的差。”

“看来你们还真是一支比较能战斗的连队，今年收成这么好，你们以后能少吃粗粮了。”

战士们不禁欢呼雀跃。

第十章
力求进步

这里的麦子成熟比较晚，战士们在地里脱粒后，把近两百斤重的麻袋扛上汽车运到农场。麦子要经扬净、晒干和灌袋，再送到外面加工做成面粉。在这段时间里，小麦不断地从地里运来，水分很大，要晒几天，否则就会发热霉烂，最怕遇见阴雨天。水泥地上摊晒着小麦，过点时间就要拿木锨翻身。太阳当头照着，战士们消耗了大量体力。

陈亚军从外面气喘吁吁地跑过来汇报："报告区队长，昨晚咱们堆在田间装满麦子的麻袋缺了不少。"

"啥？少了多少？黑暗中被人偷了？"区队长的脸色马上沉了下来。

"当时也没数数，估计在十袋左右。"

"走，带我去看看。"

"区队长，等等，我先报警。这点小事让我们解决吧。"王建军主动请战。

"也行。你们班过去查查。"

"明白。"王建军到场长办公室打完电话后就和大家一起奔向麦田。

王建军冲到麦田，见两三个人正在割另一片麦子。他们为减少重量就只割麦穗部分，割下来后往麻袋里装，见军人冲过来后纷纷后撤。王建军向其中跑得慢的一个妇女追了上去。追到一个院子门口，赶紧逃了回来——只见一条大黄狗汪汪叫着追着他，她男人也拎了根扁担从家里迎了出来。妇女放下麻袋，站在门口，两手叉腰。

其他几个战士也跟上来，但不知道对方底细，怕犯“影响军民关系”错误，不敢上前。王建军说：“你们离远点，我一个人来对付他们。”他虽这样说，战友们还是保护着他的侧面和后方。

一名壮汉拿着扁担扑向王建军，王建军一闪，躲到侧面，壮汉惯性之下，一头栽到了田地里，摔得满嘴是泥。

“民警来了！”徐闻香大喊一声，双方住手了。

三位民警骑着自行车奔过来。民警在大家的心目中象征着力量、权力与公正。

“你们谁偷了麦子？立刻回去扛过来。”看来不是第一次抓住他们了。

“不是，民警同志，我们也吃不饱饭……”壮汉辩解道。

“这是军粮，懂不懂法?！想去坐牢吗?”

听说犯法，会坐牢，几个人慌忙说：“我们还给解放军就是……还回来就是……”说着乱哄哄地散去。

金所长对陈亚军说：“这几个是老油条了，仗着部队不会‘影响军民关系’，经常干些偷鸡摸狗的事。这里穷，日子不好过，我们也就是批评教育为主。军人不能打架，尤其是群架。”冷静下来后战士们吓得都不敢吭声，幸亏没动手，不然要是被通报到部队，那还了得。

金所长来回地看着新兵们，见一个高个子，就问：“你是王建军？是你在打架?”

王建军眨巴着小眼睛道：“我叫……我叫徐闻香。”

徐闻香一愣，这小子没个正经，噌地往前跨了一步，对视着王建军说："你小子可好，做了坏事就管自己叫徐闻香。上回军容不整被纠察逮住，人家问你叫啥，你也答复人家叫徐闻香，后来被通报的就是徐闻香违反了军容风纪有关规定，我可被你害惨了。"

"民警叔叔，他就是王建军，整天打架斗殴。"徐闻香回头对民警说。战士们笑了起来。

金所长被逗乐了："你这小子，长这么高的个子了，跟你爸一个模样。"

王建军踏实了，这就是他小时候见过的金叔叔，他之前就听说金叔叔在这里当公安。王建军说："金叔叔，还是您这身服装管用。啥时候您借我穿穿，让我也威武威武，这些小贼就不用劳您亲自出马了。"

金所长拍着王建军的肩膀问："你爸爸还好吧？没想到在这里见到你。我是从咱们部队转业出来的，世界小吧。来，没带啥东西，一包糖大家留着吃吧。"

王建军接过糖果，很惭愧地说："谢谢叔叔！我爸经常说起您，说您特别有才华。这不，您成了所长。"

"我这算什么才华呀，净抬举我。行了，等粮食要来了，大家就回吧。这些人不富裕，又没文化，你们原谅点，别打架，啊。"金所长笑呵呵的。

抢收结束，几车皮的面粉与菜油被运回各部队。赵庆丰和徐闻香因成绩突出受到通报表扬，区队长宣布这一结果后，二班战友纷纷向他们祝贺，唯独王建军闷闷不乐。晚上他来到了区队长宿舍。

"区队长，我没想到他们两个会受表扬，这下他们可真是离入党不远了。"

"怎么，你有想法？"

“要是陈亚军也就罢了，他们两个也太一般了，这样会影响大家的积极性。”

“你就嫉妒人家了？我告诉你，在抢收中全身心投入的战士必须要鼓励。”

“我不是那个意思，我的意思是有点不公平，你看别人不也是整天背两百斤的麻袋吗？”

“你背了多少割了多少，自己不清楚？但是，有一点我是认可的，你在追被偷的麦子的过程中发挥了很好的作用。”

“那是不是考虑给我个嘉奖？”

“你不是不计较荣誉的吗，今天怎么也来伸手了？为荣誉而战，见荣誉要让，咱们部队有为荣誉而争的先例吗？要甘做无名英雄。”

“不是，不是，我不是也想进步吗？”

“我看你的动机有点不纯。这些都是组织上要考虑的事情。但是，我可以给你透露点消息，上次干部科的张干事来了解情况，我把你的优点向他做了汇报，你如果表现突出，说不准你毕业以后有分配到一团的机会。要是能进一团，发展的空间就大了。”

王建军获悉后大喜，急巴巴地说：“队长，不，区队长，您的眼睛不是电灯泡，不对，就是电灯泡，不对，应该说跟电灯泡一样明亮，啥事都能照得清清楚楚！您看我，急了，话也讲不清。这一团是随便能进的吗？只有冒尖的才能进，这点我是清楚的。”

“看来你平时大大咧咧，还是心里有数的嘛。”

“那可不是，全凭您的英明领导和谆谆教诲。接下来我也要好好努力。我本来对应用数学没把握，现在却不比陈亚军差多少，要是他能提干，搞科研，我也能。”

“求上进是好事，心思都要用在学习和训练上。这些都是很严肃的问题。”

“是，我明白。”

“还有，也需要提醒你，你不能老是以干部子弟为骄傲，要和大家搞好关系，打成一片。你们是一个战斗集体，要相互帮助相互保护。有困难要争着上，见荣誉就要让，这话我说过多少遍了。在收割中你把困难都让给人家，能行吗？”

“不是我个子高吗！弯着腰割麦子那可太遭罪啊，比五项全能还累。”

“穿一号军服的就你一个？以前我听说，你对入党提干不太感兴趣的，是不是？”

“以前是，现在不是。区队长，我想通了，入党提干后可以扎根部队，一辈子做军人，安安心心保家卫国守边疆，战场就是我挥洒热血、驰骋梦想的地方。”

区队长半信半疑地瞅瞅他：“不会是想着穿上四个兜，就可以拿工资谈对象了吧？”

“那不会，绝对不会。我王建军一表人才，能文能武，不愁挣不着饭吃，娶媳妇更不成问题。”

“但愿你说的是真话，你这小子不简单。再次嘱咐你，一定要端正思想。”

“是，明白。”王建军起立敬礼，离开区队长宿舍。

区队长笑了笑，这个少爷兵总算有点开窍了。

一个上午，徐闻香在训练，被区队长叫住。区队长绷着脸，看来没好事。他茫然并迅速地打开区队长递来的纸条，原来是体检报告。

“什么？我是肝炎怀疑对象？”徐闻香吓得一身冷汗，欲哭无泪。他首先想到的是部队里能容下一名肝炎患者吗？闹不好会立刻让自己卷铺盖走人。

区队长满脸愁容：“这样吧，你别着急，先不参加军事训练，歇歇，自学文化课。你与大伙儿隔离上一段时间，吃饭的话，我让赵庆丰单独给你送来。”

“区队长，不会让我提前退伍吧？”

“哪能呢，别多想。现在只是转氨酶升高，别着急。”区队长安慰着。

以前负责接兵的曹军医获悉后，匆匆赶到训练大队，与程队长见面后没有寒暄，握手后直接道：“队长，你要手下留情。”曹军医气喘吁吁。高原缺氧，人着急走快一点就这样。

“我和政委正寻思着让徐闻香提前退伍。咱们这里几百号人呢，不能出一点问题。”

“先慢点，观察一下，这也是对双方负责。”

“现在已经让他隔离，可我们总觉得不是个事。”

“我接的兵，不可能有肝炎患者。就算他得了肝炎，我估计也是在这里得的。”

被曹军医这么一说，队长和政委一头雾水。

“曹军医，那请你给我们分析一下会有哪些可能。咱们这些兵是不与外界接触的。”

“队长，依我看，是营养不良、身体不适应高原环境造成的。伙食如果再跟不上，还会有战士得病的。你知道我们当时选拔这些兵有多难？差点和其他接兵部队闹起来。我的看法是，如果你们要让他提前退伍，最好和沈副主任先沟通一下。”

“明白。曹军医，我们在这里艰苦创业，新兵们确实吃了不少苦。现在战士们能吃上自己种的新鲜蔬菜，已经比冬天的时候好多了，只是肉还少了点。实在不行的话，我们再考虑把训练进度缓一缓。”队长脸色尴尬。

“让徐闻香休息一个月再复查，如果正常了，说明就是这么个情况。”

“是的，不管他是不是肝炎，我们都要引以为戒。我们会向上级后勤部汇报。”

“那我先走了，我去看看徐闻香。”

“好的，谢谢曹军医！”

区队长在旁边听着，感觉有点不对劲，对曹军医说：“曹军医，你是不是整反了？隔离的话，应该到你们门诊部去才是。让他把病号饭吃上，再治疗一下，恢复不就快了吗？”

“区队长，小胡参谋，咱们在一起这么多年，你还不了解门诊部的情况？哪有啥隔离条件，要吃个病号饭麻烦着呢。还是你们这边宿舍多，条件好点。你们各级领导多照应点，要是真有病的话，只能送省城陆军医院。”

区队长不停地摇着头，叹着气。

曹军医见到了徐闻香，他苍白的脸上挂着倦容，人太瘦。曹军医这回没有带药，只把两包豆奶粉塞到了徐闻香手上。徐闻香捧着豆奶粉，热泪盈眶，嘴唇颤抖，却说不出话来。

“当时我就跟你讲，这里是艰苦的地方，你非得来。你父母知道你的情况吗？”曹军医拍拍徐闻香肩膀，半是安慰半是埋怨，眼睛里闪着泪花。

“没事，是我自己选择的，我能承受。”说着，他把豆奶粉送回曹军医手上。

“最好是吃点牛奶粉，可这里买不到牛奶粉。拿着吧，我好坏还是拿工资的。营养跟上去会好起来的，转氨酶升高并不一定是肝炎。”

徐闻香到部队，第一次感受到像曹军医这般如父辈的关怀，感动地流泪了。

“别哭，部队里不能哭。你们家乡的生活条件多好……好好干，不会有事的。”

说起家乡，徐闻香更是伤心，愣愣地站在那里，目送曹军医的吉普车离开。

下午，队长办公室召开干部会议。程队长说："战士们训练强度高，肉食比较短缺，这样下去不但完不成训练计划，还会把身体拖垮。全师军事比武就在眼前，能不能获胜很难说，更别说拉出去打仗。咱们猪圈里只有两头没长大的猪娃，大家讨论一下，是否可以先杀一头。"

政委发言："我看不行，吃完了这两头怎么办？再说也没钱买猪娃。"

"司务长，你出出主意。"队长见他只管低头抽烟，便催促道。

"咱们全师都一个样，人家的伙食也好不到哪儿去。"

"咱们是否有办法再去买几头猪娃？"队长问。

"再去买猪娃又要大家勒紧裤腰带了，这个大家衡量，要是愿意苦上一阵子，我就去办。但是，我觉得灵活的办法还是有的。"

"有啥办法快说。以后能不能做到一个月杀一头，这是考验你的工作能力。"政委迫不及待地问。

司务长感到了压力，提出个建议："现在是秋天，在远处的大山里有一种树，叫橡子树，树上的果子摘下来可以喂猪。据说，这橡子含有很高的淀粉，超过豆类。我看见当地老百姓都在采，咱们是否让全体战士也去突击一下，采上几卡车？周围的豆苗全部吃光了，咱自己种的土豆也挖完了，想找个有草的地方都找不到，实在已经山穷水尽。"

"这办法好，采橡子可以解决饲料问题。"军官们点头赞同。

"可是，买猪娃的钱从哪儿来？最好能买上十头猪娃。"这个问题又困扰着大家。

司务长掐掉烟头，提出了自己的想法："依我看哪，我去找百家村的村长谈谈,咱们提供点取暖煤,看能不能跟他们换上几头猪娃。再怎么说,咱们有棉袄棉裤皮大衣,少用点取暖煤大家能扛一扛。这个想法大家看看行不行?”这里没有煤矿,加上运输困难,煤炭贵如黄金。

队长说:“我看可以试试,零下十度以下烧一烧暖和一下,否则就不烧。”大家采纳了这一建议。

政委补充道:“咱们还要发动一下战士们,让他们在空闲之余帮助炊事班养猪,参与并且有成绩者,要把其列为培养对象。上次买两头猪娃,我和队长每人从工资中拿了一点钱出来,这回我和队长继续做表率——从战士的伙食费里省是不行的。”

“政委,这回我也拿一点出来。”司务长主动表态,其他军官也纷纷表示要支持。增加猪娃总算有了希望。

吃过早饭,战士们带上馒头、咸菜和水壶向大山出发。出发前,区队长作简单动员:“咱们用一天休息时间到大山里面去采橡子,每人发两只面粉袋子,采满后送到大山外,炊事班的卡车在外等着。指标是每人采四袋。这既是劳动,也是锻炼。炊事班说了,晚上给大家加菜,猪肉末炒粉条。”

晚上能吃上猪肉末炒粉条,这是强心剂。在高原上爬山,身体差一点的,肺部就像快要拉破的风箱,战士们有点畏惧。但是,每人都清楚,艰苦的劳动是对自己的突破,在劳动中寻找乐趣,在劳动中获取成绩。采回来的橡子由炊事班长称重量,公之于众,是年底评比先进的依据之一。

以班为单位,战士们分头分片穿越灌木丛,沾得满身是土。大家热了只管解开扣子,没人要求军容风纪。走了一个多小时,翻山越岭,却还没看见橡子树在哪儿,一个个呼哧呼哧喘着粗气。越往上走,山越陡峭,稍不注意就是一个趔趄,战士们手脚并用,连攀带爬,总算走到山腰。

设定时间让战士们爬山采橡子，也是让战士们提高自身素质的一项措施，培养他们在高海拔条件下完成特殊作战任务的能力。

徐闻香问陈亚军："你觉得还有多少路？咱们要争取赶在其他班的前面，别给采光了。"

"区队长说有一小时路程，我看要用越野的速度才行。"

"是啊。我看走个来回要三小时，一天来回两趟有点悬。"

"我也觉得够呛。"

"这是在考验咱们的意志。我的挎包里就装了三个白馒头。"

"区队长说了，再怎么艰苦也要上，咱们抓紧时间。"

大家走累了就坐下来歇歇，不停地擦汗，王建军背靠着山坡闭了一会儿眼，又接着赶路。又走了一个多小时的路程，见到了橡子树林。

"有树，大家快看，前面有树！"王建军大声惊呼。

前面有灌木有树林，有些橡子树已经换上了斑斓的外衣。战士们整天在荒凉的大山里，难得见到绿色，此时纷纷停下脚步，开心地看着果实累累的橡子树林。牧羊人赶着几头牛和羊在树林里穿梭。

王建军快速把一个面粉袋子装得满满的。身背这包几十斤重的橡子爬上爬下，虽然感觉累，但想想平时训练也要背三四十公斤，就释然了。他把橡子送到外面的集中地，装进车上的麻袋里后再兴致勃勃地返回大山中去。深秋季节，战士们陶醉在大山里，看着橡子树在山脊上或沟汊里美丽绽放，穿行在灌木丛中就如穿行在斑斓的海洋里。采着采着，他们就发现了寻找目标的窍门——橡子熟后会落下来，顺着沟壑滚到低洼处，只要到沟里去捡就是了。

徐闻香忽然发现了什么："大家看，这里有野果子。"

大家迅速围过来鉴别，七嘴八舌研究着："是啥玩意儿，谁敢先吃一个？"

只见繁密的枝间挂满了一串串金黄色的果实，在树叶的掩盖下如无数精致的花儿，有的已经熟透并掉到地上。

王建军认识，说："这是李子。"

"是李子，还是枣子呢？你先尝尝。"

"队长白教你们了。我先吃。"

陈亚军觉得没有把握，还是阻止了大家："弟兄们，这是不认识的植物，咱们别去冒这个险。采橡子要紧，抓紧完成任务，回去吃猪肉末炒粉条。"

往回走的路上，徐闻香逢人就说，在山沟边发现了一片果子树，果子多得采不完。不少人都想回去摘，想尝尝果子，但谁也没有力气去找那个地方，中饭就靠挎包里的几个白馒头。

一天下来，橡子装满了卡车，战士们走了十来个小时的山路。经过一天的风吹后，王建军的脸变得又黑又干，嘴唇出现了皲裂。

卡车开到炊事班门口，战士们开始卸货，炊事班长亲自掌秤，唯独赵庆丰坐在那里低头不动。区队长冲着他喊："赵庆丰，卸货，卸完了赶紧吃饭。"

赵庆丰既累又饿，满身尘土，感觉自己都要站不稳了。他心想，凭啥呀，炊事班养猪自己不去采橡子不说，还得我们来卸车，这几卡车要卸到啥时候？他站起来往宿舍方向走，只想躺下，不想吃晚饭了。

区队长一看，不行啊，这小子怎么我行我素，要是在战场上还了得？

"赵庆丰，一起卸货，否则不算你成绩。"

赵庆丰一股火气蹿上来。花了这么多的力气，得不到理解，还不算成绩："不算就不算，下次让炊事班自己去采，我不想吃肉！"

"你就这点出息？看看人家徐闻香。"

得到区队长的表扬，徐闻香更卖力地卸车。

“他采的橡子没我多。”

赵庆丰情绪偏激。班长陈亚军赶紧跑过来劝架。区队长气得直瞪眼，极力克制自己的情绪。按照他的脾气，非给赵庆丰点颜色看看不可。这回为避免矛盾激化，区队长退了一步，打算以后找机会再慢慢做工作。

“赵庆丰，你回去歇歇，我卸，我卸。”陈亚军见赵庆丰一脸的苦水，走路拖着脚，猜测他是累坏了。陈亚军爬上卡车，区队长也爬了上去。

晚饭时，赵庆丰平静了下来，后悔自己年轻气盛、头脑发热，顶撞领导，在食堂里就向区队长道歉。谁知区队长满脸笑容地说：“没事，看来是我安排的强度高了点。不过都是为了你们好，你们要尽快适应高海拔作战训练。”说着把自己碗里的肉末粉条给赵庆丰扒拉一点，赵庆丰眼泪汪汪。在这大山里，干啥事都这么累。

下一个星期天，二班全体战士和其他班的部分战士利用休息日主动再去大山里采了一次橡子。这下可真是感动了区队长，这些兵真是好样的。

第十一章
采摘苹果

国庆节前后大山里就开始下雪，远处的景与物渐渐模糊起来，像罩上了一层朦胧的白纱。南方兵少见下雪，在室内隔着玻璃窗尽量避开刺骨的寒风，看大雪在窗外漫舞。队长早早地就站在大门口，对着门外的大雪在发愁：又要封山了，大伙儿吃啥呢？战士们刚想玩打雪球，集合的哨子吹响了。

区队长问程队长："报告队长，雪这么厚，是否出操？请指示。"

"是锻炼的好机会。"程队长神态严厉。

"是。"

"早饭后把其他事情先放一放，让你们区队的全体人员拿上铁锨先铲雪，完成后去挖地窖。"

"是。"

战士们整队出操，挺胸摆臂，步履铿锵，走在雪地上咔嚓咔嚓直响，留下一串脚印。

军官们的宿舍一般都挨着山坡，趁着地还没冻硬，他们要在自家附近的山坡上挖个小地窖，用于储存冬季吃的"老三样"，炊事班做菜则"三班倒"。挖地窖时先向下挖一米深的坑，再向横里挖。横向挖需要弯着腰刨土，很累，而且没有光线，要点煤油灯。有人就在坑下铺几张白纸，让外面的光线反射进来。若是挖到大石头或是沙土混合层，那就只能换个地方重挖。挖好后用几根树枝做成梯子，再在地窖里搭些简陋的架子用来放菜，有时还会适当储存苹果之类的水果。

解决吃喝拉撒问题，容不得半点犹豫，因为这里的天气说冷就冷。训练大队吃饭的人多，原来的地窖不够用了，队长领着战士们在食堂边挖个大地窖。风一刻不停地怒吼，刮在脸上如小刀般，大伙儿穿着皮大衣，戴着皮手套，但因为没有遮挡物，露出来的脖子一被风吹就会不由自主地缩紧。什么是艰苦，这时的寒冷就是最真实的感受，站在这里的每一分钟都是考验。

然而，队长一声令下，没有什么是做不到的，前面就算是刀山火海也要上。全区队所有人员脱去大衣，挖坑的挖坑，搬石头的搬石头。徐闻香负责干泥瓦匠活，把大家捡来的石头沿着四周的土壁一块块垒砌起来。这是细活，戴着手套不灵活，便摘了，结果砌石墙时手指与泥土冻在了一起，钻心疼。他咧着嘴不出声，放在嘴边哈热气，稍停片刻后又接着干。队长和政委都在干活，我还能喊疼？一不怕苦二不怕死的革命精神不正是这时候体现的吗？不诉苦，不喊疼，各种困难，自己承受。不过队长还是看见了，他找来几双棉纱手套。徐闻香凑合着戴上，接着再干。在这样恶劣的环境下，大伙儿慢慢懂得了随遇而安和知足常乐。

坑挖好后，发现缺了点盖顶的材料。

队长挥挥手："陈亚军，你带几个人去远处的大山里砍些三米长的树枝。千万不能把树给砍了。"

"是。"陈亚军带着队伍抄近路砍回了树枝。

地窖终于可以使用了。

车队从千里以外的山东把大白菜拉了过来，没舍得买苹果。到达军营的这天正遇降温，大雪飘舞。炊事班有个温度计，指针落在最低刻度的零下二十摄氏度上，也不知道气温究竟有多低。队长一看，情况不妙，这些蔬菜要遭殃了，紧急集合全体官兵抢卸白菜。几个战士的手指和脸部被冻伤了。

营区外的一棵白杨树下到处是黄叶，大头鞋踩上去软软的，沙沙直响。一个扎着头巾、不知是姑娘还是婆娘的人身背着篓子在扫树叶。树叶可用于烧炕，不远处的山坡上落叶还要多些。附近的山坡经过官兵们连续数十年的植树，稀稀疏疏总算有点样子了。小树林边有条溪流，在战士们的眼中成了美景。军人们都闹绿色饥荒呢。被雪冻后，前一阵翠绿的小树已一片绯红，褪去了青涩，在秋风中款款摇曳着几分妖娆。翠绿的雪松和缤纷的红枫交相辉映，尽显秋色的斑斓。春是花的世界，秋是叶的舞台，片片秋叶即便飘零落地，亦是洒满金黄，放眼皆入画……用不了半个月，这里将肃杀一片，进入漫长的冬季。

操场上，吼声震天。雪花飞扬，战士们在寒冷的气候条件下苦练军事技能，各种动作令人眼花缭乱。教室里，学员们戴着耳机在接受技术训练。

从秋季开始，有了风雪的阻隔，军营几乎与世隔绝。战士们每训练两小时有十五分钟的课间休息，这是大家最放松的时刻。营区只有一个篮球场，容纳不了几个兵，于是他们三三两两聚在一起玩扑克，打“勾叉”或“逃分”。队长和区队长见状开始琢磨：什么活动能让战士们的业余生活更丰富？报纸送过来就已经过时了，收音机里放的内容噪音多，听不清在讲啥，没有电视机，电影要几个月才能看一次……

“我有个主意。我在县城有位办果园的朋友，一直想请咱们去帮忙采摘苹果。天气突然冷下来，他们措手不及。我之前想，咱们的训练那么紧张，便没去搭理，现在想想也是个机会，既可以让咱们的战士吃上一个，还可以买点便宜的放地窖里，留着过年茶话会上吃。”

“好主意，你去协调一下。这下地窖派上用场了。”队长念头一转，又马上反悔，“不行啊，战士去的话，会不会失控啊？”

“队长，到时候我给他们定下规矩，咱们就捡掉地上的吃。”

“行，这些小孩够可怜的，一年到头没水果吃，一个个脸黑不溜秋的。但是，要严格遵守纪律，搞好军民团结。还有，注意千万别让咱们这些兵帮倒忙，老百姓挣几个钱不容易。”

“我知道，灵活一点，让他们搬运什么的，干点体力活，不会把人家的果子搞坏的。”

“好，你一定要看好他们。”

“是。”

一天早饭后，战士们跑步到山下几十公里外的果园里。没有需要绞尽脑汁的题海，也没有艰苦繁重的训练，去果园里帮忙对战士们来说是件非常轻松的事。出发之前，区队长在队伍面前再三重申了要严格执行三大纪律八项注意，不拿群众一针一线，不准偷吃果园的苹果。战士们如欢乐的小鸟，一路奔跑一路欢笑，像没长大的孩子一般，把采摘苹果当作娱乐，尽情地挥洒着青春的热情。

战士们这次要帮忙的果园规模不大，背靠山坡，果树一垄一垄的，品种不少，都用篱笆围着。这里光照充足、干湿分明和昼夜温差大等自然条件，使得霜降后的苹果变得脆、香、甜，其美味令人难忘。这里的果农，在霜降前就会在树边挖一个大坑，如同没盖的地窖。苹果摘下来后直接放坑里，再在上面盖上麦秸秆，等人上门收购。果园有自己包装销售的渠道。

走进果园，就能闻到诱人的香味。正值霜降，树叶凋零，苹果正熟。雪霜洒满了果树，果子的青色、黄色和红色远远地点亮了战士们的双眼。尤其是粉红色的国光苹果，宛如一盏盏红灯笼，给远处的山坡添上一抹亮色，成为深秋最动人的风情画卷。

果园负责人用口音浓重的当地土话给大家介绍怎么采摘和分类，亲自示范。他利用小梯攀上树梢轻快采摘，如果采不着，就用一根树杈在果子蒂部轻轻一拨，果子便“咔嚓”应声而落，很是利落。示范结束后，战士们提着竹筐在树林里忙碌。没过一会儿，大家用架子车将一筐一筐的苹果运送到指定地点，来来回回，乐此不疲，化苦为甜。江南不长苹果，由于运输等原因，苹果在江南是高档水果，探望病人时才会花钱买上一点。对于这些生长在南方、小时候也没吃过几个苹果的战士来讲，此时最期盼的是先吃一个。

实在挡不住苹果香味的诱惑，太馋了，徐闻香在地上捡了一个通红的国光苹果，想咬一口，但在手上摆弄了几下，仍然放回原地。虽然说好可以吃掉在地上的，但这个苹果非常完好，是可以卖好价钱的。他发现大伙儿都没有偷吃的，秋毫无犯，自己也就老实了。

这时，却听王建军说：“大叔，您看是否能让我们吃一个苹果？这玩意儿我们好长时间没有吃过了，这香味特别叫人嘴馋。”王建军一副乞求的眼神。谁知负责人二话没说，很慷慨地挥挥手，说：“去吃，吃，尽管吃，为啥不吃？”

“大叔，咱们区队长说了，不拿群众一针一线，吃了要赔钱的。”负责人看了一下区队长，两人笑开了。负责人说：“你们的纪律我是知道的，但帮我们干活，当然要吃。吃，要不然就是看不起咱们老百姓。”

区队长补充说：“就捡掉地上的吃一个，好的果子让果园卖钱。”徐闻香暗想，自己没吃就对了。

“就让这些娃娃吃吧，也是机会难得。”负责人再次挥挥手，慈祥地笑着。

果园负责人允许每人吃一个苹果的消息立即传开了。王建军塞满嘴，就目不转睛地盯着果树对徐闻香说：“你傻呀，还没学会在最短时间内找到最佳目标。要吃黄色的那种,叫'黄香蕉'。你以为长得美就味道美?"

国光苹果长相好,但口感不如黄香蕉。根据王建军的指点,徐闻香找到了被打落在地上的黄香蕉苹果。这么大个的苹果,不是要卖好价钱的吗?于是他重新拣了一个最小最丑的,在衣襟上一擦,再用手一抹,连皮带肉咬起来,确实是脆香甜。这里的果子除了土,没有任何脏污,果农只施有机肥。

徐闻香又被王建军讥笑:"没出息,人家允许你吃,为啥不吃大个的?"

"留着让人卖钱吧。"

采摘结束整队离开,山坡上行时不需要迈整齐的步伐,大伙儿有说有笑。

徐闻香发现赵庆丰的棉袄没有穿在身上,而是披着,军容不整。不过赵庆丰平时劳动有脱棉袄的习惯,他也就没在意。走了好一阵,徐闻香提醒赵庆丰:"你不冷吗?"赵庆丰不答。

"不冷?往山上走只会越来越冷,怎么会不冷呢?"徐闻香纳闷,再去提醒。这时赵庆丰诡异地说:"轻点声,走远点再说。"徐闻香笑了一下,明白了——赵庆丰的袖管里有货。他平时那么诚实的,怎么今天也挡不住诱惑?

到了宿舍,赵庆丰从袖管里倒出两个苹果来,说:"刚才果园的人说了,这种苹果产量低,存放一段时间后会发酥,会陆续被砍了换成其他品种,以后就吃不到了。这两个是果园的负责人单独奖励给我的,怕你们误解我才藏起来的。"

"哎哟,太羡慕你了。"

"放心吧,改天还会让咱们去的。"

"但愿如此,能吃到这么好吃的苹果真好。"

“以后探亲时可以考虑买点。”

中午吃饭时，大伙儿面面相觑，咯咯咯地笑了起来：这牙齿怎么咬不动馒头了？原来，不少人吃了酸苹果，酸了牙。其实苹果并不是那样香甜，只是战士们嘴馋了。

第十二章
部队过年

春节前夕，训练大队召开干部会议，政委讲话："这些新兵是第一次在这里过年，他们年龄小，离家远，难免会有思乡之情。每逢佳节倍思亲嘛。咱们这地方寄封信都困难，我打算让陈干事找一张咱们当地的风景照去印成一幅年画，再以部队的名义提前给每个家庭寄去。这对军属而言，是一种牵挂，是一种安慰。钱从哪儿来？去年上一届的战士们去老远的大山里辛辛苦苦采蕨菜卖的钱还在炊事班，咱们拿出每人两毛钱左右的标准为大家办这件事。如果还不够，就只能请陈干事压低制作成本。大家看看有没有意见，没意见就让陈干事去办。"

队长发言："还有，这些新战士的津贴要按时或者提前发；每个班外出的名额控制在四分之一；去县城时要注意军容风纪。陈干事，用红纸写副对联贴在大门口，你自己写，或者找一个毛笔字比较好点的战士写，搞点节日气氛，让大家过一个革命化、战斗化的春节。"

"是。"

一区队长发言："队长、政委，春节就放一天假，这大年三十的，是否让我们干部也松一松，喝口酒什么的？"

队长答复:“可以,我和政委值班,允许你们少喝一点,高原上喝酒喘得厉害。我看这样,饭桌上不能喝,晚饭结束后你们到食堂的库房里将就一下?”

大伙儿想喝酒,这下司务长为难了,赶紧解释说:“各位领导,哪里有酒啊?还有半瓶,是要留给外来专家的,除此以外再没有酒了。食堂里有一点做菜用的料酒,但其实就是酒精兑点水,时间长了酒味都没有了。”

“也行也行,总比没有强。”

“要不这样吧,我自己出钱去县城买两瓶老白干,要不太寒碜了。”

司务长在考虑做些什么菜。他说:“这大年三十的,我让炊事班长去地窖里挑点好一点的蔬菜,炒个鸡蛋。我还存了一点花生米。”

“有花生米就好,这玩意儿平时吃不到。”干部们你一句我一句,满脸都是笑容。

要过年了,上午集中开个短会,政委对全体战士讲解了过年的注意事项,接着就开始大扫除。大家表现积极,都抢着拿扫帚,徐闻香没抢过人家,只能空着手站着。这样不行啊,他灵机一动:这走廊里的墙壁上因为时间长了,有些黑乎乎的小斑点,虽然不太显眼,但如果用把小刀把斑点都刮了不就更白了吗?他从教室里找来一把小刀,细致地刮起来。效果果然不错,只是搞得他自己的脸上满是白灰。

中午会餐凑足了四个菜,战士们直夸部队有了过年的样子。下午茶话会,食堂里炒了点花生,大家把教室里的课桌围成一圈,又各自带只搪瓷的漱口杯——战士们刷牙喝水都用这唯一的杯子——每人一杯白开水配几颗花生。此外,每桌还有两个小小的国光苹果,有的还有点坏。这苹果还是上次去果园帮忙采摘时果农们送的,部队只收了这些不能卖上好价钱的果子,在地窖里存放了一段时间后还挺香。茶话会开始了。

区队长讲话:“同志们,你们来自鱼米之乡,我去接你们的时候就在你们家乡过的年,那个热闹劲啊,有鱼有肉。现在咱们来到大西北,条件有限。这花生都是车队到外省买来的,存了大半年舍不得吃。这些小苹果是果园拥军给的,明年咱们还得去帮忙。至于咱们喝的水,是炊事班到溪流的上游拉过来的。咱们当兵为了啥?当兵就是保卫国家,是奉献,是牺牲。咱们不能回家过年,就是为了让更多的家庭能安安心心地过年,包括咱们自己的家庭。这是咱们的职责,也是咱们的义务,更是咱们的荣誉。”

听到这里,不少战士心潮涌动。

“同志们,我完全理解你们思乡的心情。我也有父母,我十四岁就离开了自己的父母,也需要父母的关爱,可是,国家把如此重任交给咱们,咱们一定要义无反顾地履行好神圣使命,守好国境不被侵犯。大家还没能力做好战备值班,今天是大年三十,休息一天,你们把剩余的题库做完,明天初一继续接受训练和考试。大家有没有信心?”

“有!”战士们含着泪,吼声震天。

“下面,咱们自娱自乐,各班轮流表演一个节目。”

一区队是清一色的男兵,大家学会了苦中作乐。二班先来。不知谁起哄,点名要徐闻香表演节目。他脸红耳赤,正愁表演啥节目呢,已经被陈亚军拉扯到中央,抓耳挠腮,不知如何应对。被逼无奈,他终于鼓足勇气:“好,我唱首歌。”

“在那遥远的地方……”徐闻香发现声音上不去,中断了,惹来一片唏嘘声。战士们大笑,他知道自己丢丑了。

徐闻香尴尬地笑着,太紧张了,他着急忙慌地又唱一首:“毛主席的战士最听党的话,祖国要我守边卡,边防线上把根扎……”

战士们又是大笑。

“停停停,等歌词背熟了再唱吧。”

“那我就朗诵一段吧。”他定了定神,还是觉得对朗诵比较有把握。

“好。”大家一阵鼓掌。

“人最宝贵的东西是生命,生命对于每个人来说只有一次。一个人的生命应当这样度过:当他回忆往事的时候,不因虚度年华而悔恨,也不因碌碌无为而羞愧……”

战士们鼓掌。

区队长用俄文唱了一首苏联歌曲《小路》。这首歌表现了军人内心坚强和勇敢的品质,以及向往美好和为国奉献的精神。他还用俄文为大家表演了电影《列宁在十月》中列宁的一段演讲。这时战士们惊呼,不露声色的区队长原来那么有才,文武双全。

傍晚,战士们期盼的年夜饭终于到了开饭时间。他们想象中,年夜饭一定会有米粉肉、炒鸡蛋、醋熘白菜、丸子粉条汤……

进食堂前依旧先整队拉歌,战士们的吼声一浪高过一浪,直到口干舌燥,两眼冒金星。大家进入食堂,却傻眼了,怎么依旧是“老三样”? 全场气氛突变。

区队长一愣,突然醒悟,赶紧给大家解释:“同志们,不好意思,忘了给大家说一下:由于部分教员和干部要回家属区过年,中午的会餐就算是年夜饭了,确切地讲应该叫年中饭。咱们部队不吃年夜饭,这已是多少年的传统了,我早就习以为常。晚上的话,就凑合一下。”他也是无能为力,部队的规矩没法改变。

“这样的? 要是把中午的会餐改到晚上不是更合适吗?”王建军不服气。

区队长心里也酸涩:“同志们,咱们是军人。”

缺了年夜饭,大家心中多少涌起了思乡的愁绪。徐闻香并没有掉眼泪,他懂得了要慢慢去承受与适应。当初就是因为在思想上准备不足,所以才会出现许多的不理解。

军营的外面传来“啪啦啪啦”的零星鞭炮声。回到宿舍，徐闻香坐在床边给家里写信，等一会他还要出去站岗。宿舍里唯一的一只破方凳还是陈亚军抢来的，大家轮流坐着写信。

爸爸、妈妈：

你们好！

我第一次在部队吃上了很好的年夜饭。明天我就长一岁了，我非常想念小时候在家过年的温馨时光……

过年的主题是天伦之乐，“新年到、新年到，穿新衣、戴花帽，贴春联、放鞭炮，拜大年、收红包……”过年前，江南人家会磨糯米粉做年糕，一般都由母亲承担这重任。淘米，晾干，一大盆一大盆的，平时舍不得吃的糯米都留着过年做年糕。糯米晾干后，各家互相借用石磨轮流人工推磨。磨粉是个枯燥活，邻居们会趁机把积累的话题轮番倒出来。糯米粉磨好后还要按比例磨些粳米粉掺上，这样做出来的年糕才好吃。接着在灶头上用木柴烧火蒸年糕，火力持久，蒸笼气足，年糕才不会夹生。一般是在晚饭后开始蒸，得专心致志地一直忙到半夜。刚蒸出来的年糕特别柔软，特别香甜，兄弟姐妹们围着都要抢一口，整块的不舍得切开，就吃点边角料。糖是计划供应的，不够就加糖精。这年糕是过年时才有的一大享受，是拮据生活中的快乐年味。而大鱼大肉凭票供应，平时很难吃到，春节期间会增加供应量，大家需半夜起床到供销社门市部排队购买。前面的人买多了，后面的人就买不到。

过年还要贴上几张年画和春联。春联多是自己用毛笔写的。年画要到新华书店去买，只见书店里头顶上拉满了铁丝，铁丝上挂下来各种年画。店里熙熙攘攘，人头攒动，大家都在选购自己喜欢的作品。年画买回来要等到大年三十才贴到大门上。贴的时候，家人在边上指挥，看是否贴歪了，贴好后全家人满心欢喜地哈哈大笑，打闹一场。这既是浓厚的节日气氛，也是对新年的祝福。

大年三十的年夜饭，则是一年中最值得期待的丰盛晚餐。平时凭票供应的鱼、肉、粉条和豆制品等等，今天都能吃到。初一起床，小孩子们迫不及待地穿上新衣服，拿着几毛压岁钱却舍不得买糖吃，口袋里装满瓜子，与伙伴们放鞭炮、点花灯、做游戏，尽情地玩耍。邻居个个露出笑脸，拜年祝福。那真是世上最美的场景……

傍晚，在这荒无人烟的大山里，大风劲吹，落叶早无，就连枯藤老树上的乌鸦也回了巢穴，不时传来几声啼叫。家是隐藏在人心底最脆弱的地方，回家是每个战士的情结、梦想和追求。情景交融之下，徐闻香在自己的日记中写下一段词：

漫雪惊鸦风荐寒，红梅几点未添欢。身孤难解思乡苦，愁满方知衣带宽。情已远，泪成斑。一坡银色共谁观？山村无迹岚烟绕，枯树呼声添作幡。

“站岗了。”班长陈亚军走过来提醒，徐闻香从思绪中惊醒过来。“或者我替你去站岗，你就复习复习吧。”

“不用，题库我基本做完了。”徐闻香的眼角还留有泪痕。

“怎么，想家了？”

“没。我必须适应部队生活。”

“这就对了，满十八岁就该独立生活了。对了，我家里寄来了熏鱼，等休息日我去县城取包裹，到时候咱们一起尝尝家乡的味道。我家里早早地就寄出了，打算让我过年时吃，这不，刚收到。唉，别发霉了。”

“不会发霉，这里寒冷又干燥。”徐闻香想到自己的学业，又问，“你英语学得那么好，有啥窍门吗？”

没有学习外语的良好环境，突然进入这样一个陌生的领域，徐闻香感觉到学习的困难。

“没啥窍门,感兴趣是第一位,有了兴趣再抓住要害就简单了。”陈亚军要比其他兵成熟许多,在他眼里,语言都有相通之处,抓住共同点,举一反三,学起来就不难。

“明白了。我要向你学着点。”在徐闻香的眼中,陈亚军比自己要坚强、聪明,没啥能难倒他的事情。徐闻香问:“你想家吗?”

陈亚军语重心长地说:“怎么不想,想家是很自然的事,大家都是平凡人。”

这里高寒僻远,荒山野岭,人迹稀少,物质上的艰苦没法改变,精神上的孤独也很煎熬,需要相当强的意志才能忍受。娱乐生活少,通信不便,他们其实非常需要家庭的精神滋养。

站岗时间到,徐闻香振作精神,把皮帽拉下来遮住耳鼻和脸部,背起步枪去站岗。外面是尖叫的寒风,乱舞的雪花。夜里,旷野万籁俱寂,远处传来几声狼嚎,吓得人毛骨悚然。微弱的月光洒在雪地上反射出光亮,徐闻香用警惕的目光注视着前方。

突然,雪地上传来微弱的脚步声,是一只狼向他走来。他一下蒙了。狼还在靠近,仔细一看,不是食堂里的黄狗吗?可是它怎么不叫出声来呢?再仔细一看,确实长得跟黄狗一般,可是这嘴有点宽。不对,一定是只狼!我没有被敌人消灭却被一只狼消灭,那算啥?

徐闻香一边思索,一边快速把肩上的步枪甩下来,拉动枪栓,又用脚踢了几下岗哨的木板壁发出声音。只要狼再走过来,他就打算立即开枪。那只畜生听到响声,立刻停止脚步,受到惊吓后发出叫声。天哪,哪是什么狼,就是食堂里的黄狗。这狗跟狼长得太像了,徐闻香以前就上过当,这回还是紧张的原因。徐闻香想,还是我胆小,想要练就铮铮铁骨,成为孤胆英雄,还需要一个漫长的过程。

除夕,全国人民欢度佳节,享受天伦之乐,徐闻香在风雪里站岗放哨,遥想家乡,思绪万千。为了国家的安宁,牺牲一点个人利益算什么？这不就是我当兵的初衷吗？徐闻香想到这里，不觉有些骄傲，神圣使命感油然而生。脚下的土地再贫瘠再荒凉，也是祖国的国土，他继续全神贯注地站岗放哨。

春节刚过，南方边境爆发冲突，部队提高战备等级，军人们放弃休息，枕戈待旦。训练大队着手研究调整训练计划，以贴近实战，加快为基层输送合格指挥官的步伐。

课间休息时，区队长和徐闻香走在球场边交流想法。徐闻香说："区队长，我认为边境冲突暴露了咱们的许多不足，比如战士们训练不充分，匆匆就上去；在山地战、丛林战和夜战等方面还比较薄弱。而我们想要适应高海拔作战还得努力，至于怎么在沙漠、戈壁这些特殊地形里形成可打、可藏、可攻、可协同的格局……"他讲起来滔滔不绝。

"是的，咱们在理论研究和作战方式上需要摆脱一些陈旧思路，时代不同了，是该改革了，以后是科技时代。"

得到区队长的认同后，徐闻香继续说："今后的战争是很复杂的系统战和联合战，我在军教片中就看到过西方国家在突破防线和机械化部队快速打击方面的情况，还有他们的计算机技术……"

"咱们与人家的差距还很大，怎么才能赶上，需要咱们刻苦学习和顽强拼搏，有抱负有精神。有了抱负和精神，咱们就有希望赶上他们，甚至超越他们。"

"是，区队长，我一定加倍努力，以后一定要在科技上搞点成绩出来。"

"还在为年夜饭不高兴吧？"区队长话题一转，想了解一下战士们的思想动态。

"没。边境在打仗，战士们在流血牺牲，年夜饭什么的微不足道。"徐闻香愧疚地笑着。

"好，长大了。"区队长露出笑容。

第十三章
靓丽女兵

队长办公室召开干部会议，师政治部沈副主任与训练大队干部们交换意见："我们招了一批女兵，需要训练。其中通过高考进来的女兵有三十多人，陆军医院让我们代为培训的有二十几人，总共有五六十名女兵，其中最小的只有十四岁。培训的任务就交给你们了，你们要把这事办好。胡参谋，你带的这些南方兵脑袋瓜子聪明，是好事，但据说也比较捣蛋。女兵来了，你可要把这些小伙给我盯紧了，绝对不能出问题。"

一区队长满脸愁容，赶紧站起来说："报告首长，说实话，带这些兵我真是心力交瘁，虽然他们大错误不犯，但小问题不断，什么绝食、偷肉、站岗误点、有病没病要去门诊部蹭病号饭等等，再来这么多女兵的话，非闹翻天不可。沈副主任，您是我的老首长，这么多年来我一直在您的关怀下成长，勤勤恳恳，任劳任怨，您看能否让我回一团工作，我在这里也历练这么多年了。"区队长压力很大。

"你就这思想觉悟？知难而退？还没让你上前线打仗就来给我倒苦水，一股干劲去哪儿了？你别看这些南方兵整天捣蛋，等以后放出去了，都是人才，犯点小错误怕啥？总要有个过程的。你的成绩是大家有目共睹的，但是现在调动你还不合适。”

“我看这些女兵来会很麻烦……”区队长还是愁眉苦脸。

“麻烦啥？你们还没开展工作，就说不行？什么态度！我告诉你们，这些女兵还是我好不容易争取来的。咱们训练大队在外面的名声大着呢，以后就是大学分校。”沈副主任的嗓门有点大，政委给他倒上水，他挥挥手不喝，接着说，“她们大都是干部子女，家庭教育良好，而且她们没有一个是‘后门兵’，都是规规矩矩通过考试进来的，以后都是技术军官。这些娃娃只要有一部分留在咱们部队，对于加强咱们部队的科技实力是有天大好处的。你们站的高度还不够。要说难带，那是咱们自己征的兵更难带，这样优质的女兵队伍，怕啥？那些小子能翻天？这个重任交给你们了。”

程队长也感到压力挺大，这么多年来他一直忌讳带女兵。程队长发言：“以前招的少量女兵都是各团自己带的，我们没这方面的经验，关系难处理。让管好这些小伙没问题，要练好这些女兵确实有难度。咱们这里摸爬滚打，专业技术样样要干，天天做强化训练，女娃娃吃不了这苦的，到时候一会儿哭一会儿闹，啥事都要回家汇报，我担心把咱们正常的训练秩序给搅乱了。”

“你们怎么都这觉悟？你们不带，谁带？这是一项重要的政治任务，没有任何条件可讲。你们看看军区总站，女兵就有好几百，人家不是管得好好的？才来几十个女兵，就有畏难情绪，像话吗？你们要继续发扬攻坚克难的精神，越是困难越是要上。边境正在打仗，正缺人手，这点不能含糊。陆军医院让咱们代训，说明军区首长对咱们重视，知道咱们训练大队可托付。她们培训以后要去前线的，你们说能含糊吗？……要不这样，胡参谋，我给你调一名已婚的女干部担任副区队长，管理她们的日常生活，这样问题不大了吧？”

大家沉默了好一阵，政委发言：“我们主要是怕男女战士谈对象。战士们在当兵期间不准谈对象，这是底线。其实仔细想想，只要不谈恋爱，现在多接触接触，等以后走出训练大队了，男女战友之间就有革命的战友情，成为一个战斗集体，这些都是好的一面。我们不一定要严防死守，而要加强教育和引导，处理好了反而能有利于部队的发展。再说了，革命军人也有崇高的爱情，小伙追求姑娘是天性，没有必要刻意去堵截，关键是要把握好分寸，做好引导，区分是高尚的还是低级趣味的。英雄人物保尔不还追求过大小姐冬妮娅吗？当然，这些以后再考虑，目前如果加强管理，我想不会有太大的问题。只要在理，我看这些兵不会不遵守的。在管理上，我多承担些责任。"

"这就对了，说到底，要胆大心细。你们各级干部都要负起责任来，确保男女学员在学习、训练和生活过程中注意分寸，保持距离。这次训练女兵，是军区安排的任务，相信她们不管是不是干部子女，都会遵守这里的规矩，不会跟你们想象的那样。万一出啥问题，及时跟我讲，我去协调，明白了没有？……要太太平平。"沈副主任看大家的脸色似乎还没有把握，不敢接话，只能命令式地大声追问："你们能不能完成任务？"

队长和政委站了起来，敬礼："保证完成任务。"

在部队，只要是上级的命令，就要不折不扣地去执行。

部队招收的女兵多少有点特长，如文艺和体育，未满十八岁的小兵是特殊技能训练对象。训练大队即将来一批女兵，门诊部先调派了女卫生员祁莲过来。祁莲的特殊条件是身体好，是西北本地人，据说一个男兵躺在担架上，她能拖着匍匐前进一百米。

"女同志爱干净，你们把宿舍打扫干净，烧点开水，晚饭给她做个小炒。"程队长在指派炊事班干活，"去地窖里拿点好的大葱，做大葱炒肉片，多放些油。"大葱炒肉片算是这里最好的菜。

次日早晨出操，大伙儿突然发现有个女兵在小路边站着，顺手采一朵山花，时不时看他们跑步。徐闻香好奇地望去。

“徐闻香，你看哪儿了！一二一，一二一，一二三四……”区队长愤怒地训斥，又大声喊着口令。

可是，不光光徐闻香一个人回头看，很多战士都在回头看，还乱了脚步。在山路上出操，一条窄窄的小路高低不平，非常不好跑。徐闻香没看好脚底下，一个趔趄。

“你们都看哪儿了？注意力集中。”区队长再次警告。

赵庆丰一脚把徐闻香的胶鞋给踩了下来，两人差点绊倒在一块儿，引发一阵骚乱。徐闻香只能弯腰拔鞋跟，又被区队长发现了。

“徐闻香、赵庆丰，你们给我停下来，站着仔仔细细地看，看完了去十公里越野。让陈亚军陪你们去，不完成别回来吃早饭。”

徐闻香哭丧着脸叫冤。

来了一个女兵的消息不胫而走，区队长想，一定要先敲打敲打这些男兵。他在队伍前讲话：“来了个女兵，你们事儿就多。我告诉你们，以后别整天有事没事就去卫生室看病，或者从她门口兜一圈，像吃了兴奋剂似的。要是让程队长和尹政委逮着了，送你们到喀喇昆仑山上站岗去。该干啥就干啥，明白了没有？”

“明白。”回应他的是整齐的口令声。

吃晚饭了，刚进食堂，陈亚军拿着饭碗就到外面水池上洗碗。只见他洗完碗后，回到食堂把碗放在碗架上就出去了。正在吃饭的徐闻香见状百思不得其解：他是走神了，还是嫌饭菜不好吃？大数学家陈景润一天到晚忙着思考，走在大街上头撞到了电线杆上还直说“对不起”，这陈亚军是要有样学样，也来个废寝忘食？徐闻香赶紧叫住他。陈亚军果然一愣并笑了笑，明白过来自己在犯傻，就回到了食堂吃饭。

训练大队讲课进度快，学习是很累的事情，就连陈亚军都会犯傻。晚饭后，战士们习惯性地在山坡曲径上散步，顺手采几朵山花玩，缓解大脑的疲劳。休息时间控制在半小时，晚上还要攻读到半夜。有几个选择打篮球，一会儿下来搞得全身是土，洗衣服又要多花时间，所以大多数人选择散步。军营就在山坡上，战士们散步有时结伴，有时单独，一脚高，一脚低，三百米范围内上坡下坡来回走，天天都是相同的路线。大山里每天的生活类同圆周运动。

这天，两辆卡车开进营区停了下来，跳下来一大帮女兵。篮球场上的喧闹声戛然而止，男兵们一个个都傻了眼。王建军手持篮球愣了一会儿，嘻哈大叫了两声，顺手把篮球扔进了女兵群中。女兵中没见骚乱，反倒有人把球扔了回来。这下把王建军乐得呀——都和我传球了！

王建军激动地招呼着大家："弟兄们，快去迎接新兵……"他大声一喊，战士们全都围了过来，想要帮助拎个包什么的。

有个女兵离徐闻香只有两步远，她有点不好意思地盯着徐闻香看，脸上的红霞飞呀飞。徐闻香的手中正好捏着一把山花，顺手就把花儿塞到了她手上。"看看，这花儿真漂亮，他在哪儿采的？"女兵们叽叽喳喳地议论开了。这时别提徐闻香有多得意了，可惜他手上没有鼓，要不非得敲上几下。

后来徐闻香打听到了，这个接花的女兵名叫杨春波。窈窕的身材，白皙的脸蛋泛着微红，小酒窝更是隐藏着无限的春意，说话是标准的普通话，银铃般清脆。

程队长急急忙忙地走了过来，挥挥手说："晚自习去，别来瞎起哄！"战士们没有一个见队长不怕的，只能怏怏离去。

没过多少时间，男女兵虽然没有接触，但几乎都清楚了对方叫啥名字。

这天，女兵们的训练内容是射击。十四岁的小女兵王爱琴比枪高不了多少，要是再插把刺刀在枪上，绝对没枪高。她趴在土堆上，脚踩不到地，悬空着脚往枪里装子弹很费劲，急得满头冒汗。其他新兵见状笑开了。

不知遇到了啥问题，王爱琴突然从土堆上溜了下来，端着枪对着程队长说："报告队长，我的枪栓拉不上去。"

程队长见状赶紧后退一步，闪到她侧面，用手轻抬枪支，使得枪口朝天。他怒吼："转过身去，卧倒！说过多少回了，枪口不准对人，怎么还对着我来了？"

程队长的声音太大，太严厉，把王爱琴吓得直哆嗦。不过可以理解，毕竟是性命攸关的事。王爱琴再次进入射击位置，仍踮着脚趴在土堆上，但是脸部压不住枪，枪支在她手中稍微晃动。

"砰"的一声枪响了。只见枪留在了土堆上，人却被后坐力从土堆上弹了下来。程队长想发火，却又心平气和地对她说："不着急，再来一次。这土堆是有点高。"他知道是刚才的批评把她吓着了。

程队长反复讲解、示范，女兵们一次又一次尝试、调整，终于掌握了基本要领，使用起枪支来有模有样了。

在队列会操中，王爱琴因脚小，胶鞋大，被后排战友踩掉了胶鞋。队列走过后，指挥员见地上多了只胶鞋，后发现是王爱琴的，连连夸奖："十四岁，脚上全是土，却坚持走完队列，这是强烈的集体意识和拼搏精神的体现。有了这种精神，咱们还有战胜不了的困难吗？"首长表扬后，没有一个男兵不知道王爱琴的大名。

晚上，军营里响起了悠长深远的熄灯号，各区队长站在宿舍的外面，看到每个窗户都按时关了灯。女兵们在训练中取得了好成绩，得到师部领导的好评。女兵们在宿舍里兴高采烈地议论着。

王爱琴说："部队把咱们当成男兵一样训练，这'老虎'队长不知道咱们是多拿七毛五分钱卫生费的呀，不管咱们方便不方便。"

张瑜笑道："再怎么的不都挺过来了？你知道为啥男女兵一起练吗？这叫男女搭配，干活不累。人家男兵盯着你看，你说你能柔柔弱弱的?”

宿舍里的气氛活跃了,张瑜的眼睛笑成两条缝,衬着红扑扑的脸蛋,整齐的小白牙,一看就是来自小康之家。

王爱琴反驳道:“你胡扯,我看这帮男兵木头似的,一点反应都没有。等我满了十八岁,我要主动跟那位帅哥陈亚军谈对象,看他有没有反应。”

“为啥要跟他谈呀?”岁数大一点的张瑜嘲讽地追问。

“我发现,在训练的时候,他的眼睛老是盯着我看。有一次他在队列里慢了半拍都没察觉,走神了,你们没有看见吗?还有一回他走队列都是顺拐的,肯定对我有点意思。”王爱琴不无骄傲地说。

“得得得,天真!人家是看着你好玩,等你满十八岁,人家的小孩早就会打酱油了。小屁孩还搞什么对象,歇歇吧。我看你是家里伙食太好,发育早。”

这话把王爱琴说得脸通红,大家笑了起来。王爱琴穿最小号的军服,细嫩的手臂,还得把袖管往里卷上几圈,然后用针线缝上,等个子长高后再放出一圈;裤管也是,桶似的;胶鞋就没办法了,穿最小号的还得用带子扎扎紧,否则容易掉,让男兵们看了好笑。她刚来的时候还扎了两条小辫,硬是被剪掉了。据说她当时哭了好一阵,因为剪短发后像假小子。

这时,高婷婷站起来说话:“南方兵我不太喜欢,黏黏糊糊的。只有王建军直爽,我喜欢。”

张瑜开始反驳:“王建军?就他那熊样,小眼睛大嘴巴。再说了,你的个子能长多高还不知道呢,到时候你俩说个话,别一个弯着腰,一个踮起脚,累着呢。”

张瑜声情并茂地表演,让高婷婷羞得不吭声。

张瑜接着说:“我看这批南方兵有几个长得秀气,这种秀气跟杨春波蛮般配的。”

“为啥呀?”

“说不上,就是有这感觉。”

杨春波眨巴着眼睛。我没惹她呀,怎么拿我说事?“依我看,你和炊事班郝班长还挺般配呢。别管他是哪里人,你跟了他至少以后吃肉不用愁,到时候我们天天到你家来吃饭。”

“不行,不行,他满口的蒜味,谁受得了?”

“你跟着他一起吃,不就没味了吗?”

“不行,不行,矮胖矮胖的男人我不喜欢。”

“这才是你的心里话。那你也找一个江南小男人,以后跟着他回江南水乡过日子,一杯龙井,几颗瓜子,坐在小河边的阁楼上,听听昆曲,看看荷花。”

“是呀,徐闻香我还是看得上的。等我提干以后,我非要缠住他不放。”

听了张瑜的一席话,高婷婷觉得反击的机会到了,对她说:“你搞错了没有?你才十六,春波姐最大,要提干也是春波姐先提,要谈对象也是春波姐先谈,怎么也轮不上你呀。大家说对不对?”

“对!”姑娘们乱哄哄地嬉笑道。

“我说张瑜,你觉得徐闻香有啥好的?”

“我看他有点像《桃花扇》中的那个侯方域,听说他是个才子。”

说到这里,大家叽叽喳喳又议论开了。

“一把桃花扇是侯方域和李香君的定情物,这么说来,那天徐闻香送给春波姐的几株格桑花也算是定情物?”

“你们说乱了,才子佳人没成眷属,最后他跟张瑜好上了。”

“名著要重编了。”众人又是大笑。

这时杨春波有点不乐意了,赶紧阻止:“别嚼舌头根了,睡觉吧,熄灯号吹过多久了。明天又是训练又是作业,任务还重得很呢!”

每天临睡前是她们最快乐的一段时光。

徐闻香能被张瑜和杨春波等女兵暗中关注的原因很简单，起源于一次节目表演。当时，女兵们自编自演《洗衣歌》歌舞，还合唱了一首《边疆的泉水清又纯》。她们纯真的口音，甜美的歌声，如天籁一般。轮到徐闻香上台表演了。他说的一口南方普通话，红着脸刚上台，一开口就引得女兵们哄堂大笑。

“在青年节到来之际，我为战友们献上一首口琴曲。”他的曲子选得恰到好处，是大家都熟悉的《叶塞尼娅》主题音乐。口琴吹了一会儿工夫，水平一般般，但委婉动人。场下静静的，大家都感受到了浓厚的浪漫色彩，爆发出一片掌声。在这荒凉无比的大山里，再蹩脚的琴声，再沙哑的合唱，都是一种心灵甘泉。

一区队全体战士还用俄文和英文分别合唱了《共青团员之歌》和《友谊万岁》两首歌，给女兵们留下了很好的印象。

从此以后，杨春波经常会不由自主地注意徐闻香；而徐闻香也会情不自禁地转过身来看一眼，眼光真诚。杨春波看到他的眼神，感到温暖，低头一笑。他的存在让她很踏实，她将其视为自己的知音。

训练大队又来了一个短训班，是从三团来的，其中女兵就有十来个。

短训班的人一到，几个男兵就开始修理简陋的篮球架。架子上的木板掉了一半，铁的球筐耷拉着，他们把这些都重新维修了一下，再把地上的小石头捡了一遍。这个篮球场是以前的老兵们煞费苦心修建起来的，每次大风一吹，就沙土四起，球框架吱吱嘎嘎地晃荡。篮球架子的尺寸也不标准，既小又矮，歪歪扭扭，一推就倒，打球的时候得压上几块石头，否则真不容易瞄准。在这儿打球，球难打，裁判更难做。战士们在地上用树枝画上几道线，只是没几下就被踩平了，根本没法判断球是否出线。好胜的双方总要争个脸红耳赤，难为做裁判的，裁判两边受气。不过，篮球架虽然破旧，可凝聚了官兵们对运动的热爱。晚饭后，球场上总是笑声一片，青春的旋律在这里激荡。

篮球场的周围有单杠、双杠等，成绩落后的战士还在那里加班加点地锻炼。这里晚饭过后天还很亮，还可以干很多事情。

这天球场上出现了新鲜的一幕，只见三团的男兵和女兵准备打篮球赛。战士们纷纷停下脚步，女兵会打篮球？只见男女兵穿着统一，内是粗布白衬衣，外是绿色圆领绒衣。开始打球了。这些女兵的球技显然是培训过的，一招一式都很专业。男兵谦让女兵，女兵则趁势进攻，在快要输球的时候干脆一把拉住男兵的绒衣，男兵的背上贴满泥手印，引得场外大笑。比赛激烈的时候，一名男兵急于表现，快速运球，谁知运球时把球拍到了一块小石头上，球不听使唤地弹到一个稚气未脱的小女兵手上，又引起场外大笑。小女兵左拐右拐冲过防线，跑到篮板下，一个跳起，咚——当——，投中了！

一名男兵见她冲过来，本想弯腰避让，她想顺势越过去，却撞到了男兵背上。两人绊摔在一起，再次引得场外哈哈大笑。

徐闻香问王建军："她们……她们是哪儿的兵？"

王建军回答："据说是从汉中选拔过来的。"

场外的战士们看得眼珠子都不转，在周围锻炼的男兵都停了下来，纷纷围了过去，里三层外三层，一个个摩拳擦掌，跃跃欲试，只恨就一个篮球场，没有机会上。由于高原缺氧，一个男兵气喘吁吁地退场，女兵们瞅着场外，寻找合适的人选。

"大个子，你来替一会儿。"见王建军个子最高，刚才摔倒在地的小女兵羞涩地向他招手。这时王建军别说有多来劲了。他红着脸，骨头轻得三两重，心跳突突的，脱去外套，快速跑向球场。

可惜王建军身还没热，区队长过来了。

"晚自习的时间到了。"区队长一声令下，王建军刚刚上场就退场，与其他人一起悻悻离开球场去教室。其实，区队长计较的不是时间问题，而是男兵想与女兵一起打球的意识问题。部队对男女之间的交往管教得很严。不严防死守怎么行？以后要是三天两头约打球，成何体统！千号人的部队里就这么几十个女兵，男兵们不动心思是不可能的，出格的行为不防范绝对不行。

在教室里，区队长嘟囔个不停："她们是学机械的，你们是练思维的，不是干一个事的人，哪有闲工夫玩球？刘教授明天要回城里，你们今晚的事情多着呢。"

新兵训练到了这个时刻，赵庆丰的武艺，王建军的突击能力，徐闻香的敏感性，陈亚军的观察能力、分析能力和判断能力，全班学员各有优势，初露锋芒。区队长看在眼里，各级领导也都千方百计不让他们分心。

第十四章
送别战友

一个星期天的下午，食堂改善伙食，组织大家包顿饺子。南方兵从小吃大米长大，很少吃饺子，更谈不上包饺子。在食堂里，女卫生员先给大家示范，边说边操作。炊事班长还给大家准备了发酵面团，让南方兵学包饺子的同时也包几笼包子。战士们以班为单位分别包，每个班分到一脸盆面一脸盆馅，不包就没得吃，不会可以学。这不光能改善伙食，也能提高大家的生活能力。

到了开饭时间，战士们拿着铁皮大碗自己打饺子吃。只见赵庆丰的铁皮大碗里足有三四十只饺子，他快速吃完第一碗，又生怕打不到第二碗，边吃边注视着锅里的情况，典型的“吃着碗里的，看着锅里的”，终于把第二碗打上了。第二碗快吃完时，赵庆丰的胃似乎撑着了，估计食物已经堵到了嗓子眼，走路都有点发直，挺着胸。

大锅里只剩下破饺子与饺子皮漂浮在上面。炊事班长一看情况不对，发现这些女兵的份额全被男兵抢了，后悔没让炊事员控制男兵打饭的量。怎么办？一时再也做不出什么吃的来。他只好叫上炊事员，去地窖里抬上来一筐地瓜。蒸地瓜的速度要快一点。

总算大家都能吃饱了。战士们走到外面水池边洗碗。祁莲走近水池时，赵庆丰一不小心把水开大了，溅了她一脸。却见她摇头甩了一下，用袖子一擦，没有埋怨，反而微笑地看着他。

祁莲问赵庆丰："你叫什么名字？真能吃。"

"我叫赵庆丰。"他答后赶紧不好意思地走开。

祁莲发现赵庆丰是一个与众不同的兵，话语不多，脑袋聪明。

赵庆丰回到宿舍，弯腰欲解开毛皮鞋的鞋带，却觉得胃里的食物要流出来，赶紧站直。难得吃到一次饺子，竟然想吐了？不行，我不吐，肚子胀一会儿会慢慢消化的。他观察了一下同宿舍的，看看有没有人发现自己的异常。他真的不敢说，怕被批评贪吃，怕被大家笑话，更不敢去女卫生员那里看病。他想着走动走动可能会好些，让胃里的食物赶紧沉下去。宿舍很小，他来回地转，没啥用，还差点撞墙上，干脆到外面操场上走几圈，装模作样地散步。以前在会餐前，首长都会提醒大家别暴饮暴食，这回吃饺子怎么也不提示一下？害得我……

到了快熄灯时，赵庆丰胃里的情况依旧。与赵庆丰同宿舍的副班长张爱民一看，这样不行啊，决定去找祁莲配药。他第一次踏进女宿舍走廊，心里慌得厉害。老虎队长说过，男兵不准到女兵宿舍区，否则给处分，再送到喀喇昆仑山上去站岗！

此时张爱民心里虚虚的，光天化日之下去女兵宿舍都显得别有用心，何况晚上。自己就应该先去报告区队长或教员，由他们联系卫生员，可这赵庆丰怕丢丑，死活不让，只说拿上几片消化药就行了。看他那个样子，只能硬着头皮试试了。

女兵们听见走廊里似乎有男兵的喊声，就让最小的王爱琴探出头去看个究竟。问明来意后她去叫祁莲，张爱民站在走廊的楼梯口不动。

"报告卫生员，赵庆丰不舒服，不停地捋肚皮，想请你配点药。"

"唉，吃多了吧。我早想劝他，吃个饭吃成这样。"祁莲顿时就明白是怎么回事，同他一起往外走，到卫生室用小纸袋装了几片酵母片给他，又嘟囔了一句：“嘱咐他以后悠着点，这样放开吃就是不懂事。”

“是，明白。”

“卫生员，我还有点饼干，让他带给那位生病的大哥吧。他可以留着以后饿的时候吃，别暴饮暴食伤身体。”王爱琴跟了出来，拿了一包饼干。训练大队三令五申不准战士们花零钱买零食，这些女兵倒是严格遵守的，但她们可以让家里寄。

张爱民高兴地收下了。王爱琴边走边哼着小曲：“边疆的泉水清又纯，边疆的歌儿暖人心暖人心，清清泉水流不尽……”这回近距离听清楚了纯真的口音，这等美妙张爱民少有欣赏过。这银铃般的声音，这字正腔圆。张爱民傻站了一会儿，才回过神来往回走。

“参差荇菜，左右采之。窈窕淑女，琴瑟友之……”这是战友间的帮助，也是战友间的温暖。在这寂静的大山里，这帮女兵的到来让男兵们踏实了许多。

张爱民回到宿舍把药和饼干交给赵庆丰。打开一看有苏打饼干，大伙儿立刻蜂拥上去。没等赵庆丰反应过来，一包饼干就被瓜分完毕。

正巧，没过几天，师部来了几个人和张爱民单独谈了一次。部队有这习惯，不该问的别问，不该说的别说。所以他们谈了什么没人知道，张爱民也不会说。他的学习成绩和军事技能很出众，毕业后很有可能被分配到一团，因为一团有几个军官被同时派往军校长期学习，正缺人手。那师部这次过来，是不是因为这事呢？

只见张爱民面无表情，镇定自若，在操场边和赵庆丰不知在说啥。难道是那天吃饺子惹的事？陈亚军和王建军走过去问个究竟。赵庆丰着急地对陈亚军说：“根据最新情报，张爱民要调走了，去边境站。”

陈亚军问：“不会是被淘汰了吧？”

张爱民笑了笑，支支吾吾不答。

赵庆丰说："他啥事都不说。不会是帮我去过一次雷区（女兵宿舍），就惹祸了吧？你是班长，帮我向区队长解释一下，看能不能把张爱民留下。咱们同甘共苦，熬到快要毕业了，是多么不容易。咱们的目标是一起去一团搞技术。"

陈亚军答："行，这算啥事。"

王建军听不过去，鄙视了他一眼，说："得了，你以为你是谁呀，你知道张爱民是啥事？不自量力。"

四个人胡扯了半天。

张爱民即将离开这里，有点伤悲，有点无奈。他很想和大家一起继续学习与竞争。他的目标确实是等毕业后去一团搞技术，现在却要被调去一个陌生的地方，从头开始。

陈亚军、赵庆丰、徐闻香和王建军等好友打算简单地聚聚，送别一下张爱民。

军营周围都是荒郊野外，没有饭馆，战士们每个月几元钱的津贴也上不了饭馆。星期天，徐闻香背着挎包，走了几十里到县城买了点黄瓜、西红柿和几只罐头，打算在宿舍里做个凉菜，大家一起偷偷喝个酒。

傍晚时分，其他战友晚饭后仍在散步，而他们几个聚在宿舍里。宿舍大门紧闭，窗户的一侧对着大山，外人没法看见宿舍里的情况。徐闻香还没做好拌黄瓜，几人已经开始喝起三元一瓶的川曲来了。

赵庆丰深感歉意，一言不发。张爱民非常不舍，也不知说什么好。徐闻香先开口，开导张爱民说："也不一定的，说不定那里有机会。别以为没得到的就一定比得到的好。"张爱民听后直摇头，回避这话题，说："三年朝夕相处，谢谢大家对我的关心爱护，我先喝上一杯。"平时大家都不敢喝酒，酒量不太好。他眯着眼睛勉强地喝了一大口，觉得这酒有点辣，有点苦。他心里的迷茫、依恋无法倾诉。

大家吃得苦闷时，王建军举着搪瓷漱口杯三口灌下去，就开始口若悬河地吹牛，调节气氛。他说："这算个什么屁事，小题大做。说点高兴的。我不是看上了卫生员祁莲吗，没病装病去了几次门诊部，结果还没聊上天就被门诊部的老太婆告了。我老爹差点让我复员回他老家种地去，没少吃苦头。嘿，谁知道现在祁莲调过来了，我们不就更加方便见面了吗？"

"那你和祁莲好上了没？"陈亚军问。

"没有。"

"那算什么本事。"

这话可把王建军逼急了，只见他又喝了一口，眼睛有点红，添油加醋地说："哪那么容易？那天我肚子疼，跑到门诊部去找祁莲。门诊部不就三个医生吗，祁莲肯定在医生身边的。我说肚子疼，把衣服拉起来让老太婆看肚子，结果你们猜老太婆怎么说？她让我把衣服放下，把舌头伸出来。把我气个半死，肚子疼不看肚子要看舌头！不过老太婆最后还是表扬我了，说我八大块腹肌特别棒，祁莲在边上红着脸躲开了。第二次我躲着老太婆，在走廊里遇见了祁莲，结果又被老太婆撞见了。她问我啥事，我说肚子疼，可能是阑尾炎。老太婆让我躺着，让我把大裤衩解开。我解开后她就往下拉，我就往上拽，可她还是一个劲地往下拉，差点把我扒光。她摸了一下说不是阑尾炎。第三次我学乖了，拿着一本书，大摇大摆地走到祁莲值班室，趁人家不注意就把一本《少年维特之烦恼》交给了祁莲。我在书里夹了个条，又把几颗奶糖装进了她的白大褂，然后马上逃离现场。"

大家听后哈哈大笑起来。

"你小子行啊，肚子疼应该让祁莲给你找找啥原因才是。话说你在条上写了啥？不会是汇报工作情况吧？"

"你们这帮小子，我在外面名声不好，都是你们给闹的。我就是写个条约她看电影，谁知她没注意书中夹了条，把书放在值班室的桌上，结果让老太婆看见了，还交给了我爹。不过还好，要是让队长知道，那可真要脱军装了。”

“你这样搞对象不行，水平差得太远了。以后你有啥行动，我们来给你出出主意。”

“你们光会嘴上说，让你们实际操作，可能还不如我呢。”

“最近你和她有没有眉目传情地表达一下？”

“没，没，现在队长真跟老虎似的，哪敢去犯事。不过她以前只要见到我就躲远远的，现在好像不这样了。”

“那就是在意识上接纳你了，你继续努力。”

这种情况，一般只是少男少女单相思而已，当然也没有引发进一步的故事。今天王建军的酒话是真是假，谁都不知道。

四人把一瓶酒喝完，有点醉意，走出宿舍陪着张爱民最后一次去散步。见凋零的树叶，听乌鸦的啼叫，徐闻香边走边哼着伤感的《友谊万岁》。

第十五章
冬季训练

“同志们，军区机关要组织冬训，我师拟派两百名官兵参加，其中五十名是咱们学员。这次训练，咱们要和兄弟部队比作风、比技能、比本领，谁是英雄，谁是狗熊，拉出来遛遛。目标是夺得综合考核第一名。目前战事紧张，咱们部队主要的职责是通过这次训练，对西北防线的布兵情况和地貌特征有个全面的了解，测试装备并锻炼能力，以后为边境部队阻止敌军介入、为上级的作战指挥提供更为精确的依据。目前是深秋，即将进入冬季，咱们将沿着管辖的边境走两千多公里路程，边走边练，每人负重三十公斤，一斤都不能少，需要总共大约三个月的时间。咱们会穿越草原、高山、戈壁、河流和沙漠，一路上肯定困难重重，大家要有充分的思想准备。有没有信心？”训练大队政委在会上做冬训前的动员。

“有！”全体人员异口同声地回答。

“我把丑话说在前面，干部要是在训练过程中掉链子，我要撤你们的职，降你们的级；战士的话，就让你们早点复员回老家去，别在这里瞎折腾。咱们平时整天在大山里训练，难道还比不过机关部队？话说回来，你们要是夺得第一，一定会有奖励的。我已经和队长商量好了，出发前杀一头猪，为大家鼓鼓劲。大家说好不好？”

“好！”战士们喊声震天。

政委做了动员报告后，一区队开班务会，大家整整齐齐地坐在教室里，腰板挺直，手放膝盖，正视前方。因区队长临时有事外出，冬训的事又比较急，加上学员们是第一次参加，司务长临时受委托，到一区队听听战士们有啥想法，给予指导，也顺便了解一下大家对伙食的建议。

司务长说：“同志们，这次冬训意义重大，政委已经做过动员。刚才我去队长办公室，看见其他区队长都铆足了劲，说明大家意志坚定。你们在思想上一定要重视，完成好这次冬训任务，给咱们全师露露脸。你们都是很棒的小伙。我们的大肉罐头有限，我们尽量给大家多备些。其他的战备干粮还是比较充足的。本次冬训，后勤保障能力也是一项重要的考核内容，你们想进步，我们也一样，大家一起努力。大伙儿有啥想法可以随便说，尤其针对后勤。”

“在野外，吃饭是个问题。那边的天气太冷，又荒郊野外的，野生的食物都没有。好在有干粮托底。”王建军轻声嘀咕了一句，尽量不挫伤后勤部门的工作热情。

“确实是这样，而且有些困难是没法解决的，大家要有吃苦的思想准备。”司务长又接着说，“冬训中的拉练是一项重要而艰苦的科目，‘练好铁脚板，抗击帝修反’。以前咱们的前辈不都是依靠铁脚板和敌人打游击战的吗？咱们走两千多公里，比起红军两万五千里长征不算个啥。咱们这次冬训有车队，是用于后勤保障的，会给大家备足干粮。”

大家听了司务长这些话，放下心来，但同时也觉得压力如牛负重。

司务长说：“咱们要坚决服从上级的安排，如果有谁觉得背三十公斤吃不消，现在提出还来得及。但我告诉你们，革命、战争靠的就是一不怕苦二不怕死的革命精神，这是我军的宝贵传统。敌人就算武器先进，就一定管用吗？有时候还得靠一不怕苦二不怕死的革命精神。历史上哪一场战争不是靠死打硬拼取胜的？所以说，别简单地以为敌人的装备先进就能获胜。咱们紧密合作，一定能完成任务。”

司务长走后，大家继续议论，陈亚军记录。陈亚军说：“这回王建军很注意分寸，没有抱怨后勤工作，这就很好！炊事班也是巧妇难为无米之炊，对炊事班咱们要以鼓励为主，大家说对不对？”

“对。”大家一致赞同陈亚军的说法，明天就把流动红旗给炊事班送去。

陈亚军又说：“我在这里和大家交流一下我的想法。一、咱们的文化课暂时停一下，回来还得补上，这次咱们要学会应用，把边境的情况整理成资料，以后作战指挥用；二、穿的胶鞋要稍大一点，至少不能脚趾顶鞋，毛皮鞋也得带上，停下来后冷着呢；三、把针线包带上，遇到脚上起水泡时，用针捅破或用线穿过，让里面的脓水流出，就不会影响第二天，走路时如果不小心磨破了泡，则要消炎，包上，防止感染；四、这次咱们是随大部队，不是单独行动，干粮要按规定带上，其他设备放车上，尽量减轻负重，只要背够三十公斤就行；五、高原上千万要注意别感冒，一人感冒会连累多人，我想大家对如何预防感冒是有经验的；六、炊事班要带的行军灶具、压缩干粮、脱水蔬菜和各类罐头等，咱们要帮助他们装卸搬运，另外对野外的伙食情况要有充分的思想准备……”

冬训的两千多公里基本都要步行完成，拉练是部队一项重要的训练科目，是增强官兵体质及提高战斗力的一种训练方式。通过行军、登山、跑步、游泳、露营等严格的体能磨炼，结合部队不同的军事斗争需要，锻炼出野外生存所需的顽强的凝聚力和战斗力。动员令发出后，大家开始积极准备，三天后出发。其中，后勤部门任务最为艰巨，正所谓兵马未动，粮草先行。

“出发！”随着指挥员的一声命令，所有官兵背上枪支弹药开始行军。第一天大家还觉得新奇，一下跑了八十公里，没把三十公斤负重放在眼里。第二天队伍里说话的人少了，又跑了八十公里。第三天只跑了六十公里。战士们累了，不少人都小腿肿胀酸痛。听到“停止前进”的口令，他们就迅速放下身上所有的物品，缓解身体和双脚的疲劳。太累了，但谁也没有掉队，一定完成任务的狠劲在他们的血液里暗暗涌动。

拉练也需掌握要领，前后要保持距离，间隔两步左右。一旦拉开了距离，需要一溜小跑才能跟上，再拉开距离，再快速小跑，如此反复会消耗体力。陈亚军、徐闻香深知这一道理，一直咬牙保持着与王建军的距离。王建军腿长，体力也不错，走在队伍前面。赵庆丰也不甘落后，追追赶赶，勉力维持着与前方的距离。因为全力赶路，又在队伍前面迎风处，他们都有不同程度的冻伤。

在前进过程中，区队长时不时回头提醒，并让大家喊着口号，注意脚步距离：“下定决心，不怕牺牲，排除万难，去争取胜利。”一会儿又唱首歌鼓劲：“说打就打，说干就干，练一练手中枪，刺刀手榴弹……”战士们吼声响亮，区队长趁势鼓励：“看看咱们这阵势，不夺第一谁夺第一！”

终于传来了“停”的口令，徐闻香放下背包，一屁股瘫在地上，呼哧呼哧喘着气。短暂的休息后，一声号响，徐闻香艰难地从地上爬起来，背起背包，晃晃悠悠地继续往前走，双脚不听使唤。赵庆丰此时也只觉得饥寒交迫，四肢无力，急促的呼吸让胸与背出现了明显的颤动。可以说，整个区队五十名学员都有体力透支的情况，要是有人从后面推一把，真会立刻倒地。可大家都知道，谁要是掉队被送上卡车，那就等于是逃兵了，别说区队参加冬训的努力白费了，连整个师的努力也全部白费了,所以必须坚持着。

赵庆丰饿得实在不行了,掏出压缩饼干偷偷咬了一口。这压缩饼干是要留在最关键时候吃的,没有区队长的命令不能随便吃。但他没有体力了,饿极了。他黑黑的脸上目光呆滞,大口喘着气,粉末从嘴巴两侧喷出。师指挥部的指挥员满脸严肃,赵庆丰的行为没能逃过他的眼睛。他如老虎一般朝着赵庆丰冲了过来。赵庆丰从指挥员的目光投向自己身上那一刻起就早已慌了神。王建军也吃了一小块,见状赶紧若无其事地收拾。

指挥员黑着脸说:"新兵蛋子,才出来几天你就吃,你怕饿死啊!战备粮能随便吃的吗?"他指着赵庆丰的脸,声音之大让整个队伍都停了下来:"嘴上喊着不怕苦不怕累,实际就是怕苦怕累。还没让你上战场呢,你要上了战场,不知是何等熊样!"

赵庆丰愣愣地站在那里,满嘴的压缩饼干粉末,委屈的眼泪从又黑又干的脸皮上滚了下来,哽咽着。徐闻香从来没见过赵庆丰如此狼狈,知道他饿,极为心痛,差点跟着掉眼泪。

现场紧张得只能听见西北风的响声,区队长站在旁边也不敢吭声,皱着眉头。一个大队的官兵都屏息听着指挥员的训斥,引以为戒。

指挥员转向区队长:"胡参谋,看看你带的熊兵,整天在干什么吃的!"

区队长知道,赵庆丰偷吃战备粮是太不应该了,违纪违规毋庸置疑,可是他心里也明白,确实是晚饭误点了,战士们肯定都饿极了。

"报告指挥员,我们一定引以为戒,让炊事班把备用干粮补充上。"

队伍继续前进,毛皮鞋踩在硬硬的冰冻地皮上,发出整齐的响声。赵庆丰受到批评后,区队长加强了对每个战士所带装备与重量的检查。把训练当作实战,抓实抓细。当赵庆丰平静下来后,区队长耐心地对他说:“在南方边境,一个受伤的战士因一时得不到救援,依靠自己的压缩饼干和急救包硬是坚持了十多天,最后被救了下来……你看过军教片,却不长记性。咱们既然是军人,就要按照规定来办。指挥员是很严厉,但他是为了你好。”

听完区队长的话,赵庆丰明白了遵守《内务条令》的重要性,惭愧地说:“请区队长放心,以后我一定严格遵守。”

夜色降临,前方依稀出现村庄的影子。有希望了。只见土坯墙上写着“备战备荒为人民”“要准备打仗”的红色标语。大伙儿饥肠辘辘、口干舌燥,迫切需要暖和一下,再喝口水。走进村庄,村里的小孩见到这么多的持枪军人,高兴得活蹦乱跳。

区队长在队伍前讲话:“同志们,野外露营,是为了锻炼咱们的野外生存能力,也是为了让大家恢复体力。本来我们不打算把帐篷发给大家,让你们根据自然条件解决睡觉问题,现在看这里不具备这样的条件,指挥部让我们取消该项训练。二班有几个走在前面的战士稍有冻伤,就住老乡家里,其他人搭帐篷露营。炊事班赶紧做饭。搭帐篷要选择好地方,既要隐蔽,又要避风。这两天大家很辛苦,咱们要继续发扬敢打敢拼的优良作风,相互帮助,战胜困难。一定要有夺得综合考评第一名的信心,大家听清楚了没有?”

“听清楚了。”大伙儿铆足最后一点力气齐声回答。

“还有,你们每班抽调一个人去帮厨,去附近破冰取水。炊事班到村子里去摸摸情况,看看能否买只羊什么的。天气太冷,大家实在扛不住。买到的话,宰杀任务交给徐闻香。”

在这之前,区队长交代过,冬训路过的大多是少数民族聚居区域,遇见老百姓时要尊重他们的生活习惯。徐闻香和王建军拖着行李进入指定的一家老百姓屋里。只是徐闻香刚走进屋,就红着脸退了出来。王建军问:“咋的啦?”

“没啥,你先进去。”

“我先进去又咋的啦?”王建军大大咧咧地走进屋,大喊着,“大婶,今晚我们住你们屋了,你们家暖和。”

“来,来,进来。”大婶喊着。

大西北的人家都喜欢在门口挂块布帘。撩开布帘,屋里黑乎乎的,只有一盏昏暗的煤油灯闪烁着光亮。进门中间的土墙上贴着一张毛主席画像,土炕上有一张小桌子。原来里面的大婶正坐在油灯下敞着棉袄奶孩子。孩子听到喊声,松开奶头回头一望,大婶的乳房便暴露无遗。这棉袄是黑色的,大婶光着膀子穿棉袄,黑棉袄和白乳房反差很大,难怪把徐闻香羞得逃了出来。大婶的另一个女孩趴在桌上,在油灯下写作业。她的鼻孔里流着清水鼻涕,凌乱的头发用红头绳扎了小辫。还有一个小脸冻得通红、露着屁股的男孩,正拿着土豆屋里屋外乱跑。

王建军对大婶说:“大婶,你在奶孩子,我们进来没事吧?”

“没事,只管进来,是村长安排你们解放军到我家的。刚才那小伙原来害羞呀,我都是三个孩子的娘了。”

大叔蹲在炕边,吧嗒吧嗒抽着用口水粘的自制烟,似乎有点不乐意。王建军见状,赶紧上前掏出大前门牌香烟递上,大叔慢悠悠地从一包中抽出一支,并理直气壮地把其余的也装进了自己的衣兜里,笑道:“我们平时抽不到这高级香烟。”

“大叔,你这是‘自己动手,丰衣足食’。”

“这小伙懂事。”大叔乐呵呵地说。

王建军懒得动,太累了,于是就指挥着:“徐闻香,水桶在那里,你去挑水。陈亚军打扫卫生准备地铺。赵庆丰点火烧洗脚水,我和大叔歇歇。”他还挺有领导派头,把别人支配着去干活,自己只管和大叔聊天。他手一摸兜里发现还有几块奶糖,赶紧给大婶和仨孩子每人一块。谁知还没等剥开糖纸,大叔就把四颗奶糖抢了过去,两颗装自己兜里,另外两颗用黄牙咬断,给老婆和孩子每人吃半颗。

"我说你是班长,还是陈亚军是班长?"徐闻香不满道。

"啥班长不班长,现在是军民一家,大叔你说对吧!"王建军讨好着大叔,"我看你们这木桶里白乎乎的,是牛奶?"

"对,是刚挤下的牛奶。"

"能否卖点给我们喝喝?"

"那行。"

得到大叔同意后,王建军走出老乡家,叫住陈亚军,说:"班长,你掏两元钱出来,给咱们班每人买一碗牛奶喝。咱们养精蓄锐,到时候看看谁拿第一,不把其他连队整趴下才怪呢。"陈亚军想了想,这不违反规定,于是把钱给了大叔。

王建军和徐闻香在地上铺好被褥,喝了一碗牛奶,来了点精神,打算吃上饭后就钻进被窝。只是等了半天也没见宰杀任务,看来今天肉是吃不上了。一天下来他们疲惫不堪,头晕目眩,把三十公斤重的背包和枪支弹药摘下放一边后,倒在床铺上就想睡,但不能睡,只能先靠一会儿歇歇。

陈亚军过来了,对他们说:"王建军,徐闻香,你们休息好了吗?差不多了就到帐篷里去帮帮忙。"

他们俩拖着疲惫的脚步来到帐篷。帐篷里,陈亚军端着水给大家轮着泡脚。

"大家一定要保护好自己的脚,要是脚出了问题,就麻烦了。"陈亚军边端水边提醒,战士们把双脚伸进热水,不断地感谢。

"以后入党,咱们第一个推荐陈亚军和赵庆丰,他们吃苦在前,享受在后。"徐闻香大声说。

"还是等咱们毕业了一起入党提干吧。到时候桌子上要摆满大肉罐头,吃个够。"陈亚军这一句暖心话让大伙儿的脸上充满笑容。

"大家都当军官了,不就没兵了吗? 还是你先上吧。"

"咱们训练大队本来就是军官培训基地,谦虚啥呀?"

笑声让大家忘却了疲劳。

卫生员祁莲来巡视，帐篷里顿时鸦雀无声，大家的眼睛直溜溜地围着她转。

祁莲给徐闻香刺水泡，王建军一个劲地埋怨自己脚上没起泡，还说自己脸上也长了高原红。这不是在揭祁莲的丑吗？祁莲扔了一支冻疮膏过去。女兵的到来让大家忘记了训练的疲惫。

“你们闲着没事，我就顺便给大家唱首歌吧。”

“好——”

没想到卫生员也能唱歌，战士们兴奋得一个劲鼓掌。

“听吧，战斗的号角发出警报，穿好军装拿起武器！青年团员们集合起来，踏上征途，万众一心，保卫国家！我们再见了，亲爱的妈妈，请你吻别你的儿子吧！再见吧妈妈，别难过，莫悲伤，祝福我们一路平安吧……”

听着听着，帐篷里静静的，战士们都若有所思，徐闻香的眼角闪烁着泪花。

按照野炊训练要求，炊事班要在一小时内完成做饭。羊肉没买到。主食是米饭，另有一荤一素一汤。炊事班把所有吃的和用的都整齐地装在桶里、锅里或麻袋里，放在车厢的后部，车一停就顺手卸下。不到一小时，炊事班做好了洋葱炒肉片和酸辣莲花白、粉条虾皮汤，主食是大米饭。大家正吃得香的时候，指挥部发出命令：“你们所在位置的东北方向约五十公里处附近，有支十几人的队伍正越过边境，命令你们快速到达目的地。那里是片林区，要占领有利地形，构筑防御工事，坚决消灭入侵者。”

战士们刚刚暖和了一点，饭还没吃完，徐闻香也没能在暖和的老百姓家里睡上一晚。紧急集合哨声响起，全体战士全副武装。这是他们第一次上战场，临战的气氛笼罩在每个人的心上，大家不免有点紧张，徐闻香的心脏突突乱跳。

区队长集合队伍并讲话："同志们，这天确实很冷，你们身体也疲乏，这回可真是考验咱们意志的时候了。咱们现在的位置就在边境，黑咕隆咚的，可千万别走到人家那边去。二班长，你赶紧看一下地图，等一会儿走在前面带队。徐闻香，你负责好电台。炊事班长，给大家带点干粮。卫生员跟在队伍后面。五分钟后出发。"

战士们带上武器弹药和土工作业工具，轻装上阵。晚上，大雾弥漫，村庄窄窄的砂石小公路上没有任何路标和灯火，漆黑旷野伸手不见五指。战士们紧抱着步枪，右手指不离扳机，陈亚军凭着记忆和感觉带队往大致方向出发。

西北风一个劲地呼叫，像尖刀打在战士们身上，能刮掉脸上的皮，能穿透棉袄棉裤。战士们从屋里、帐篷里出来时身上还热乎乎的，越走越能感觉初冬的寒气，呼出的热气瞬间在眉毛上结成白花花的霜粒。这里没法开车，同时也为了避免暴露目标，全体人员快速徒步急行军。大家背着背包与枪支弹药，每跑上一段路就要停下来歇歇，肺来不及呼吸，心脏都快跳出来了。汗水遇到了冷空气凝在身上，把人冻得直哆嗦。此地有沟壑起伏的草地、山坡、河流，或许还有沼泽，边界线又看不太清，走错路的话是很危险的，不宜久留，大家歇一阵赶紧再跑。

队伍采取一字形前进方式，大伙儿一个个紧紧跟上，只是一脚高一脚低的很容易崴脚，而人员受伤了会影响前进速度。终于艰难地到达了大致位置，顾不上休息，区队长带着几个班长先爬上山顶，缜密勘察附近的地形后立刻布防。消灭敌人前，首先要保护好自己。观察哨兵隐蔽在制高点的枯草丛中和树木背后。此外区队长还布置了流动哨，其他人员则抓紧构筑防御工事，做好战斗准备。大家训练有素，自告奋勇地争抢最前沿。这里说是林场，其实只有稀稀拉拉的几棵没有树叶的枯树，无其他标识。炊事班和医疗队等后勤人员在阵地后面，加快开展保障工作。第一次进入实战状态，神圣使命让所有官兵不畏艰巨，挑战身体极限。

区队长低声做战前动员："同志们，养兵千日，用兵一时。大家马上各自占领有利地形。这回是夜战，夜间射击没有光亮，最重要的是要凭自己的感觉快速找到三点一线，打移动目标。没人会给你时间趴在那里瞄上半天，一定要快，一定要准，一定要狠，不是你死就是我亡，打完一个要快速打击下一个。在打的过程中，要学会保护自己，适当变动射击位置。再说一次，不管是什么射击姿势，都要迅速找到三点一线，把真才实学露露手。只有掌握了这一本领，才能适应全天候作战，不惧各种复杂地形。一个班就是一个战斗集体，大家要相互掩护，减少伤亡，听从指挥。明白了没有？"

"明白。"

战士们全神贯注地观察各个方向。西北风一个劲地吹，天越来越冷。大家把背包打开，把橡胶雨衣垫在地上，各小组成员挤在一起盖上被子，相互取暖，轮换休息。其实，这个时候全体人员根本就没心思睡觉，敌人可是随时可能有动作的。何况大家的手脚冻得冰凉冰凉，很想站起来跺跺脚。要是双脚被冻坏，可是要截肢的。

几声狼嚎传来，给战士们增加了几分恐惧。趴着埋伏在这里非常寒冷，为防止暴露目标，他们只能一动不动。守株待兔真不是好挨的，对耐心和身体都是考验。时间一分一秒地过去，可是，过了一个多小时，怎么还没情况？

"陈亚军，带上你们班快速侦察一下周围，把电台带上，发现情况及时通报。"区队长下达指示。

"是。"

"从这边走到另一端的直线距离有多少？"区队长问。

"大约有五公里。"

"一个来回得一个小时，你们争取四十分钟回到原地。"

“是。”

陈亚军带着队伍，再次轻装上阵，加快跑步速度。战士们奔跑在雪地树林间，徐闻香突然发现有几只明亮的眼睛，便蹲下观察。确定是狼，不过只有两只，就在他前面。狼猛然蹿出草丛，随时可能发动攻击。

“别管它们，它们是下雪天出来觅食的，要是来攻击我们，就消灭掉。”

陈亚军端着枪直接向狼的方向冲过去，狼见人多势众只能逃窜。神圣使命不容犹豫不前，那一刻他们早就把自己的生死置之度外。其实狼的嗅觉灵敏，远远就能感觉到人的存在，但是闻到了火药味，它会趁早逃跑。

陈亚军带领二班气喘吁吁地返回原地——没有发现异常。

两个多小时又过去了，怎么还没有情况？区队长正着急着。天有点蒙蒙亮了，还是没情况。一辆吉普车飞驰过来，车还没停稳，师部指挥员就跳了下来，找到区队长后怒火冲天地追问：“你们怎么搞的，是聋了还是哑了？你们知道我费了多大的劲才找到你们吗？”

区队长没搞清是怎么回事，愣在那里。

“我说你们怎么不听电台指挥？”

区队长明白了，把电台一把拉过来，捣鼓了几下。怎么回事？坏了吧？

“训练就是实战，拿训练当儿戏，就不是一名合格的指挥员。你知道你们现在在哪儿吗？偏离了好几公里。”

指挥员拿出地图，把位置点给区队长看。他们本应该在林场的另一端，方向没有搞对。

“坏了，难怪老没情况。指挥员，我有责任，一定会查清情况，严肃处理。现在我们尽快向预定目的地前进。”

“不用了，谁还指望你们！”

“报告指挥员,请问越境人员处置了吗?”

“你还好意思问,我早就让其他连队上去了。我告诉你们,你们这次的错误太严重了！现在赶紧向八十公里外的集合地集结。”大队指挥员气呼呼地跳上吉普车走了。

战士们听说犯了错,万分沮丧惭愧。区队长大吼一声:“集合!”队伍集合完毕。“电台怎么回事?!”

“报告区队长。”徐闻香战战兢兢地站出来。

“说!”

“不是您教的吗——为了不暴露目标,把电台静默。我怕暴露,把它静默了一阵……”

“这回也是我让你这样操作的吗?!”区队长终于明白了是怎么回事,新兵没上过战场,死脑筋。

“……”

“只会死读书,不会灵活应用,回去跟你算账。今晚到达目的地后先罚做三百个俯卧撑,三百个仰卧起坐,长长记性。”区队长气得瞪着眼睛,嘴角边白沫点点,“现在想办法快速到达集合地,将功补过。”

“报告区队长,你先别着急。我看了地图,发现有条近路可以试试。要是这么走,不到八十公里,只是要翻越一座没路的山。咱们擅长走山路,想按时到达今天的集合地,没问题。咱们还有补救的机会,不过走近路算不算犯规?”陈亚军把地图给区队长看,这个建议被采纳了。

“犯啥规,最先到达就是胜利。要是成功,给你嘉奖;否则的话,我告诉你们,你们这三年算是白费了,所有人统统白费。你们也配做指挥员？这回我本来想让你们带队试试,结果你们一个个掉链子。你们要是在战场上,怎么掉脑袋的都不知道。”

区队长发令:“清点武器弹药,就地掩埋垃圾,不留痕迹,准备出发。”

“报告，赵庆丰在解手。”

赵庆丰为避开医疗队的女兵，到不远处的山坡上去拉屎了。

“真是事多！还有谁需要解手的快去快回，就地掩埋。”

区队长走在队伍前面，边走边鼓励：“同志们，现在下小雪，我看进入大山后会是大雪。但是，风雪再大，总没有咱们雪耻的决心大；山坡再高，总没有咱们顽强拼搏的斗志高。风雪给了咱们在高寒条件下一次很好的训练机会，昨晚咱们是失败了，但咱们不气馁，不罢休。训练才刚刚开始，后面的考核项目还有很多，更加严峻的气候条件在等待着咱们，大家有没有取胜的信心？”

“有！”

队伍在风雪中艰难地前进着。

“二班长，我看雪有点大，还是你们班走在前面，再锻炼一下，这次不能迷路或走弯路。”区队长信赖陈亚军。

“是，明白。”

医疗队队员赶上来了，祁莲把一支冻疮膏给了徐闻香。女兵与他们一起步行，比区队长的话语鼓励更有力，他们一个个振作起精神，恨不得帮着祁莲背背包。真正的男女搭配，干活不累。区队长也希望祁莲就跟在自己区队边上，后勤上多一道保障。

“报告，五班的钱玉书拉肚子。”

听到报告，区队长很头疼。一人病了，要拖累很多人。考核能不能夺第一，要看全体人员是否到达。且不说夺第一是他们的目标，如此恶劣的气候条件下，体力消耗严重，如果不能抵抗过去就有生命危险……

“要架着走，最好是抬着走。”区队长沉思片刻，“二班长，你们班负责背上钱大个的负重，人让五班自己抬着。卫生员，你去给点药，再让他吃压缩饼干吧，别吃当地的那些东西。”

钱玉书是大个子，四个人抬他都很累。二班战士自己身上要背这么多重量，再分担钱玉书的，也不轻松。徐闻香走路已经晃晃悠悠，却硬是把钱大个的手榴弹挂在了身上。这时赵庆丰感觉自己有点轻松，愣了一下，一摸腰间，不对啊，我身上的手榴弹呢？他脸色突变。

"报告，我的手榴弹没了。"

惊叫声让整个区队都停下了脚步，霎时气氛凝重，阴霾笼罩。赵庆丰缓过神来，才想起了是怎么回事。他拉屎的时候把手榴弹解下来放在地上，后来提裤子就走了。手榴弹被留在了原地，这意味着手榴弹完全处于失控状态，且就在边境上。后果不堪设想，弄不好要上军事法庭了。

区队长脸色极其难看，紧皱眉头，脸色煞白，大声喊着："王建军，你陪赵庆丰一起回去找。"区队长快要哭出来了。

"是。可是区队长啊，你看我人高马大的，体力消耗也大，是否让炊事班再给点压缩饼干和大肉罐头带上？"

"你趁火打劫。"区队长真想给他一巴掌，举手做了个扇耳光的动作。

"不不不，区队长，我哪是这意思，本来没怎么吃饱，我怕半路饿晕完不成任务……"

"行，让炊事班长再给你点，完成后要赶紧追赶队伍。"

赵庆丰被吓得魂不附体，心脏狂跳。他知道责任重大，与王建军两人艰难地开始急行军，一口气跑到原来的位置。只见六颗手榴弹静静地躺在草丛中，快被雪覆盖了。赵庆丰迅速拿起，挂在身上。避免了一次事故，激动的眼泪瞬间流了下来。

大部队翻越了几座山包，看见师部指挥员的吉普车已经在那里等着，区队长笑呵呵说："报告指挥员，这回我们提前了，第一名没问题。"丢弹药的事情他暂时还不敢说，打算等赵庆丰他们返队后再如实汇报。

“你们那个偷吃压缩饼干的新兵蛋子呢？别人记不住，他我还是能记住的。”

区队长有把握地说：“报告指挥员，这回消耗比较大，用不了一会儿他们就会到达。”

“你看，其他队伍也陆陆续续过来了，你们能不能夺第一，还难说。”

区队长一看，确实是。这俩兔崽子怎么还没回来呢？他每过一分钟就要看一下手表，来回踱步，着急等待。队伍停下来后，湿漉漉的衬衣与凛冽的寒风把战士们冻得直跺脚，他们左顾右盼，等待痛苦而漫长。

“来了，来了！”

区队长已经看见了他们的影子，几个班长放下背包，不顾一切地奔跑过去帮忙。区队长站在那里，眼睛都快湿了：看看咱们团结一心的战士！

晚上，区队长批评赵庆丰和陈亚军：“稀里马哈，要吸取教训，这种事情危险哪，闹不好我都得和你一起去蹲监狱。陈亚军也有责任。让你清点弹药，他人在拉屎，没见实物你就把他给算进去了？都是什么工作作风。”

战士们诚恳聆听，第一次参加实战训练，给他们深刻地上了一课。大家都暗暗跟自己较劲，今后一定要养成全面、细致和严谨的工作作风，不轻易放过每一个细节。

这天的训练项目是欺骗，让敌方截获我方的无线电通话，破译简单的密码后，获取我方部队虚假的部署、调动和作战企图等情报，我方借机研究分析敌军的反应情况及其薄弱环节。徐闻香、陈亚军等打起十二分的精神，密切留意设备信号。

师大队全体成员坐上卡车或通信车,开始机械化训练。他们冒着寒风行驶在颠簸的乱石路上,一路晃荡。车开起来后寒风更是飕飕刺骨,战士们拥挤在一起,互相取暖。

前方是白花花的山地,连绵逶迤,驾驶员看不清地下是否有路,只能凭着感觉开车。在过一段冰雪路时,右后轮把冰压破了,陷入了河中,前进不了——还好,没有整车掉进冰河。战士们前拉后推,都无济于事,反而消耗了体力。部队调用第二辆卡车牵引,总算把它从冰层中拖了出来,却耽误了二十分钟。后勤部长提醒后勤人员要引以为戒,看清路况,保持距离。

耽误的时间,只能靠缩短吃饭和休息时间来弥补。后勤部长问司务长,中饭吃啥。司务长答复:每人发两块压缩干粮和一袋咸菜,路上饿了垫垫吧。

有人开始晕车,呕吐。赵庆丰吐了徐闻香一身,酸腐的味道让徐闻香肠胃一阵痉挛,肚子内的食物也开始蠢蠢欲动,赶紧挤到栏杆边一泻千里。风又把他的呕吐物吹到了后面人员的身上,全车开始骚动起来。大家纷纷避让,徐闻香连连道歉。吐完了食物,吐出了酸水,徐闻香开始昏昏沉沉,却不知道卫生员祁莲在哪辆车上。

指挥员让车队停下来让战士们解手。指挥员高喊着:"男左女右。"大家跳下卡车,几个女兵就依靠着卡车,一部分站着,用背包挡着,让另几个蹲下,过一会儿再轮换。时间到了,汽车发动就走,若是不抓紧就很尴尬了。而男兵们没这么多顾虑,沿着卡车侧面尿尿,"哗啦啦"地响成一片,在雪地里留下一个个坑。

指挥员叫区队长:"胡参谋,过来!"

"是。"胡参谋的裤子前门还没扣上就跑了过来,"报告指挥员,有何指示?"

"你们是否在按计划实施?"

"是,我们还侦测到了敌方情况,正在抓紧时间分析。只是这卡车太冷，不适合开展工作。”

“让你们的几个战士上通信车，那里条件要好些。”

“是。”

官兵们又爬上车，继续前进。

正在翻越的这座山坡陡弯多，积雪很深，人车前行极为艰难。快要到达山顶时，风雪越来越大，一个劲地往衣服里钻。尽管全力以赴，可战士们还是过了预定的集合时间。夜色降临，加上大雪，能见度很差。后勤车队停了下来，带队人员也停了下来。

后勤部长见状赶紧跑到前面去，问：“怎么回事？怎么不走了？”

“报告部长，前面是白茫茫的一片，看不见哪是路哪是沟，更加辨不出方向。”驾驶员回答。

后勤部长二话没说，自己到车前面引路。走着走着，他一只脚踩破了冰层，虽然迅速拔出，可拔出后的棉裤还是立刻被冻成冰柱。不能打弯走路了，他便顺手折断一根树枝，拄着一拐一拐继续探路。棉裤碰上水被冻住，在这样的环境中一时还真没解决办法，时间长了腿还会冻坏。首长的拼命精神感动了大家。

后勤部长觉得这排小树靠河边，且既然出现了河流与小树，距离村庄应该就不远了，就指挥着车辆左拐向前。还是老马识途，这样前行了一个小时左右，前面突然有手电光，后边还跟着一大帮老乡——宿营地到了！比原计划晚了三小时。到达后，后勤部长吹着哨子让后勤人员下车做饭。

没过一会儿收到师部来电：“训练大队获取的关于敌军机械化部队的情报很有价值。”区队长高兴得热泪盈眶。

快到二十四时，军区指挥部又来电：“有的直属分队超过了二十一点才上报宿营情况，这种行为不可取，今后要准时。今晚宿营太晚，战士们也很疲劳，原地休息两天，为翻越大山做准备。”

所有人员睡大觉，缓解积累的疲乏，把体能恢复到战备状态。师部指挥员则召开领导小组会议。

“总指挥部给的时间是两天，谁先到达谁胜。但这座山分两天走，我看是过不去的，全程一百五十多公里山路。这山最高海拔有五千多米，常年积雪，且据我了解，大多是砂石路，没有宿营条件，更没水。我想了半天，只能硬拼，起个早，一个白天加半夜，应该差不多了。大家发表下意见，如没有异议就这么执行。”

“我建议尽快买几只羊，让大家吃点肉，长点力气。我们再抓紧烤点饼，让大家带上，把做饭时间节约下来。”后勤部长发言。

医疗队负责人发言：“谁要是病倒，麻烦就大了，请大家先摸摸人员的健康情况。”

“报告，地方政府过来拥军慰问。”正说着，参谋前来报告。

“快，快，请他们到帐篷里来。”指挥员大喜。

这回师大队分到了六只羊，都是慰问品。炊事班请当地老乡宰杀后炖了六大锅手抓羊肉，再配上烧饼，全体官兵美美饱餐一顿。徐闻香正吃着，他发现房东的小孩盯着他的碗不走。看来他们平时要吃到白面和羊肉，也是困难的。二话不说，徐闻香把一碗羊肉面倒到小孩的碗里，只是等他回过头来还想捞面时，锅底已经朝天了。

次日起床号提前响起，战士们天没亮就出发。上山走的是“之”字形盘山坡道，汽车挂一挡发出轰轰的响声，艰难而缓慢地往上爬行，人往上走则更累。随着高度的增加，越发感到寒冷，刚才山下的天气还好好的，此刻却风越刮越猛，雪越下越大。

师部全体人员经常在海拔三千米上下的山区训练，这点高度和风雪不算啥。“司令员就在前面，你们加油！”指挥员这么一说，大家相互搀扶着，继续前行。除了指挥员，坐车的只能是放映队、医疗队和炊事班的人。到了山顶上，大家一看司令员确实就站在冰天雪地的山顶，他正挥手示意让大家加油。

翻过山顶后部队继续前行，又在下山时找到一块比较平坦的地方停下车准备吃晚饭。时间是一小时。二十二点左右部队终于到达山下,师大队夺得速度第一,被安排在少数民族村庄周边宿营。

根据未来几天的情况,炊事班学着做了青稞面干粮。把青稞面做成烤饼、麻食和面片等花样食品,再配上牛羊肉和蔬菜,能够改善大家的伙食。走过了草地和高山,部队进入戈壁。

这乱石路非常难走,天气又极恶劣,简直能把人风干冻死。戈壁是典型的大陆性季风气候,极为干燥,昼夜温差大,早晚冷得连车都发动不起来,官兵们的嘴上都皲裂了。行军到了两座大山之间。只见此山口像一把老虎钳子,南北两座大山向西伸出,沟内两山相连,山谷中有条砂石路直通内地,此山成为内外通道的一道屏障,有兵力驻守。山沟里,指挥员开始辅导单兵作战要领。

“跑步时要尽量压低身体,快速跑到大树或土墩后隐蔽,再举枪搜索并瞄准目标。若是没有情况,则重复这样的动作继续往前。”

训练正紧张进行。

“徐闻香,你重新操作一遍。怎么软绵绵的没力气?”

根据指挥员的指示,徐闻香继续练习,却觉得肚子里翻腾着,有点不对劲。

“报告,我要拉肚子。”徐闻香实在无法忍受,快要拉出来了。

“报告,我也要拉肚子。”

指挥员瞪着眼睛,半天无语。怎么还没打仗就想逃吗……

“医疗队,看看这些兵怎么回事。”指挥员脑筋一转,让医疗队也操练一下。

担架上来了,两名女护士把徐闻香抬着就走,一名男医生在边上跟着。担架不是医院里的担架,是找了两根枯树枝用背包带绕上两圈做成的简易担架。

医疗队在冬训过程中训练外伤急救四大技术:止血、包扎、固定和搬运。最令医生护士生畏的是搬运,尤其是女护士。搬运过程中,有时要在地上拖着伤员一起匍匐前进，这是件很艰难的事情。医务人员轮流扮演伤员，通过本次冬训，护士能拖着一个伤员向前匍匐五十米，而目标是一百米。

包括徐闻香在内，很多战士吃了青稞面饼就开始拉肚子，又胀又痛，可能是汉族人吃不惯，也可能是体力消耗太大而身体太差导致的。

两位护士抬了一百米实在抬不动了，乱石滩上空着身子走路都要睁大眼睛，更何况抬着担架。一不小心小张护士脚一崴，担架一角倾倒在地上，徐闻香跌了下来。

小张护士摸着自己酸痛的胳膊，一屁股坐在地上，伤心地一边哭一边向徐闻香道歉。

医生走过来，安慰护士。

小张护士拍拍尘土，坐在地上艰难地脱下自己的胶鞋。这时医生发现，她的下肢既红又肿，脚上的血泡破了，粘住了袜子。这种情况下，在这乱石滩上，她怎么抬得动一百多斤的徐闻香！

“怎么会这样的？”医生问。

“我也不知道，好像是被一粒沙子磨破的，因时间紧，没顾得上处理。”

“你别小看一粒小小的沙子，它的危害大着呢。看来是出发前，你们对冬训过程中会碰到的问题准备不充分。”

指挥员跑了过来，问：“怎么回事？谁的脚上没有血泡，这么点苦就受不了了？继续操练！不行的话，就上收容车。”

小张护士听到指挥员的严厉训斥后赶紧穿好袜子，抹着眼泪，又加入队伍参加训练。确实有病，上收容车是可以理解的；可这种情况上收容车的话，是很丢脸的，也要被扣分。为了不影响大家，小张护士就算掉皮掉肉，也要跟上大家。

训练还在继续，戈壁滩上高低不平，战士们一会儿快速奔跑，一会儿在土墩后卧倒,举枪、瞄准、搜索,再继续往前。

部队艰难地到达山口时,山上机枪对空扫射过来,响声一片,挡住去路。

“同志们,怎么才能消灭他们,或者用啥武器才能消灭他们,这就是咱们今天要思考的问题。收队。各区队讨论,两小时后上交结论。”指挥员布置了任务。

各队迅速分组讨论,结合自身条件和合作的可能性,提出方案。指挥部精选方案,组织演练。

这山上有部队的防御阵地和屯兵坑道,可容纳一个师的兵力,是为了抵御敌人入侵打造的。全体人员在司令员的带领下,进入坑道:战斗人员如何快速出击,如何占领防御阵地,受到打击后如何撤退等;后勤部门在坑道内如何为阵地官兵做饭、送水、送弹药;工兵分队如何保障坑道照明和工作用电;通信分队如何保障指挥部的通信联络;医疗卫生分队如何在阵地开设救护所;等等。通过演练,多方面的实战能力都得到了提升。

之后,部队走出戈壁,又进入沙漠边缘训练。细沙柔软,带着温热暖意,陡峭的山顶在远天呼唤。第一次见到沙漠,大家感到非常新奇。

“咱们要翻过这座沙山,到山底下进行射击训练,你们要学会在沙漠里保存自己的体力。”

根据指挥员的指示,大家开始爬山。这沙山不高,但负重爬山走一步要退两步。风一吹,战士们踩出来的脚印就被覆盖了,一切恢复原样。

“天哪,这沙山可不是好玩的,我走了半天,怎么还在原地?”徐闻香纳闷儿。他背着装备缓慢前进,胶鞋里灌满了沙子,脚指头被沙粒磨得好痛,他累得只能停下来喝水,感到嗓门冒火,两眼发花。

“咱们两个两个地上。”班长招呼着,可是效果不明显。

大家体力开始下降，大口大口喘气。

“这样硬拼不行。这样，先上去两位，少带点装备，到顶上后把装备放下，再下来接力，用雨衣包起来拖。”班长又提出第二方案。

减轻身上负重果然有效，二班全体战士用这个办法首先到达了山顶。下山就容易了，可以滑下去。

“射击！”在体力严重透支并呼吸急促的情况下，指挥员又发出了实弹射击的命令。

射击就怕呼气急促带动身体起伏，徐闻香用尽全力稳定自己。

战士们在这样艰难的环境下意识到，自己平时的训练不能怪队长要求高，如果那时标准再高一点，现在就会轻松多了。

射击结束，大家争抢着看靶子。

“徐闻香，你的十发子弹全部比中心低一点点，也就是说，人家瞄眉心，你是瞄嘴巴。你怎么就看上了人家的嘴巴呢？”班长的话惹得大家笑了起来。

“赵庆丰，九十二环。”

“王建军，八十五环。”

……

“日落西山红霞飞，战士打靶把营归把营归……”官兵们唱着歌儿结束了射击训练。

接下来依然是负重行军，他们得了好成绩精神爽，期待着迎接新的挑战。

第十六章
山洪暴发

冬训结束返回训练大队。张爱民真被调走了。他没有参加冬训,没人清楚他是被淘汰了还是被提拔了。

这年,祁莲和炊事班的小张考上军校走了,留在训练大队的其他学员依然继续接受训练。祁莲已经当了三年兵,不能提干就得复员。她是一个比较出色的卫生员,让她复员有点可惜。炊事班的小张,勤快肯干,任劳任怨,做饭养猪都很出色。

部队为加快正规化、现代化和革命化建设的步伐,基本停止从优秀士兵中直接选拔军官的做法,想要提干必须通过地方和部队高考后再进入军校接受培养。军官晋级也要经过相应军校的再培训,让合格的职业军人逐步充实进来。在过渡阶段,对于有特殊情况的部队,组织上还是会每年适当分配上一小部分提干名额,但名额逐年减少。不能提干就不能继续当兵,不能做一名职业军人,为国防事业挥洒热血的梦想就无法实现,这对包括徐闻香在内的许多战士来说都会是打击。干部们一直关注着他们的思想变化。

一团与师部分别位于东山坡与西山坡,军营和设施就镶嵌在树林里。两座山之间有小溪，或泻于两峰之间，轰鸣有声；或隐于林间，不见其源。溪水流出山谷，飞溅银花，清波细浪，左旋右转，奔腾不息。溪上有两座桥，一座是廊桥，一座是平桥，平桥为军事专用。这里是军事禁区，树木植被保护得非常好，再加上部队年年大量种树，使得这里暖春时翠峰耸立，盛夏时白云缥缈，仲秋时万紫千红，初冬时苍翠如黛，犹如贫瘠大地上的一颗宝石，璀璨夺目，引人入胜。

西北植被很少，汽车开上半天都见不着几棵树，一团和师部所在的小树林，翠绿一片，可算得上是大森林。战士们长期不见绿色，似乎患上了绿色饥渴症，见到几棵树，高兴得像小孩似的，在树林里或活蹦乱跳，或重温小时候的爬树技巧，只恨没有相机拍上几张照片寄回家去。沿着溪水再往上看，零零星星的植被也很不错。

一团院子前面的小溪，其河面是乱石滩，数十米宽，细细的小溪齐脚脖那么深，在河滩中间静静地流着，突然向左急拐后，河床变窄变深，水流也变得湍急，到了下游三团军营旁边时，乱石滩足有百米宽了。为了防止山洪，一团团长带领大家坚固军营，在小溪边筑起一道围堰，用几百斤或上吨重的石头垒成堤坝，没钱买水泥就到远处拉土回来填实。

西北干旱少雨，溪水是大山冰雪融化后点点滴滴汇聚而成的。这里靠天吃饭，田地干旱，若是到了七八月份该下雨的季节还不下雨，当地村民就会举行祈雨仪式，举着旗，排着队，敲锣打鼓，念念有词，祈求神龙降雨。

一天下午，又一次敲锣打鼓之后，这雨终于求到了。天上下了场雷阵雨，不到半小时，大山里发出巨大的轰鸣声，山洪从远处向军营奔来。

“山洪来了，赶紧撤向高处！”

部队发出紧急集合的命令，正在此地听课的一区队被安排到一团附近的溪流咽喉口处救援。一团政委发表简单讲话：“同志们，咱们的军事设施在高处，洪水不会对其有威胁，大家要把自己的生命安全放在第一位，别逞能做英雄，该放弃的坚决放弃。洪水来得太快，现在的主要任务是赶紧安排溪边家属区里的人撤离！”据说一团的政委平时说话就如演讲一般，有深度而且很风趣，大家都爱听他的讲话，这回却是言简意赅。

浑浊的泥浆水卷着石头沿着公路边的小溪，从山谷汹涌奔腾而下，轰鸣声中还夹有石头的翻滚撞击声，将公路以及公路两旁的山体、树木和房屋尽数吞噬摧毁。人们常把洪水比作猛兽，山洪则更加阴森恐怖。许多战士都没有见过山洪，只见它经过之地，一切都变得不堪一击。后勤部停车场上几辆庞大的军用卡车淹没在水里，只露出一木架子，木架子不一会儿就被洪水中的石头砸得粉碎，无影无踪了。

本来只有几十米宽的河滩瞬间变成了一二百米宽的大河，水位急速上涨，淹没了公路和小桥。上吨重的巨石如同一粒沙子，从山上翻滚着冲到山下，巨石与巨石的撞击声震耳欲聋，巨石遇到障碍物还会弹出水面再落下，教人恐惧。一团刚刚筑起的围堰早就不见踪影，大家担心洪水会把办公楼也冲走——人在这水面前，太渺小了。

小溪边家属院的人刚刚开始撤离，手脚利索的还带走了些生活用品，至于其他桌椅家具什么的，只能眼睁睁地看着它们与房屋一起被冲走。

突然，传来一阵呼救声。只见一个女孩拉着自家的门框，快要掉水里了。一名女兵快速奔跑过去，看准机会抓住了女孩并把她推向高处。然而，等她回头还想往前跑去救援别人时，她所站的地基和房子瞬间倒塌并被冲走。

“有个女兵被洪水卷走了！”

听到喊声，战士们的心狂跳起来，和其他官兵一起奋不顾身，快速往下游奔跑。只见女兵沉浮了两下没法施救，大家猜测她凶多吉少。岸上哨声一片,抢救的队伍陆续赶到。后来官兵们追到几十里外的县城外,才找到这个女兵的遗体。

再说下游的溪水边,一个浙江养蜂人一直过着世外桃源般的日子。他从浙江跑到大西北来放蜂,有几十只蜂箱。他不知道山洪的险恶。于是,班长迅速组织人员拖着养蜂人就跑,并抢回了十来只蜂箱。跑到了军营门口再回头一看,涓涓小溪早已成汪洋大海,自己简陋的棚屋、财物和其余几十只蜂箱早就无影无踪,养蜂人号啕大哭……

养蜂人见了警卫排长,扑通一下跪了下来。排长扶起他,又把战士们微薄的捐款交给他,他坚持不收。排长嘱咐他买张回家的车票,他把几张钞票捏在手上,泪流满面:“是你们解放军救了我这条命,我以后一定要过来把钱还给你们。”

次日,溪水还没有完全退去,部队安排年轻力壮水性好的南方兵在两山之间架绳索,到对岸去加固堤岸,以防危害再次发生。徐闻香和赵庆丰自告奋勇,穿着大裆短裤和背心迅速在两岸拉起了安全绳索,人员沿着绳索慢慢移向对岸。尽管是夏天,可在这里也得穿绒衣,徐闻香和赵庆丰碰水后冻得不轻,却坚决不退缩。边上几位军属大姐不停地为他们呼喊鼓励,并帮忙接应,他俩觉得一点都不累,浑身是劲。

终于缓口气的时候,一团的刘副团长送来两瓶好酒,给战士们暖暖身子。徐闻香靠在坡上喝了两口,漫不经心地把瓶子递给赵庆丰,刚递过去又把酒瓶子抢了回来,再喝两口,对赵庆丰说:“这酒真好,喝了还想喝!”

赵庆丰拎着酒瓶子,转来转去地看。

“五粮液?五粮液贵还是老白干贵?”

两人笑了起来。

刘副团长坐到了徐闻香旁边。刘副团长是当年负责接他们的,了解他们的情况，也很关心他们的成长。目前提干名额越来越少，这些兵今后什么打算，他打算聊一聊。

“你们是一批出色的战士。将来要是不能继续当兵，你打算做什么？”

“……”徐闻香沉重地低下头，不知如何作答。

“想留下对不对？……根据总政与教育部联合发的文件来看，组织上会给你们出个学历证明，作为学历依据。按我本人的想法，建议你们再考个正规学历，现在一下子到了讲学历的年代了。明年军队要组织成人统一考试，我建议你们只要有机会就别放弃，去试试。一时也想不出别的好办法来。”

“是，谢谢刘副团长指点！我一定把部队需要放在个人需要前面，为部队建设出点力。”

“唉，最好是你们个人与部队都能得到发展。”刘副团长一声叹息，摇着头走开了。

他明白，战士们关心自己的将来是可以理解的，如果仅仅要求他们在军事与技术上提高水平是不够的，还要从政治思想上关心爱护他们，并结合部队的长远发展需要，为他们提供机会。这才是一名基层干部的职责所在。

第十七章
春节联欢

时光荏苒,三年的军训结束了。经过激烈的淘汰制,陈亚军、王建军、徐闻香、赵庆丰等十来个学员都经历多次淘汰选拔,成为留下来的优秀学员。毕业典礼上,全体学员昂首挺胸地接受军区首长肖华政委和杜义德司令员的接见。

陈亚军代表优秀毕业学员发言:“在各位首长和教员的精心培育下,我们从普通老百姓转变为忠诚的战士,我们将踏上征程,科技强军,报效祖国,到部队最需要的地方去!让我们的青春在军营中绽放出绚丽的光芒!”

战士们心里都盼着能分到一团去,在重要的岗位上做出成绩。这几天,区队长与教员们经常和学员唠嗑,了解他们的思想动态。最终徐闻香等几个学员成为一团业务专家岳强参谋的徒弟,开始接受他的训练并尽快进入实战状态。尽管徐闻香他们已经超期服役,可在这里仍然是新兵。训练大队的成绩只代表过去,新的训练才刚刚开始,他们的新目标是成为具有独立思想、有创造性思维并能独立执行任务的军人。

在一团的会议室里,轮值指挥员以极为响亮的口令声集合队伍,全体官兵笔挺站着。

“命令——”

大家听到要宣布命令，立刻响起整齐的立正并脚声，目光正视前方，全神贯注。一团团长宣读上级命令。

“殷伟强为一团三营参谋，高逸飞为一团四营参谋……”

两人通过短期实践被提干后送往军校进修，让其他战士羡慕不已。正如刘副团长所预料的，去军校进修才是战士们提升自己的最优路径。

春节期间战备级别升高，战士们很少有探亲休假的，徐闻香跟着岳参谋进入战备值班。春节的前一天，师部举办了联欢晚会，由各团出节目表演，搞点节日气氛，适当地劳逸结合。在礼堂里，首长先讲话：“每逢佳节倍思亲，在这新春佳节到来之际，我代表师党委，向远离家乡、坚守岗位的全体官兵，向你们的亲人，致以节日的问候！祝大家节日快乐！”

部队要搞联欢会，有点文艺细胞并积极响应的官兵还真不少。上级的主要目的是自娱自乐，顺其自然，不搞比赛，能让大家笑笑，搞点热闹气氛就行。每个团将自有人才地毯式地过滤一遍，自告奋勇地组成了乐队。成员们把自己的乐器带上，主要有竹笛、小提琴、风琴和二胡等。部队允许他们从工作岗位上临时腾出时间来排练。这样的乐队土洋结合，别出心裁。大家也不苛求艺术水准多高，只要能整齐地合奏出乐曲来就行。

漂亮的报幕员最吸引官兵们眼球。那天报幕员穿着蓝色的制式百褶裙——这是女兵们朝思暮想要穿而没有机会穿的漂亮裙子——再穿上黑色的高跟皮鞋，其修长的身材和标准的口音赢得一片称赞。

节目主要有数来宝、独唱、舞蹈和官兵们表演的家乡地方戏曲等。

三团的几位女兵表演了《洗衣歌》和《逛新城》两个歌舞，没有穿民族服饰，只做了象征性的点缀，但很有专业水准。

还有一个民族舞蹈，一男一女表演，双臂相拥，不停旋转，变化舞姿。台下发出了阵阵叫好声。联欢会给寂寞的军营带来不少欢声笑语，大礼堂内热闹非凡。

“下面一个节目，独唱。演唱者，杨春波。”报幕员报完后，杨春波出场。

徐闻香听到这里眼睛一亮，怎么她会唱歌？

今天的杨春波让徐闻香刮目相看。她上着浓妆，白皙的脸蛋微微泛红色，如梨花玉露，两个小酒窝春意无限，显得楚楚动人。主要是在这只能穿棉袄和绒衣的高寒地区，她却上穿白色粗布制式棉衬衫，下穿蓝色制式百褶裙，一米七左右的个子格外修长，又把腰部紧束，身体曲线优美。台下爆发一阵热烈的掌声。徐闻香在下面跟着起劲地拍手。

“泉水叮咚泉水叮咚泉水叮咚响，跳下了山岗走过了草地来到我身旁，泉水呀泉水你到哪里你到哪里去，唱着歌儿弹着琴弦流向远方，请你告诉我的心上人，不要想我也不要想家乡……”徐闻香听得心神摇荡。这歌声真如甘露，沁人心田。

杨春波嗓音纯真，一口普通话字正腔圆，如播音员一般标准。就比如“水”字，南方人的舌头再怎么卷，也发不出那么好听的声音。由于乐队乐器太有限，两只胡琴五音不全地添乱，干脆停下来让杨春波清唱，更显示出她无与伦比的美。徐闻香仔细欣赏歌曲——杨春波确实是个才女，比文工团的也差不到哪儿去。

台下再次爆发出热烈的掌声，久久不停，意思很明白，是要杨春波再演唱一首。而杨春波就准备了这一首，怎么办？还是报幕员灵机一动，组织来了个大合唱，让杨春波领唱，就唱熟悉的。当场邀请一团的二十个小伙上台，徐闻香瞅准机会，决定浑水摸鱼。可惜还没等他跳上台，人就满了，他只能悻悻退下。

于是，深情的《我的祖国》歌声在官兵们耳边回荡，将气氛不断推向高潮。

“全体起立,齐声合唱《打靶归来》。”

联欢演出结束,全体官兵又回到了自己的岗位。礼堂的外面是静静的大山,徐闻香在宿舍给自己父母写信。他因为有两篇科技文章发表,被分到了人才济济的一团,今后主要从事科研工作。这是部队打胜仗的保障,他打心眼儿里感到自豪。他要把喜悦分享给父母。

大年三十那天还是老样子,中午会餐,下午茶话会,晚上就随便吃点中午剩下的。按徐闻香的理解,部队没有年夜饭,只有年中饭——大家围着热热闹闹吃一顿大餐的,才叫年夜饭。联欢晚会结束后的几个晚上,部队还会安排看电影。

一团食堂里的小黑板上写着:鱼香土豆、醋熘白菜、清炒萝卜,统一价0.2元。战士们可以从三样中选一样,军官吃菜则需要自己掏钱买,晚饭就把剩下的菜热一下。过年前夕,为了添喜庆,小黑板上难得会出现“红烧鸡(只)5元”的字样,一般都是几个军官合伙买一只分着吃。

大年初一,二营长召集白天值班的战士们到他家吃晚饭,大家开心聚一聚。徐闻香被分在一团一营,与二营关系不大,但也被邀请了。共二十来人。这下可真把大家高兴坏了,总算有了过年的气氛,个个乐得合不拢嘴。二营长是三十多岁才到部队的特招兵,入伍前是大学讲师。类似这样投笔从戎的,在部队里有很多。他对家属说,这些新兵是江南人,有不吃辣的,要吃辣的自己加,让战士们倍感亲人般的温暖。

二营长的夫人用洗脸盆拌凉菜,主要食材是萝卜丝、白菜丝、粉条和豆腐皮等等,据说是仿照东北凉菜做的。徐闻香见状,觉得不可思议,怎么用脸盆,像喂猪似的?结果开吃的时候,这一脸盆的菜居然没几分钟就被一扫而光,营长夫人赶紧再拌第二盆——看来是有经验的。油炸花生米、油炸龙虾片、炒鸡蛋等等,花花绿绿的菜摆满两大桌，大家挤在营长十五平方米的小屋里简直不能挪步。二营长的两个小孩就坐在床沿上一声不吭，徐闻香观察其表情，知道他们是过了正常的吃饭时间，饿着了。二营长和夫人忙着照应这些战士，都顾不上自己的小孩。小男孩伸出细细的小手，到桌上拿一片肉，被二营长“啪”地打了一巴掌。徐闻香的心一紧——这大山里想吃块肉，还是那样困难。

徐闻香愣了好一阵，环顾二营长家里。屋里陈设非常简朴，没有一件像样的家具，更没有电视机之类的高档电器，有点随时准备奔赴前线的样子。今天战士们吃到了实实在在的红烧肉，一小碗。红烧肉里没有糖，酱油是县城酿造的。这一碗肉要花费很多钱。酒是两元一瓶的绿豆大曲，一桌只有一瓶，这是部队的习惯。

“别放筷子，吃吃吃。”二营长自己不吃，看着大伙儿吃，心里舒坦。

其实菜也不是很多，二营长的家人估计要等大伙儿吃过后再吃。徐闻香闻着肉香没吃肉，而是给两个小孩每人夹了一小块。见南方人吃了一阵便会放下筷子，二营长不断地提醒他们别放筷子。

“怎么又放筷子？吃，菜够。”营长见徐闻香习惯性地放筷子，再次提醒，“酒的话，大家不能多喝，都在战备值班，只能尝尝。”他见大家吃饭时依然保持着军人的作风，不说话，没气氛，便拿着筷子给大家夹菜，又拿着酒瓶给大家倒酒，顺便说说笑话。他自己滴酒不沾。

“独在异乡为异客，每逢佳节倍思亲。有什么感情会比亲情更浓烈？有什么温暖会比家庭更温馨？在这新春佳节之际，我向你们，向你们的父母，表示最诚挚的慰问！你们辛苦了！干杯！”临结束前，营长以茶代酒，和大家干了一杯。

“徐闻香，这酒碰了杯就一定要干完，不管杯大小，不能留底或只喝半杯。”

晚饭后，战士们走在大山的小路上，借着酒劲哼着苏联歌曲《山楂树》。明天他们要继续战备值班。

第十八章
寻找野趣

八十年代初,《微型计算机硬件软件及其应用》一书出版后,部队官兵迅速开始学习相关内容,练习使用计算机。学习新知识是官兵们一项重要的工作要求,也是现代战争的需要,谁掌握了先进的技术,谁就有取胜的希望。

上级部队组织相关人员到这里来培训,结束后留下了几台教学用的彩色电视机,从此以后,这支西北部队进入了有电视的年代。

因大山阻挡,这里收不到电视机和收音机信号,师部领导就考虑到山顶上建设差转台,改善部队军人的业余生活。因一团紧挨着大山,这任务就交给了一团。一团又把任务交给了新兵们。因后面没有新兵进入,超期服役的徐闻香他们依然属于新兵。

团长一声令下,任务分配到每个班,新兵们利用休息时间,穿着破烂的旧军服开始打砖坯。炊事班做了几个简陋的模具,战士们带上它们来到营区外面的山坡上。挖土的,提水的,搅拌的,敲打的,等砖坯成形后就摆着任风吹日晒,过几天再翻个身;要是遇到下雨,可惨了。砖做成后,要把它们运到山顶上。为了省事,战士们把砖打成了每块二十斤重的大砖。每人用自己的背包带,绑上三块背在后背上，运到山顶。这在高原上可不是闹着玩的。体力好的赵庆丰竟然抱着一百多斤重的水泥柱子就往上走。不过大家都苦中有乐，期待着早点能看上电视。

差转机房还没建成，团长率先花费近一年的工资买了一台十四寸黑白电视机。为了让接收效果好一点，他将天线用一根木棒挑得高高的，上面再放几根破旧铜管，电线从顶端连接到屋里，结果还真有模模糊糊的图像出现在屏幕上。但是，需经常爬到房顶上调整天线方向——一人趴在房顶上喊着，一人在屋里调着，隔天大风一吹又得上去调整方向。

电视机实在太稀罕了，官兵们知道他家里有电视机后，顾不上他作为团长的威严，吃过晚饭就到他家门口等候着看一会儿电视。团长夫人干脆搬了些板凳、马扎和椅子让战士们坐，又把电视机放在家门口，便成了露天电视场。没过多久，团长干脆让新兵们把电视机抱到会议室去，变成公用的——徐闻香和赵庆丰忙活了起来。

"扳那个角上。"徐闻香指挥着，抬桌子拉天线，见屏幕上的图像还在不停地抖动，又喊，"赵庆丰，把天线搁窗户外面试试。"赵庆丰把天线伸到外面。大伙儿都着急地等着看最最激动人心的电视剧《上海滩》。

"浪奔，浪流，万里滔滔江水永不休……"模糊的图像，沙沙的噪音，大伙儿一边兴奋一边抱怨——眼睛都要看瞎了。

"赵庆丰，再往右一点……好，别动了。"效果总算好一点了。这时的徐闻香只顾看电视中的冯程程，早忘记了要去帮赵庆丰固定天线。

"喂，你好了没有，光让我举着能行吗？"赵庆丰不耐烦了，他也想看。

"你别动，我马上就过来。"徐闻香慢腾腾地边看边走过去，谁知他刚接过天线，电视机就"沙"的一声没信号了，留下官兵们一片叹息声。明天要想办法把天线固定起来,师部培训用的彩电还不知啥时候能发下来呢。

一段时间以后,差转机房建成了。为庆祝进入有电视的年代,部队破天荒地放假半天,组织观看中国女排五连冠比赛。军人们在电视机前与全国人民一起欢呼呐喊,女排的拼搏精神让官兵们深受鼓舞。

星期天,刚刚提干的徐彤即将去军校进修,被其他同乡战士们追着让请客。徐彤在服务社买了两只大肉罐头、两只凤尾鱼罐头和一小包花生米。徐闻香提议到小溪边找个阴凉处去野餐,顺便采点蘑菇。

这里的春天来得晚,五月下旬以后才大地复苏,六月份北山坡的积雪渐渐融化,此时的松树比冬季更加清秀挺拔。南坡的灌木林也渐渐变绿。野山花星星点点,布满山坡。战士们在院子里种植的除了格桑花外,迎春花、牡丹花和芍药等也逐渐冒出花蕾,战士们围着兴致勃勃地观赏。

最初发现蘑菇,是源于大家晚饭后在曲径小道上散步。北坡比较湿润的地方长满了形状各异、色彩斑斓的蘑菇,还有松花、蕨菜,周围还有野草莓,这些都是部队保护植物的结果。战士们刚开始只是好奇,偶尔采两朵拿在手里欣赏,不敢随便食用。时间长了,慢慢辨认出几个可以食用的品种。采蘑菇不在乎收获多少,主要是享受一份野趣。曾经有人采到一朵足有一斤重的松花,那个喜悦心情简直没法描述,手舞足蹈,见人就说。

封闭的军营生活并非完全枯燥无味,要看以什么样的态度去面对。战士们放歌郊外,内心世界比疆土还辽阔。

这回,徐彤、徐闻香一行人背着挎包出发了。

爬上大山,只见蓝天白云,阳光在云朵间穿过,形成一条条射线。随着云朵的移动，地面上的植被忽亮忽暗，斑驳陆离，美轮美奂。阳光穿透树林，形成一条条斜光，徐闻香站在其中只觉得如人间仙境，体验到了西北风光的无穷魅力。地上植被主要是灌木，植物种类不多，主要是格桑花，开得漫山遍野。赵庆丰不由得采上几株，放在鼻端嗅嗅味道，爱不释手。

大家爬得大汗淋漓，坐了一会儿，徐闻香开始派工，对几个战友说："赵庆丰，你们几个到南坡，我们几个在北坡，如有蘑菇，及时联系。"

"联系？这么大的山，怎么联系？而且南坡只有山花，哪来蘑菇?"

"或者这样，咱们排成一字形扫荡。据说蘑菇有香味，咱们就循着味找，看看谁的嗅觉灵敏。"

一道道阳光穿透树林洒在静谧的山坡上，鸟儿和松鼠都在欢唱。还是徐闻香先闻到了野生菌味，他把堆在上面的树叶轻轻扒开，看看，发现目标了。

"快过来!"徐闻香发现一个，随后又在附近发现了一小片。蘑菇都长在一起的。

"我也发现目标，还有黄色的松花。"赵庆丰高兴地大声叫喊，大伙儿都围了过来，又在附近找到了一大片。

采到蘑菇后下山，几人尽量往溪边的灌木丛里钻。有灌木的遮挡，有小溪的喧闹声，人坐在里面说话，不容易被发现，毕竟难得放松一次，他们不想被人打扰。赵庆丰洗蘑菇。徐闻香摘枯枝，搭炊具，一只小铝锅就架在几块石头上。徐彤将大肉罐头和蘑菇一起放进锅里，下面烧火，没一会儿，香味四溢。

"天哪，大肉罐头炖蘑菇，这个味道鲜呀，简直无法形容。"

大家乐得合不拢嘴，从来没尝过如此美妙的味道。要是再有一瓶老酒，那简直快乐成神仙了。

“大家吃松花,比蘑菇还香。”徐闻香边吃边赞不绝口。

大肉罐头炖蘑菇是他们到部队以来吃过的最最好吃的美味佳肴。他们个个满脸笑容。只是狼多肉少,这两个罐头没几下就没了,大伙儿面面相觑。

“赵庆丰,你再辛苦一趟,去小卖部再买两罐,钱我给你。”

赵庆丰拿了徐彤的钱后,飞快地跑了出去。大伙儿都喜欢与赵庆丰一起玩,他特别勤快。

没一会儿赵庆丰回来了,说:“小卖部的大肉罐头卖完了。小卖部只有这么几个罐头,平时没人买,就没多进货。几个家属听我说可以炖蘑菇,还都想买呢。”

怎么办? 没办法,等下回吧。

这大肉罐头炖蘑菇的美味都不用广告,就立刻传遍整个家属区。大家有样学样,走在家属院里,可以看到在窗台上、门墙边、台阶上,到处晾晒着蘑菇,空气中也弥漫着蘑菇的香气。为这味道,也为情趣,许多军人兴高采烈地奔向大山。

一天,徐闻香等接到命令,再去采一些蘑菇,他和赵庆丰一组。

徐闻香和赵庆丰背着挎包往上坡走,走到半路汗流浃背,皱着眉头坐地上歇歇。

赵庆丰问:“去哪儿找口水喝吧。”

徐闻香环顾四周,发现不远处有个军官家属小院,用手指了一下说:“那里不是有咱们部队的家属院吗?”

“那是干部人家,你也敢去?”

“就要口水喝,没事的。”

“行,你走在前面,我跟着。”赵庆丰学乖了。

“看来是首长的家,门口有警卫。”

“别去惹是生非了,咱们就喝沟里的水吧。”

“不能喝。”徐闻香没有忘记自己刚来的时候,喝了这水脸肿大的经历。

两人边说边走，到了小院门口。小院两间平房大小，屋前用树枝条简单围了一下菜地，菜地边除了格桑花和菊花外，还有几株没开花的牡丹和芍药，菜地边上则有个鸡窝。

徐闻香对警卫说："同志，我们想要口水喝。"

警卫答："你们是哪儿的？怎么到这里来找水？"

正在这时候，门打开了，走出来两个姑娘。徐闻香一眼看去觉得她们长得像是杨春波的二妹和三妹，他在礼堂见过她们。赵庆丰和徐闻香不敢直视两个姑娘，紧张再加上走路热，汗水从帽檐往下淌，弄得满脸都是汗水。两个姑娘捂着嘴粲然一笑——新兵蛋子怎么这副熊样。

估计这年长的一个也有十六七，到了高考或当兵的年龄了，较小的一个还是豆蔻年华。二妹明眸皓齿，皮肤细腻白皙，两条乌黑的大辫子垂在胸前。她身穿蓝白相间的两用衫，腰身很紧，裤子是臀部被改过的军裤。

徐闻香壮着胆对二妹说："小妹妹，我们出来执行任务，想要口水喝。"

"是吗？听你口音是江南人，我姐说你们江南人尽会糊弄人。"

白净的江南小伙虽然被西北风吹成了"非洲人"，但通过口音还是能够辨别出来是哪里人的。在训练大队，他们经常被北方兵取笑，说他们口齿不清，黄王不分，赵曹不分，邹周不分。

"你姐是谁呀？"

"杨春波。"

果然是杨春波家。徐闻香有些踌躇，是进去还是不进去呢？

"那你叫什么名？"

"我叫杨海波。"

"我们原来是训练大队的，现在在一团，和你姐是战友。我们上山路过这里。”两人说完，扭头欲走，还是没胆量进去。

“既然来了，就进来坐一会儿吧，喝口水。来，请进。”

二妹撩起门帘，让两人进屋。房子很小，两间平房，室内是白灰墙，水泥地，一套矮柜组合和两只单人沙发还是新添的。部队就是一块砖，哪里需要哪里安，人员流动性大，房屋普遍都是这样简洁的。

二妹送上茶水。她泡的龙井茶只有三分之二杯水，这是南方人待客的习惯。徐闻香和赵庆丰拘谨地坐着。这里的山泉水泡的龙井茶特有滋味，让徐闻香想起杭州虎跑的龙井茶。几个人喝了一会儿茶，赵庆丰起身去解手，顺便用脚轻踹徐闻香，意思是赶紧走吧，而徐闻香看到桌上堆满的书，不由得又凑过去。

二妹正在准备考军校，边远山区的军人子女大多都选择考军校，一来受家庭环境熏陶，二来这里也少有工作选择。徐闻香喜欢读书，看她在备考，不觉放松了下来，虽然他并不了解考试方向，此时却大方地和二妹侃起来。他说，这数学题要选择性地做，把共性的类型和特征记住背熟，抓住纲要；语文写作，可以围绕我们的生活环境写，说这里的春天实在太短暂了，春夏秋三个季节加起来总共不到五个月的时间，花儿芳草却无处不在，还可以延伸到写人……

“我也算高原花儿？”

“怎么不是，在这高原大山还是稀缺的花儿呢！”徐闻香的一席话把二妹逗笑了。

见徐闻香迟迟不出来，出门上厕所的赵庆丰又折了回来，拍拍徐闻香的肩膀轻声地说：“你还在说梦话呢，赶紧走吧。”

徐闻香不好意思地道别：“看到你在备考就啰嗦了几句。我该走了，谢谢你的款待。”

“你叫啥名字？”二妹追着问。

“徐闻香。”

“啥？许文强？你比许文强还差些，许文强要穿一号军服才行。”

徐闻香笑笑。

“对了,你们去山上干啥?”

“采蘑菇。”

“采蘑菇?我跟你们一起去,我在家复习得人都快傻了。”

“姐,你不要去。”三妹在门口担心地说。

“没事的,我们家不是有小口径吗?怕啥!”

“有小口径?太棒了,子弹多带点。”

听见有小口径,徐闻香就如打了一针兴奋剂。军人爱枪是天性。

“好的,那咱们在仙人桥上碰头,你俩先走一步。”

徐闻香曾经听人家说,这大山里最多的小动物是獐子。下雪以后,厚厚的积雪差不多半米高,獐子饿极了就会从山上跑到山下来觅食。要是积雪有一米厚,那机会就多了,獐子陷入积雪中拔不出腿来,眼睁睁地看着自己被人生擒。

打獐子最好是晚上,人拿着手电筒找到獐子藏身之处,照在獐子的绿眼睛上,它便会一动不动,愣愣地等着挨枪,枪响后挣扎几下就躺着不动了。旁边的獐子听到枪响也不知道往哪儿跑,被手电照着几乎成了瞎子,仍在原处傻傻地等着挨枪。这样一次可以打好几只。

徐闻香没有经历过打獐子,现在也没有积雪了,但他想有枪可以打点别的什么。

片刻后,三人碰头,先沿着小溪往山里走。大山里除了溪流声,一片寂静,静得出奇,他们清脆的笑声把周围的山壁和树林震得嗡嗡直响。走上约半小时,大家开始静默走路。

徐闻香突然发现目标,做个鬼脸手势,示意二妹和赵庆丰卧倒隐蔽。南坡有比较多的灌木,其间栖息着獐子等野生小动物。扒开灌木,徐闻香指点目标。远远望去那似乎是只小鹿,正在溪边喝水,旁若无人。二妹迫不及待要先操作一下小口径,过个枪瘾。“砰”的一声，枪声在静静的山谷里回荡。小鹿原地跳起，惊慌失措，四处张望，却没有发现危险，过了一会儿就继续在溪边喝水。他们隐蔽得太好，动物并不容易发现。

枪响过后，虽然小鹿还在，可很多只野兔子吓得从周围的草丛中奔出，四处乱窜。他们直叹息，这真是打草惊蛇。徐闻香判断，这是由于距离太近，弹道太高导致的，便轻声地指导二妹打第二枪。

“你别犯错误。”赵庆丰在边上有点吃醋。

“她不知道她的缺点在哪儿，我来教她。”徐闻香很是积极。

又是“砰”的一枪，子弹在小鹿身边的石头上溅出了火光，二十斤重的小鹿瞬间逃得无影无踪。

“真臭，估计一头牛在你跟前，你都打不着。丫头只能在家绣绣花。”赵庆丰嘟囔着。他刚才为了让二妹打猎，憋着不能说话，现在和徐闻香争论了起来：“你眼睛老花了？什么小鹿，那是只獐子，小鹿獐子都分不清。”

赵庆丰把小口径拿过来，对着远方的目标瞄定了一下，就对二妹说：“你这枪难怪打不准，有点往右偏，而且大山里风大，你还得考虑风速。”

“那你有办法帮我调一下吗?”

“我哪有那本事。而且这弹道也有问题。你以后要跟我们一样天天打枪，就能摸出规律了。”

“二妹，让我玩一枪吧，我打只野兔什么的。”徐闻香接过小口径，轻手轻脚地往山上走。

穿过灌木丛，二妹提出要方便，徐闻香和赵庆丰嘱咐她要注意安全，两人就在外面等她。可是没过几秒钟，二妹就在不远处的灌木丛里喊救命。

“怎么回事?”徐闻香大声喊着，一脸紧张。“要是她有个三长两短，咱们就完蛋了。”他边跑边埋怨着。

赵庆丰回了他一句:“不是你答应带她出来的吗?喝了人家的龙井嘴软,两个军人带上一个小丫头,你说合适吗?”

二妹提着裤子出来了,惊慌地说:“有蛇!我刚脱裤子蹲下,屁股上就被咬了一口,不,咬了好几口。我立马就跳了起来。”

徐闻香迟疑了一下,应该不是蛇咬的,但现在也不能让二妹把裤子脱下来看看伤口,只能凭着二妹的叙说判断。

“如果是蛇咬的,恐怕你现在不会这么太平了。”徐闻香皱着眉头思考了一下,看二妹的脸色依然那么灿烂,不像中毒,就开始实地查找起蛛丝马迹。这里长满藤蔓植物,草还挺深。他用手慢慢撩开草丛,马上就感到被蜇了一下。仔细一看,明白了,这藤蔓是蝎子草。

“你的屁股可能是碰上了蝎子草。这种草身上有刺,像蝎子的尾刺一样扎人。”徐闻香发现了刺二妹屁股的真凶后,幸灾乐祸地偷笑了半天,又和二妹开起玩笑,“如果是被毒蛇或者蝎子咬了,我们就必须用小刀把你的肉十字切开,那才真是皮开肉绽,……”

“你的嘴真够臭的。你们整天训练,就训练成这熊样?”二妹噘着嘴不高兴了,举着枪顶在徐闻香头上要给他上一枪。

徐闻香连连求饶:“别别别,这不是为了救你吗?”

“快把枪给我。”正闹着,徐闻香发现了几只羽毛鲜艳的野山鸡。山鸡喜欢逗留在灌木丛中,听见声音就会从灌木中起飞。肥胖的山鸡飞不高也飞不远,落地后却不容易找见。

眼看着几只山鸡已经飞走,徐闻香灵机一动,立刻意识到此时用打移动目标的办法效果比较好。可赵庆丰争着把枪夺了过去,他今天还没轮上露一手,徐闻香只能让步。

三人走进灌木丛,徐闻香做手势让赵庆丰准备,又往灌木丛里扔过去一根树枝,惊得山鸡起飞。赵庆丰凌空击中,二妹欢呼雀跃地跑进灌木丛里把山鸡找出来。看来她的屁股早就不疼了,乐得手舞足蹈。她赞扬赵庆丰是神枪手,对距离的判断那么准确。

赵庆丰也不谦虚，眉飞色舞地炫耀——这都是平时刻苦训练的成果："还是这个来劲。我们老是说没肉吃，谁知大山里有这么多的肉，难怪王建军老想把家里的小口径带出来。"

徐闻香提醒说，今天就到此为止。他们打算让二妹赶紧回家，杨副师长要是知道今天的事，那麻烦可大了。可是二妹不愿意，要继续跟着去松林采蘑菇。

此时，其他上山采蘑菇的人也陆续到达，继续往上坡走。徐闻香见赵庆丰和二妹采蘑菇采到了一起，并渐渐离开大部队，往另一个山坡走去。徐闻香不由得捏了一把汗，这赵庆丰可不要犯错误啊。徐闻香赶紧躲到一棵树背后，就像侦察敌情一般，看见二妹踮着脚，赵庆丰在树上——这太可疑了。

不一会儿，赵庆丰若无其事地从树林中走过来，一副采到蘑菇高兴的样子，嘴里悠闲地哼着小曲《婚誓》："阿哥阿妹情意深，好像那芭蕉一条根……"

"赵庆丰，花儿采到了？"

"花儿？没，没采到，就采了几只小蘑菇，没见松花。"

徐闻香瞥了一眼远去的二妹说道："杏子树下有朵带刺的玫瑰花呀？……"

赵庆丰一下明白过来，赶紧说："什么呀？我们没什么，不信你去问问她！我只是爬树上采杏子去了，没什么事……"赵庆丰语无伦次道。

"庆丰，你听我劝一句，现在不是搞对象的时候，这杨家二千金更是碰不得。"

"不是我，是这小丫头任性，硬追着我去采杏子。我努力保持距离了。"

大队人马下山，二妹背着挎包，里面装满了杏子和蘑菇，头上还戴着非常好看的花环。不用说，肯定是赵庆丰采各种山花给她编织的。

徐闻香主动走到她跟前,问:“我们今天早餐的咸菜是大蒜,没有味道吧?”

“没味儿啊。你什么意思?”

“杏树上的果子不酸吧,挎包里还有没有了?”

“原来你说这个呀,别胡扯。”二妹噘着嘴,不想理睬他。

“你人小鬼大,当心我告诉你姐,让她告诉你爸,让你爸揍你一顿。”

这么一说,姑娘脸唰地红了起来。自己刚才的情况可能被这个侦察兵发现了。

“你敢! 我们都是革命同志,说不准以后还是战友,我警告你,我们是纯洁的友谊,一般的交往,不是你想象的那样。你敢乱说,当心我告诉你们团长,说你诬陷我。”

徐闻香先前没发现,这姑娘还挺厉害,和他姐可不是同类性格。

一只山鸡,一堆蘑菇,成了军营里的大新闻。战利品拿回来后,战士们纷纷围过来,高兴地谈论着。刘干事拿出部分蘑菇给师部中灶食堂,其余的就留在区队食堂里。徐闻香立刻把山鸡收拾干净,赵庆丰把蘑菇洗干净,没过一会儿,食堂里香飘四溢,弥漫着野生菌的味道。鸡肉块被剁成指甲般大小,放在汤里无处打捞,但这碗汤无比鲜美。

与此同时,有一部分战士在小溪里抓鱼。小溪是上游冰雪融化后汇聚的水,水温偏低,里面没有鱼,就算有,也是寥寥无几。但上回汪继君确实在这里抓到了一条鱼,具体叫啥名大家也不清楚。

夏天,水位上涨,正是捕鱼的最佳时节。江南人有点这方面的技能,可是哪来渔网? 不知是谁出的主意,他们每人拿着一把铁锹,商量着要把溪流改道,使得下游的鱼浮出来。于是大家光着脚下水,一字排开。冰冷的溪水容易使人患病，战士们下去一会儿就逃上来，尽量缩短时间。几个来回，他们终于用溪滩上的乱石头筑起两道堤坝。但是，还漏着水，需要到山坡上去挖土来堵住。战士们齐心协力，不到半天工夫，堤坝就筑成了，溪水流过来。

激动人心的时刻到了，只见把水改道后，真的有鱼从石缝里逃了出来，是没有鳞片的那种，黑黑的，有胡须。这鱼足有筷子那般长，不一会儿就装了一脸盆，估计有十来斤。大伙儿乐得合不拢嘴，一路欢呼，满载而归。

这里平时吃不到鱼，炊事班也不会做，南方人倒是会做，可炊事班舍不得菜油。大伙儿围着七嘴八舌地议论，最后鱼仍然被炊事班长剁成小块水煮。一大锅的鱼汤，打捞到鱼肉的说特别细嫩，但多数人只能喝点汤，好在味道不错。

刘干事来了，笑呵呵地看出了啥事，又毫不客气地也打了一碗山鸡蘑菇汤，含含糊糊地说着："不错，不错。"接着再打一碗鱼汤，同样嘟囔着："不错，不错。"

徐闻香顿生成就感，立刻把刚才抓山鸡的经历吹了一遍，刘干事听后，立刻收起了笑容："不会是保护动物吧？"

"怎么可能，又不是凤凰，山里要是飞出了凤凰……"

"哪来的枪？"

"没枪，用的木棍。"徐闻香赶紧心虚地比划了一下怎么打的山鸡。

"我告诉你们，以后去山里，要集体活动，明白了没有？"

"我们是几个人一起去的。"徐闻香心下侥幸，差点让刘干事问出了二妹的行踪和她家的小口径。这刘干事也是，常说吃人家的嘴软，可他倒好，不依不饶地追问！

刘干事转过头来又问："鱼是谁抓的？"

"报告刘干事，是我们五班抓的。"

"这鱼不是娃娃鱼吧？"

"报告刘干事,我们也不认识是啥鱼,反正不是我们南方的鱼。"

"要是娃娃鱼,你们就犯错误了。"

"是,明白。"

这里水冷,鱼的生长期也长,过了涨水期,就更难觅踪影了。没有鱼,大家便经常上山找山鸡,只是山鸡也不好找。徐闻香还瞒着打獐子的事。从此以后,采蘑菇采蕨菜一直激励着官兵们爬山锻炼的热情。

回到宿舍后,徐闻香忍不住与陈亚军说起了刚才看见的秘密——赵庆丰跟杨家二妹的神秘行迹。

陈亚军说:"我听说了。听说是人家女孩儿看上了赵庆丰,赵庆丰能逃得了?那丫头不像杨春波,敢作敢为。"

"这事我看有点悬,弄得不好要闯祸,她可是副师长的丫头。"

"我看赵庆丰不会随便下水的,换成你,你也不敢,部队培养了这么多年呢。"

战士们有个习惯,喜欢把照片夹在皮夹子里,至于照片背后的签字,则会守口如瓶,不轻易炫耀。徐闻香想着,以后要找机会,把赵庆丰的皮夹子偷出来看看。他要是违反纪律,被清除出革命的大熔炉是肯定的,作为同乡和战友,自己不能坐视不管。

出于对赵庆丰的关心,徐闻香决定找他谈一次。这事要是被政委知道,那可麻烦大了。只是自己也没啥政治水平,怎么谈?想着想着,他还是决定在某个星期天两人一起去县城买日用品的路上边走边谈。在路上谈话,是不会被任何人发现的。

"别的不说,她的家庭情况,你将来的去向,就这两点,我看你们俩就还早了点。"徐闻香开门见山。赵庆丰只是"嗯"了一声。徐闻香又引经据典,反复引导,一路走下来,赵庆丰可能稍有点触动。

少男少女初次遇到感情上的事情,都容易欲罢不能。幸好最近学习上有点紧张,赵庆丰没时间,和二妹暂时冷却了一段时间。

不久，二妹如愿以偿地考上了军校，即将离开山沟沟。深受感情煎熬的男女又开始地下活动。

一团不能打电话，又实施人员封闭管理不能外出，他们到底通过什么方式联系的，没人知道。但很明显，困难没有压倒他们，这次他们借助到礼堂看电影的机会，心照不宣地半途离开座位，到外面的一棵大树边继续交流感情。

山里丁香的香味随着晚风阵阵袭来，和二妹身上的雪花膏香味交织在一起，让赵庆丰心旷神怡。

“我家是农村的，以后你跟我回家种地?”赵庆丰问。

“怎么可能，就算你不提干，也可以跟着我随军啊!”

“男人随军女人?”

“不可以吗?”

“天哪，你中邪了。你上学要四年，再升到营职，还要多少年? 这过程中有多少不确定的因素，你不怕吃亏啊?”

“我不管你如何，我有这选择权利。以前才子佳人的故事多得很。”

“那是胡编乱造出来的，你都当真?”

“有贼心没贼胆，你真是个窝囊废。”二妹说不过他开始骂人了。

赵庆丰不是不愿意，心里巴不得呢，只是就如徐闻香所提醒的那样，眼前的情况他们俩不合适。今后两人如何保持距离又不中断联系，这是赵庆丰考虑的问题。

“小姑奶奶，我还没提干，你让我怎么办? 还是先等一等吧。”

赵庆丰一副可怜的样子，让二妹心生恻隐，说:“我给你时间。提干不是最关键的，关键你要拿定主意，我要和你去江南的意愿是明确的。”

她用细嫩的小手去拉赵庆丰粗糙的大手，他又如上次犹豫不决的样子，把手伸出去再缩回来。但这次没成功，二妹的手已经拉住了他，让他没有退缩的余地。赵庆丰感觉到一股暖流从手指流向心脏，让心脏突突地跳个不停。二妹如此明确的表达，让赵庆丰不能回避。不一会儿，赵庆丰把手缩了回去。

二妹问：“怎么了？”

“那边有人过来了，咱们先回避一下。”

赵庆丰绕着小树林假装散步，走了一圈又回到原地。他再次打量二妹，她穿着粗布白棉衬衣、绿色绒衣和蓝卡其布外套，军裤盖着方口有扣的黑色布鞋，这一身行头只有一件外套不是军用品。在那个人人都向往部队的年代，这身服装就是最时髦的打扮。

军用制品中女性的内衣类似于汗背心，并没有考虑女性的特殊情况，害羞的女兵往往自己加工一下缝上几针收紧，但这并不能束裹住乳房。赵庆丰不由自主地看到二妹隆起的胸部，感到有些眩晕。

“哪有人啊，人家都在礼堂看电影正来劲的时候。你是不是有点神经过敏？”二妹说完又拉住了赵庆丰的手。

赵庆丰还是想把手缩回去，说：“我是一名战士，被人家看见的话不好。”

二妹哪顾得了那么多，不顾一切地抱住了赵庆丰。她的个子不高，头顶只到赵庆丰下巴底下。赵庆丰闻到二妹头发的味道。他还是想摆脱，却有点控制不住自己。

他双手顺势把她搂了一下又推开，嘴里喃喃地说：“二妹，别这样……”

“我就是要这样。”

赵庆丰无法推却二妹的一片真情。周围的小树被风吹得不断起伏，月亮也从淡淡的云层中探出笑脸，他徘徊在欲望和理智之间。怎么办？

礼堂的大门打开了，传来很响的音乐声：“妹妹找哥泪花流，不见哥哥心忧愁……”

电影结束了。他们赶紧松开手，各自朝着预定的方向离开。

第十九章
抢险救援

冬去春来，忽然一股暖风，把山野吹绿了。官兵们训练之余，偶尔出营寻寻蘑菇野兔，也算是一种野趣吧。

部队大院门前，有一座山谷，山谷中间有一小片空地，坑坑洼洼带斜坡。这片空地被绿色环抱，奔腾的溪水在彩绘的廊桥下翻着波浪，远处的雪山和近处的树林草地，构成了一幅灵动的山水画，真可谓世外桃源。不久前，这片世外桃源被外面的人发现了。

最早发现这片世外桃源的是省城的大学生。他们置身于美妙的大山里野餐或跳舞，异常兴奋。改革开放有几个年头了，学生们对时尚的追求比普通百姓要快一些大胆一些。留长发，戴墨镜，穿喇叭裤，手里拎着进口的双喇叭收录机，那是最时髦的一身行头。他们把收录机放在地上，音量调到最大，连喇叭都发出了破声。

"年轻的朋友们，今天来相会，荡起小船儿，暖风轻轻吹，花儿香，鸟儿鸣，春光惹人醉，欢歌笑语绕着彩云飞。啊，亲爱的朋友们，美妙的春光属于谁？属于我，属于你，属于我们八十年代的新一辈！"大家有唱的，有跳的，一曲完后又换一种跳舞姿势，时而搂腰搭背，时而不停旋转，热闹非常。

夏季的一天，当地人自发地在廊桥边办庙会，吸引了更多的小商小贩在狭窄的公路两旁摆摊，也算是集市贸易的一种形式。县城的人少见庙会，出于好奇都来凑个热闹。很快，狭窄的公路上，摆小摊的也来了，卖果子、茶水和食品等等。

其实这里只是一座野山，并不具备许多人游玩的条件。

部队中午休息的军号响起，徐闻香刚走出宿舍，就看见一个老百姓向哨兵的岗亭奔来。他双手挥舞，脸色慌张，喊的声音很大，但带着地方口音，徐闻香一时没听清楚他在喊啥。他重复喊着，徐闻香终于听清楚了，心一下紧张地狂跳起来。

他说："踏死人了，快去救啊，让人群赶紧撤离。"

徐闻香与其他几个战士简单地交流了几句，"嗖"地往出事地点跑去。

"快点！快点到达就有希望！"

可是营区大门外，两侧商贩的架子车及拥挤的行人堵满了整条公路。徐闻香跑不过去，冷静后想了想，不对，一个人的力量有限不说，军营外的事情怎么着也得向首长汇报并得到同意后才能处理，这不是一般的学雷锋做好事。于是他往回跑。

溪流的轰鸣声在山谷里回荡，溪流上就是廊桥，桥头连着一段沿着山壁开凿的土路，一两米宽，土路走上几百米后突然向左转弯并逐步向上，土路外侧则是很陡的砂土峭壁。受山洪和溪流的侵蚀，峭壁经常出现脱落或滑坡的情况，落下来的泥沙则被水冲到下游。峭壁的底部，一半是溪流，一半是乱石滩。

"别挤，别挤，啊——"山上出现了尖叫声。

"有人掉下去了……"

上山的游客与下山的游客在土路上交会，上拥下堵，前挤后推，游客纷纷倒地。人群一层压一层，堆不下了，就直接掉到峭壁底下的乱石滩上，生死不明。接着，一片脆弱的山体轰然脱落，人与土搅在一起，尖厉的呼救声此起彼伏。而上方拐弯处的游客并不知道下面出现了险情，还在不断地拥下来。

一个妇女被自家男人背下来躺在小溪边，脸色发白，呼吸困难。男人一看有个穿白大褂的山里医生，就呼救："医生，人命关天，你就帮忙救救吧。"

穿白大褂的名叫赵大福，是个赤脚医生。附近的村庄缺医少药，部队为搞好军民关系，经常走访村庄群众，再赠送些图书和药品什么的。赵大福药箱里的红药水、消炎粉、胶带、纱布和听诊器等都是拥军优属时部队回赠给村里的。他从来没遇到过这种情况，来回搓着手不知如何是好。

男人怒道："是被人压的，不透气！"

赵大福明白了，需要人工呼吸。他在公社卫生所培训的时候，似乎见过医生怎么做心肺复苏。"你把你女人躺平了，我给她按几下。"

他先用双手从溪流里捧起冰冷的水泼在女人的脸上，见泼了半天衣服都湿了女人仍没反应，再从她男人身上扒下一件衣服垫在她脖子下，使其嘴向上，头往下，然后捏住其鼻子，嘴对嘴做了几下人工呼吸。

男人看了很纳闷，这不是在跟我女人亲嘴吗？

"这样吧，把你女人的上衣解开点，我给她按压一下心脏。"

赵大福知道方法，只是没有实际操作过而已。

"干啥非得解开衣服呢？"

男人不愿意。

"救人要紧，少见多怪。大医院里抢救病人你没见过吗？"

男人没办法，只能帮他把女人的外衣解开，就剩衬衣。

赵大福摸了一下自己心脏的位置，再比划着去找女人的心脏。他用手在女人胸脯上按压，男人半信半疑地哀求道："医生，能行吗？"

赵大福按了一会儿还是没用，累得不行。“兄弟，你还是赶紧跑到那边的解放军院子去求救吧。”他用手指了一下部队院子，拍打着身上的泥土。

女人继续躺在溪流乱石上。

此时正好过来两个解放军，男人就如见到了救命恩人。两个二十多岁黑黑的壮小伙，其中一个还穿白大褂——赵庆丰去帮厨，没来得及脱下白色围兜就冲了出来。

男人拼命高喊着：“解放军医生，快来救救我们啊，我的媳妇快要不行啦。”

徐闻香也刚到达现场，见这个中年男人扑通一下跪倒在地上，指着躺在地上的女人说：“解放军快救救她吧，她快不行了。”

徐闻香意识到她可能骨折了，不能背，要抬，可没有担架，怎么办？他三两步地爬上附近的山坡，折了几根树枝，再加上自己的衣服，马上就做成了一副简易的担架。他和赵庆丰抬着女人就往门诊部方向跑去，她男人在后面跟着。

这段路平时跑步的时候三两分钟就到了，今天因上面发生险情，窄窄的公路被小商小贩和游客挤得水泄不通。赵庆丰和徐闻香累得上气不接下气，担架还被后面的人群挤了一下，两人重心不稳，连带伤者重重地摔在地上。

徐闻香急得大骂：“都来这里干啥?！要出人命了，快让开！”

可是整个场面乱哄哄的，谁能听见他在叫喊个啥？他赶紧从地上爬起来，让赵庆丰和男人先抬着，自己解下腰带朝着前面的人群挥去。这下管点用，被抽的人只能缩紧身体往边上靠，但确确实实没处躲藏，有人选择跳进小溪里躲避，嘴里还不断地尖叫着：“解放军打人啦！解放军打人啦！”总算让出一条救命的缝隙。

但是眼前的障碍物不光是人群，还有堆在路上的小商小贩的物品。不能在公路上引发新的踩踏事件，徐闻香从游客跳进小溪得到了启发。

“赵庆丰，咱们还是下去从溪流中走，再艰难也会比在公路上走来得快。”

这是一个不错的主意。溪水不深，许多战士都下去过，了解情况。但是抬着担架，脚底有光滑的卵石，没走多远，还是带着病人栽在了水中。赵庆丰、徐闻香忘记了溪水冰冷，爬起来再往前走。

男人赶了上来，把吃奶的力气也折腾完了。面对眼前的困难和自己女人的伤势，他似乎有点绝望，对徐闻香说：“我实在没力气了，就算挤过去了，看病还要钱。”

“你这人真是，这是你老婆！我们都花费了这么大力气！只要有一线希望，就不能轻易放弃。”

“不是没钱吗……”

“没钱也要治，我们几个可以凑一凑。”

短短的路程，三人抬着一个女人折腾了好长时间。到了门诊部，军医一边立刻施救，一边问：“怎么才送来？快没呼吸了！”

男人看医生紧张的神态，判断基本是没救了，一屁股瘫在地上，一条鲜活的生命刚才还在游山玩水。徐闻香和赵庆丰受不了眼前的一幕，流着眼泪又奔赴救援。

师部门口的哨兵发现险情并电话汇报后，副师长跑步到达哨兵处，一看情况严重，立刻拿起电话，命令相关部门参加救援：

“门诊部：医生护士一部分留守，一部分到小桥边抢救游客，要带上担架。

“一团：你们派两百个年轻力壮的小伙子去桥边。

“车队：赶紧派尽量多的卡车到桥边集合。

“警卫连：派全体战士把小贩迅速转移，让出路来。”

险情揪紧了每一个官兵的心。没多少时间，几百名官兵从各个方向到达现场。这时的情况更为严重，已有很多人从上坡坠落下去。

"解放军,快来救救我们啊。"

对岸不断传来凄惨的呼救声。

"谁是组织者?! 谁是组织者?!"

副师长吹着口哨在找当地组织者,可是无人应答。

"你们两个把小桥入口控制住,坚决别让人再上。"

副师长给警卫连长分派任务。

"警卫连长,你派一个班的战士过溪流,以最快的速度从那座山翻到出事的山顶和山腰,分段控制并疏散上面的游客,让他们从后山下来。活命总比多走几小时路要来得划算。你要把这看作是战争,争抢时间!"

"是!"连长转过身,对着战士们高喊,"警卫连二班的同志们,跟我上! 是共产党员的,冲在前!"

官兵们二话不说,带上装备,穿过危险地带,绕道上山,奋力攀爬。

赵庆丰返回现场,见到垮塌的砂土压住了几个人,因救人心急,他纵身一跃,从两米多高的岸上跳到溪滩上,结果脚踩在光滑的卵石上重重滑倒。他来不及察看自己的腿,强忍着剧痛爬起来,迅速扑向被砂石掩埋的人。用铁锹容易伤人,他就用手不停地刨着砂土,双手渗出鲜血,可时间就是生命,他不敢停止,实在受不了就稍歇一下再刨。很快从砂石中刨出一个老人,可惜已经没有呼吸。确认老人没有生命迹象后他把遗体放在旁边,继续刨土。手指流血不止,可他已经顾不上了。突然,他发现一个已经昏迷的男子,他的身下有个小男孩还有呼吸。他赶紧跑过去,小男孩居然吓得哭出来,有救了!

"徐闻香,赶紧过来!"赵庆丰大声疾呼。

"我来了。"徐闻香跌跌撞撞地爬了过来。

移开昏迷的男子后,赵庆丰发现小孩的腿被石头卡住了,经过一番努力没弄出来,又喊了几个战士过来还是没成功。石头泥土堆压,直接搬移可能会使小孩受到更大的伤害。怎么办?

护士过来了,徐闻香问:“残废总比丢命好,要不我们就用力拉一下试试?”

“不行,不行,这样他会没命的。”

徐闻香只能把手伸到小孩腿边,在石缝里从上往下用手指一点一点地抠土。抠出的砂土上有小孩的鲜血。逐步抠出了空间,他们又帮着转动方向,小孩的腿脚有了活动余地。

“不好,大家赶紧闪开!”赵庆丰一声叫喊。一块脸盆大小的石头滚落下来。为了孩子和战友们,他用铁锹和脚去阻挡滚下来的那块石头,把危险留给自己。石头与铁锹碰撞后改了道,他的脚却被其他碎石击中,他顿时龇牙咧嘴,感到一阵剧痛。

徐闻香继续抠。小男孩终于得救了,大伙儿一阵激动,用身体、胳膊和手托着男孩奔向门诊部。

一名军官跑过来向副师长报告:“报告首长,一团有个军官在救援时被上面掉下来的石头砸头上,晕过去了。”

副师长一脸怒容,问:“怎么都是不要命的呢?”

“首长,情况很危急……”

“去,先去抢救妇女儿童!”副师长在岸上大声指挥着。人实在太多,大伙儿不知道先救谁。他稍沉默了一会儿,说:“走,带我去看看。”

“解放军,快来救人呀!救命呀!”撕心裂肺的呼救声仍然不断地从山的那边传来。

门诊部的走廊上躺满了伤员,医生护士来回地抢救,已经超出了极限:“不要再送进来了,送县人民医院!”

十多个伤员躺在卡车车厢里,被紧急送往县人民医院。部队驾驶员一只手操作方向盘,另一只手伸出窗外不停地拍打着车门,急得满头是汗,大喊让路救命。警卫人员在汽车前面着急地驱赶人群。

有伤者脸色发紫，是被压缺氧窒息的结果，医生赶紧做人工呼吸。县人民医院门口，医生正等候接应。

县人民医院很小，两卡车过去，医院也满了。怎么办？

伤者太多，副师长电话协调空军部队，把一部分伤员送往很远的空军医院。附近的空军团也主动派车队前来支援。

另一边，警卫连长带着人员蹚过溪流，走上山坡，穿过没有路的灌木丛和树林，翻越了两座高峰走到出险情的山头。这一番艰难的跋山涉水，体力消耗极大，但为了救人，他们忘记疲劳，以最快速度奔向出险地点。军人们在各个点上劝阻并疏导游客，下山的人流得到控制。

山下的人终于松了一口气，徐闻香却还是放心不下：伤员都救出来了吗？天快黑了，大山里晚上会很冷。

救援没有停止，所有人都没有放弃，只要不放弃，就有希望。师部的炊事班送来了白馒头，摆在马路上。车灯、马灯和手电筒亮着，官兵们轮换着靠在公路边稍微歇歇，没有人说话。徐闻香将三个白馒头快速干咽下去，直想打个盹，他累得快要崩溃了。门诊部里继续抢救着，山上山下还在搜索。

忽然一声哨响，是首长发令。官兵们呼啦啦地拿着简易担架和工具，强打精神，在有坡度的公路上集合。顿时山谷里又是口令声震天：“立正，向右看齐，向前看，向右转，齐步走！”官兵们表情严肃，那是军人特有的神情，就算前面是刀山火海，他们也会毫不退缩地往前冲。

这是一个不眠之夜。天冷了下来，路边、山上和营区到处是人，满载伤员的军车艰难行驶着。山上山下还有好多人，徐闻香路过一山坡，前去看看情况，见几个女兵围站成一圈在说话，便走上前去看个究竟，喊了一声：“你们这里没事吧？”

那个坐在地上的女兵一回头，稍微抬起钢盔。怎么是杨春波？

“杨春波，你怎么在这儿呢？”

“我的小腿受伤了，不知是不是骨折。”

“什么？骨折？要不我背你下去？”徐闻香着急万分。

“没事，门诊部已经知道了，忙完了伤员，他们会过来的。”

“这不是我们大老爷们干的事情吗，你们怎么也来参加救援了？”徐闻香深感惭愧。

“这还分男女呀，前线还有女兵呢。”

不知从哪儿冒出通信员的声音：“报告，杨春波你因为受伤今晚不用值班了，团长已经安排别人代替。”

“行，告诉团长，我们已经接近收尾了。”

“是。”这时门诊部一个医生带着护士赶到，徐闻香这才放心离开。

随军家属们也参加了救援，配合炊事班抬着保温桶。桶里有水，有稀饭，还有馒头。他们给滞留的游客和救援的官兵送上食物，就如支援前线一般。一团政委的夫人一下就认出徐闻香，只是叫不上名。等徐闻香与其他三人把伤员放车上后，她一把抓住徐闻香的衣服，将半碗热乎乎的稀饭递上去，哽咽着说：“小同志，来，喝碗稀饭，热乎一下。辛苦了！”

政委夫人的话让徐闻香备受感动，他接过饭碗，翘起带血的手指，三两口就把稀饭喝完，又消失在黑夜中。他的脸被树枝划破，满是红的、紫的，还有黑的伤痕，眼睛带有血丝，双手粗糙，血迹斑斑。他裤子上全是泥巴，不用说，里面绒裤也湿了，叫人看着心疼，但他没说一句话。

天快亮了，官兵们搜遍了大山的每一个角落，把滑坡的砂石土艰难地移到了另一侧，确保山上山下没有遗漏。清理完伤员和遗体，大山恢复了往日的平静。徐闻香坐在地上，背靠山坡闭上眼睛。他真的累散架了，踝关节都肿了起来。

模模糊糊中，徐闻香感到赵庆丰把自己拉起来，架着返回军营。野外是不能睡的。走了一会儿才发现，架着自己的不是赵庆丰，而是其他战友，赵庆丰人呢？

这天的早餐很特别，除了玉米糊糊和白馒头，还有炒菜，西葫芦炒肉片和很辣的土豆丝。团长在食堂里慰问大家："同志们，大家辛苦了！参加救援的同志多吃点，吃完以后大家先洗一洗，然后回到各自的岗位上去。"食堂里，一盆菜就放桌子上，战士们想吃多少自己打。

后来伤亡统计出来了。这次踩踏滑坡事件，被官兵们从死神手中抢救过来的伤员有一百多人，另有十二人不幸当场死亡或重伤后死亡，非常令人惋惜，但大家尽力了！

徐闻香沉痛的心略安。幸运的是，他与赵庆丰率先抬出的那个女伤员因抢救及时已康复。

副师长拨通了一团团长的电话，说："这次抢险听说我们有几个战士受伤了，一定要关心他们的康复。他们都是铁血男儿，上得了战场的，没有辜负我们的培养。另外，去和县政府协调一下，告诉他们，以后类似的大型活动要组织好，要有领导现场指挥，否则我们以军事禁区为由，不让他们进来。"

"是！不过首长，我认为，这抢险救灾调用部队，应该由地方政府提出申请，咱们响应才对。"

"是啊，但看看死伤一大片，而且就在咱们眼前，咱们不及时抢救能行吗？如果真那样，伤亡人数肯定还要多。这样吧，你写个预案，说明以后遇到类似情况该怎么应对。我们也要保护好我们的战士。"

赵庆丰左脚被石头砸伤，粉碎性骨折，还在医院治疗。其他许多战士也有不同程度受伤。首长很关心他们的伤情。最后，部队给赵庆丰记二等功，其他五名官兵记三等功，徐闻香获嘉奖一次。

部队以荣誉激发军人的责任感和使命感，是提高其战斗力的重要手段之一。当然,获得荣誉也是极其不易的,需要做出极大的贡献或者说巨大的牺牲。上次部队的一名女军人在山洪中抢救人员和设施,光荣牺牲,后来被评上二等功。大家想象中,荣立二等功以上的应该都是著名英模。这回赵庆丰抢救的多名伤员中有六人脱离生命危险,此刻获这么大的荣誉,大家都感到实至名归。

这是徐闻香到部队后第二次获奖。获嘉奖后,他很多天幸福得吃不好睡不着,逢人便说,逢班会必讲,既讲奖励,又讲救援中的情节,心中充满强烈的幸福感和成就感。

本来空旷寂寞的大山,如今游客多了,部队领导感到此地不再适合安营扎寨,向上级申请搬迁,当年就被批准了。这块地方干脆让出来,由地方政府搞旅游开发,师部和一团从这座大山搬到了另一座大山。

第二十章
老兵复员

赵庆丰左脚骨折，经过一个多月治疗，基本恢复，但是左脚有一定程度变形，不仅给生活造成了些许不便，更重要的是，医生告诉他，部队高强度的训练不适合他了。他情绪低迷，在宿舍里沉思了几天后，决定选择复员，找政委谈一次，政委有决定权。

进了政委办公室，政委见了赵庆丰便放下手中的材料，客气地先问："小赵，你有事？"政委认识他，他的事迹已经传遍营区，组织上接下来还打算让全区学习。

"报告政委，我想和您谈一次心。"

"好啊，请坐。"政委走到放热水瓶的桌子边，给赵庆丰倒水。

"哎，政委，这使不得，我给您倒水。"赵庆丰不好意思，赶紧站起来，虽然他走路还不方便。

"没事，你坐，为英雄倒杯水，没啥不合适的。"

赵庆丰两手捧着杯子，紧张得不敢喝，说："政委，想和您反映一下我的想法，我打算申请复员，把二等功给退了。"

"我听说了你脚伤的事，我们正在想办法解决，你要不要再等等？"

“不用了，我想好了……”赵庆丰犹豫了一下接着说，“我退了以后还可能多出一个提干名额给身体健康的战士。”

赵庆丰这么一说，政委觉得不是滋味，说：“这是我们考虑的事，你不用操心。培养了你这么多年，不容易。这样吧，还是等我们研究一下再说。另外从我个人的想法来看，希望你们都能提干，毕竟军校毕业生还不够用。或者再退一步，你受伤也是事实，是否可以给你转个志愿兵？你这样的素质到后勤上干也是不错的。”

“谢谢政委关心！我觉得，我就不给组织上添麻烦了，还是请上级考虑一下让我复员，我回地方去考大学。”赵庆丰不想去后勤，当初来当兵可是冲着英武扛枪来的，干后勤不如考大学。

“考大学？你不是二十四了吗？你还是暂时别走吧。”政委很诚恳，拍拍他的肩膀。

“政委，我从当兵的那天起，就考虑好这些问题了。受伤了，甚至都不能完整参加训练，还谈什么保家卫国？”赵庆丰这样说着，眼睛里闪烁着泪花。

“我知道了。”政委没明确表态，再问，“你要把二等功给退了，是啥意思？”

“政委，咱们师就一个二等功，您看我既然申请了复员，那这个二等功留给别人，比我带回地方管用。”

“什么逻辑？你是否还有其他理由？”

“留给其他战友的话，能够为他们的进步创造条件，虽然我……”

政委挥挥手，示意他别往下说：“那你觉得这个二等功给谁合适？”

“徐闻香。其实我只是二传手，是他不爱抛头露面而已。就看抢救那个小男孩，他用手指抠砂土，搞得皮开肉绽。”

政委劝导说：“徐闻香的情况我们是知道的，但名额有限。尽管说军人要为荣誉而战，但在荣誉面前，我们也要正确对待。淡泊名利是一种境界，是一种情怀。小赵啊，立功授奖都是经过组织上推荐评比的，你当之无愧。这个二等功就不退了。或许回地方你也能派上用场，比如考学找工作之类的，具体地方政策我也不是太清楚。”

“是。”赵庆丰退功没有退成。

政委那里通不过，赵庆丰又找了团长。经过几个来回，团部考虑他的伤情确实不适合在部队长期干下去，同意让他复员，并说他是一个觉悟很高的同志，二等功当之无愧，不退。

复员需要一段时间处理，赵庆丰选择去炊事班过渡。

会议室里，一营党支部为赵庆丰等举行入党仪式。“我志愿加入中国共产党，拥护党的纲领，遵守党的章程……”会议室里，庄严宣誓后，官兵们唱起了铿锵的《国际歌》。

赵庆丰要复员，这让徐闻香感到万分失落。虽说减少了一名提干竞争对手，却也缺少了最好的搭档。他们俩是同乡，又是同学，在部队一起生活了这么多年，亲如兄弟。

一个晚上，部队在团部食堂为退伍战士举办会餐。

晚饭后，徐闻香陪着赵庆丰去散步。

走到公路上，只听溪水冲击着乱石，喧闹声在两山之间回荡。周围的一切都太熟悉了，他们在这里出操、越野、野餐、救援……这里很少下雨，此时却飘起淅淅沥沥的小雨，似乎上天都明白赵庆丰的心思。雨微而气寒，一股寒冷袭来，他们不由得缩紧了脖子。

“说好穿一辈子军装来着……”

“……”

“你家里有为你做打算吗？”

徐闻香知道赵庆丰也是万般不舍，在大西北这么几年待下来，现在突然要离开，必然感到迷茫，已经不太清楚地方上是怎么个情况。

“没有，我们都是普通百姓，只能走一步算一步吧。受伤了不能干下去，有啥办法。”

徐闻香安慰他：“你先回去试试看吧，你这个二等功，回地方不管是考大学还是找工作，都有一定的参考价值。咱们部队除了那位女英雄获得了二等功外，就只有你。团长当了几十年兵，才有三等功。”

“我不是英雄。”

“你说错了，你就是英雄，师部还号召大家要向你学习。”

“换成谁都会那样做的。”

“那可不一定，好几个人如果不是你争分夺秒拼命救援，都性命难保。”

“不谈这些。我复员费拿到了，你帮我做件事，把我的棉袄棉裤送给附近村里的娃娃；上次我母亲生病，我给家里寄了三十元钱，其中向你借了十元，现在还给你。”

“不用还了。”徐闻香按住他的手。

“你拿着。”

徐闻香最终还是拗不过赵庆丰，接过十元钱后，含泪紧紧地拥抱着他。

赵庆丰即将离开部队，徐闻香跑了几十里山路到县城百货大楼买了两斤饼干和一双皮鞋送给他——饼干让他带路上吃，入伍以来他没有穿过黑色的皮鞋。这些花了徐闻香两个月的津贴。

清晨，团长和政委在办公楼的窗户里看操场上复员士兵离队的情况。团长神情严肃，他对政委说：“都是些好兵哪，怎么办，铁打的营盘流水的兵，让他们回去，不是部队的损失吗？你别看这些小子，平时老是叫唤吃不好，嫌这嫌那的，可真让他们走的话，还是不愿意的……”

“是啊，咱们花费了多少心血培养他们，都是些好小孩哪！一旦祖国需要，绝不含糊，这些兵都是好样的。就说赵庆丰，高中毕业生，在训练大队集训三年，根据总政与教育部的规定是符合提干条件的，可是……你说他们把自己最好的年华献给了部队，自己得到了啥？”

提倡军人奉献是没错，他们的付出没法用金钱去衡量，他们也是不论回报的。政委沉思着。

“走，咱们去看看。”

徐闻香早早地站在篮球场边，只见几辆卡车整齐地排列在狭窄的公路上，复员战士们排着队到球场上集合，口号声此起彼伏。

“立正，向右看齐，向前看，稍息。”指挥员转身向团长敬礼。

“报告团长，队伍集合完毕，请指示。”

“请稍息。”

“是。”指挥员转身向队伍，喊，“稍息。”

“同志们，”队伍集合完毕，团长上前几步开始讲话，战士们立刻立正，“请稍息，下面我给大家领唱一首《战友之歌》。战友战友亲如兄弟——预备唱。”

“战友战友亲如兄弟，革命把我们召唤在一起。你来自边疆，他来自内地，我们都是人民的子弟。战友，战友！这亲切的称呼，这崇高的友谊，把我们结成一个钢铁集体，钢铁集体！”

复员战士们含泪唱着《战友之歌》，吼声震天。他们的领章帽徽已经摘了下来。这充满感情的歌声让旁观者哽咽。

歌声歇下，政委接着讲话：“同志们，当年，你们满怀革命豪情来到了军营，来到了高寒边远的大西北。在这里，你们付出了一生中最美好的青春年华。你们吃的是粗粮，住的是陋室，却为西北打造了抵御外来入侵的屏障，只要祖国需要，你们义无反顾！你们听从党的召唤，为国防事业和军队建设做出了重要的贡献！虽然，因为革命的需要，你们即将离开朝夕相处的军营，离开血脉相连的战友，但你们创造的业绩，你们流下的汗水，你们种下的格桑，将永远留在祖国的西北大地上。战友们记得，这座军营记得，国家和人民记得你们！你们隐姓埋名、不求名利、无私奉献，是当代最可爱的人！党中央赞扬你们是真正的无名英雄！今后，你们无论走到哪里，依然代表着军人的风采。一天军人，终身军人；一天战友，终身战友！最后，我代表一团党委，向你们和你们的家庭表示最衷心的感谢！祝愿你们回到家乡以后，在经济建设中创造更加辉煌的成绩！”

团长百感交集，与复员战士一一握手。赵庆丰噙着眼泪，微笑着与大家告别。汽车驶出军营大门，哨兵把大门关闭，大家从门缝中目送他们离开。

天气阴沉沉的，云雾在大山中间窄窄的公路上流动，能见度很低。随着云雾的弥漫，这一刻天空又下起了小雨。汽车慢慢开出大山，山外的天空露出一片蓝色。徐闻香发愣地站着，目送汽车从视线中消失。

刚刚送走赵庆丰，徐闻香就步行去司令部办事。一辆吉普车在徐闻香身边停下，一个身穿便服的男人下车来，主动与徐闻香握手。徐闻香愣了，瞪大眼睛看，原来是区队长，即接兵时的胡参谋。

区队长问：“徐闻香，你去哪儿？”

徐闻香道：“哎哟，是区队长呀！我去司令部办事，一个科研项目要汇报。”

“不错啊，有成绩了？”

“没，没，我们小组才刚刚开始。区队长，你这是干啥，是外出执行任务？”

“还执行什么任务，我被调走了，要跟你说再见了。”话还没说完，区队长的微笑就有点僵硬。

“怎么？是调到军区还是……”在徐闻香的眼里，区队长是很优秀的年轻干部。

“不是上调，是平调到其他部队。”

徐闻香感到心情更沉重了。

区队长接着说:“训练大队撤了,一团也满额,本来组织上是要安排我转业的,后来其他部队有需要我就调过去了。我还是喜欢军营生活,离不开部队。这回队长、政委和其他所有干部,转业的转业,调走的调走,你们的马教员和钱教员很优秀,分别被调到高级步校和外语学院去任教,张教员大约是转业到地方学校当校长。以后不能直接从战士中提拔军官了,要注重学历。军校毕业生不够的话,就招收地方应届大学毕业生到军校进修,将其培养成学生军官。”

这时徐闻香明白了,训练大队作为部队军官的摇篮已经完成了它的使命。眼见这么多的亲密战友一个个各奔四方,他心中酸涩。

“区队长,你在正连职上一干就是这么多年,辛辛苦苦,总是把机会让给别人……”

“不是正连,是副连。”区队长笑笑,“咱们不谈这些,也不说那些大道理……只是我没法继续为你们这批兵出力了。”

“区队长,这是什么话,你已经为我们呕心沥血。”

“临走时上级问我有啥要求,我答复的唯一要求是,希望下任领导能重视你们的提干问题。你们很优秀。好了,以后有机会的话,再到你们家乡去看看。你们家乡多好,吃红烧肉,吃河鱼,吃米饭。”

区队长和徐闻香紧紧拥抱在一起,徐闻香已经控制不住自己的眼泪。

“还有,沈副主任也将离休,把位子留给年轻人。以后你多保重,遇到困难不要轻易放弃。”

“是,谢谢区队长!以前净给你添乱,今后我决不辜负你的期望!就是不知道咱们还能不能再见面,你到其他部队后一定要给我写封信,把你的地址告诉我。”

吉普车启动,徐闻香与区队长的手始终握在一起,两人半天说不出一句话,再慢慢松手。徐闻香对着吉普车上的区队长,发自肺腑地行了最后一个军礼。

他久久站在那里，若有所思，目送着汽车在大山的拐角处消失，一种孤独感让他的眼泪簌簌流下来。

这天晚上，徐闻香病倒了，一个人钻在被窝里没人知道。病痛的时候非常想家，他半夜起床给家里写信，写了几句又把信撕了。他手里正在参与的是“301”项目，如果研究成功，部队的通信能力将有很大提升。可是这项研究从零起步，数据的采集十分不易，需要攻坚的细节还有许多。工作的艰难、思乡的苦楚，徐闻香压在心里。没有其他选择，他只能坚持下去，背水一战。一定要把科研项目搞出来，完成了任务我也要回家看看！徐闻香暗暗发誓。

第二十一章
探亲休假

边境战事升级，西北防御紧张。为了战备，军区首长到部队视察，并接见了全体官兵，为他们加油打气。徐闻香把首长看望他们的照片寄到家里，母亲收到后，把子女们叫到跟前，抖动着手，拿着照片，话没说先流泪。

“我们做父母的没有能力到大老远的地方去看望三儿，军区首长去了，你们知道那位是谁吗？是大名鼎鼎的肖华。三儿出去当兵，一去就是五年多没回家，看来是部队需要他。你们兄弟姐妹要理解，要支持，要让着点他，让他安心在部队。三儿不容易。”

徐闻香读着哥哥寄来的信，哭了，母亲的言语仿佛就在耳边。

服役了五年多时间，徐闻香吃了不少苦。他打算申请探亲，回去散散心并看望父母。再说长期在部队，对于市场经济逐步替代计划经济的过程没有体会，容易落后于时代。

营长在言语上关切几句后，拿起英雄牌钢笔在休假申请上签字。这之后的几天时间，徐闻香可谓度日如年，白天抓紧时间去炊事班换全国粮票，预借往返车费，再去团部办理军人通行证等，还要登记战友们委托购买的好多东西，晚上则想象着与家人见面的场景以及要说的话、要办的事。

陈亚军获悉后，过来看看徐闻香。

“有十五天的假期，你出去散散心也好。第六个年头了，不知家乡变成啥样了。”

“是啊，没办法。你已经是副连了，而我还是战士。”要回家见父老乡亲了，徐闻香不免有些惭愧。

“哎，你会有机会的。”陈亚军劝慰他。

“听说你在进修的时候，大数学家陈景润给你们讲过课？”徐闻香满脸羡慕。

“是，他境界很高，我很想再去进修。”

“你看，咱们的差距越来越大，以前的殷伟强和高逸飞也都留校读研了。”

“他们两位前途无量。这里缺人，我决定以后再考虑读研。这叫实践、认识，再实践、再认识。你也别泄气，我认为每个人都有自己的天赋，对事物感兴趣并主动去追求，就不是难事；如果是被逼去做的，那就没指望了。”

“是，说得是。”

“不说这些，这次回去请你去一次我家，不带礼品，路远太重了。到了家乡后再帮我买点水果去看看我父母，钱我给你。就说我挺好，其他不谈。”

“明白，报喜不报忧。”

徐闻香提着部队发的十斤菜油和十斤花生米，徒步去县城。部队为改善生活，让车队去外省买了一批花生，他把花生剥成花生米。菜油则是部队农场发的，是官兵们用辛勤汗水换来的。

回家的心情真爽，他浑身充满力量，嘴里哼着《英俊少年》中的插曲。只是这山路不好走，他边走边回头，耳朵如雷达般地搜索着周围的动静，希望能搭上一辆拖拉机，最终未能如愿。

他到县城买到了去省城的长途汽车票，然而破旧的大客车行驶在盘山公路上，还没开上两小时，司机就下车观察前方路况。乘客们方知山体局部塌方，只能打道回府，徐闻香的满腔热血晾凉了。

过了一周他重新办妥手续，再次踏上探亲旅途，这回顺利到达了省城火车站并买上车票。火车站一般买不到卧铺，对一个身处边远地区的普通战士来讲，想买卧铺票比登天还难，要托人找关系，找铁路局或重要部门审批一张卧铺计划单才有希望。再说了，一张卧铺票要一个普通军官一个月的工资，他们一般不会花这个钱。他绕道去省城车站，是为了能买张座位票，但因时间匆忙，仍然只买到了无座票。

这回的火车不是闷罐子车，而是绿皮车。徐闻香想，无座可以坐在地上，再怎么的这下都可以顺利回家了。

傍晚的省城已是灯火辉煌，格外炫目，与大山里反差太大，徐闻香一时不知身在何处。他很多年没坐过火车，感叹这火车站怎么有这么多人。

徐闻香开始尝试往车厢边挤，稍近了一点，又踮起脚向车厢的窗口内张望，想找军人。踮起脚伸长脖子前后左右地张望，却没有见到一个穿军装的。突然间，他看见车厢内有穿军服的，而且有好几个。有希望了！他恨不得从别人头上爬过去，正拼命挤的时候，被人用胳膊肘子顶了一下，对方叫嚷："挤啥？没见都挤成肉干儿了，还是军人！"

他笑了笑，知道军人应该让着点。实在没办法，他满头大汗终于到达窗口前把行李举了起来。

"同志，麻烦你把我的行李接一下，是清油，别打翻了。"他向穿军装的一个小青年请求道。仔细一看才知道，他们不是军人，只是穿着军服的老百姓，有一个还在卖烧饼。

里面的人还挺客气，把行李接了进去。没了行李，徐闻香如释重负，开始打量着要从哪儿进去。

旅客都拥挤在这几节车厢前，他快速奔跑到火车尾部，发现那里没人，于是跳上了火车。他想着上车就不着急了，一节一节地往前走就是。这里比起那边要清静得多。

这是一节行李邮包车厢，几个乘务员正坐在那里聊天。

“哎，你干啥呢？”一个女乘务员问。

“大姐你好，那边上不去，能不能让我从这儿过一下？”原来行李车厢与前面是不通的，把他着急坏了，“大姐，你帮我开个门吧。”

“这里走不通的。”乘务员看他可怜巴巴的样子，告诉他。

“啊？”他吓一跳，这下可完蛋了，此时再想下车跑到前面已经来不及了。

“哈哈哈，骗你的，上来，我给你开门。小兵挺可爱的。”可能是徐闻香嘴甜的效果，乘务员大姐帮他开了门。

徐闻香感激得连连点头，刚跨过去，门“砰”的一声又被锁住了。走进旅客车厢，他发现走道里堆满了行李，站满了人，结结实实，真如沙丁鱼罐头一般。他踮着脚尖翻山越岭般地跨过去，不停地流汗，踩到或碰到了人，连声说对不起。不知挤过了多少节车厢，终于到达了他行李所在的位置。

火车发出一声尖叫，接着响起“吭哧吭哧”的疲惫响声，两个火车头一起拉，终于慢慢在茫茫黑夜之中穿行起来。这时徐闻香才体会到没有座位的麻烦，不由得心里发慌，这种拥挤程度是他当初没想到的。刚才在车厢里帮他接行李的“军人”，也没座位，因为人家帮了忙，他就怀着感激的心理买了几只烧饼。此时也不能挑，远离家乡，远离部队，能填饱肚子就行。

火车在一个小站停下来，窗外站着几个衣衫褴褛的人，他们穿着单薄，手里拿着饭碗，在寒风中瑟瑟发抖。车上那些穿着军服的小青年知道是怎么回事，扔了一些烧饼下去。徐闻香被这个场面震撼了一下，赶紧再买几只烧饼也递了下去。

绿皮火车说是直快，其实很慢，走走停停，就像老牛拉破车般喘着粗气在轨道上行驶。慢就慢吧，问题是没座。车厢内站的比坐的还多，徐闻香紧靠椅子稳住身体，收紧腹部，尽力将自己绷得如一张纸一般。

夜里，火车咣当咣当地摆动，乘客就如麦穗被风吹一般整齐地倒来倒去，不管火车怎么晃荡，打瞌睡都不会倒。大家挤在过道里，连插一只脚的空隙都找不到。座位底下倒是一个非常不错的空间，但早就被占据了。厕所的门开着，里面也都站满了人。

车厢里的空气浑浊得让人窒息，各种气味混杂。人缩在车厢里长时间动弹不得，吃饭难，喝水难，上厕所难，极为难受。身强力壮的徐闻香坚持一天一夜之后，下肢出现水肿，相比之下，他倒怀念起以前的闷罐子车来，至少在闷罐子车里可以躺下。

他从行李架上取出在食堂里买的干馒头，再拿一个苹果吃了起来。太累，他借别人上厕所的空隙坐了一会儿。坐在对面的一个小伙子盯着徐闻香的馒头看，让他不知所措。

“叔叔。”

徐闻香一愣，这小伙子是在叫我吗？他年龄明显比我大很多，怎么叫我叔叔？

“解放军叔叔，给我个馒头吃吃吧。”小伙子乞求道。

徐闻香拿了一个馒头和苹果给他。

“你上哪儿？”

“回家。”

“家在哪儿？

“南方。”

“哎呀，那咱们还是半个老乡。你遇到了困难？”

“是，到工地才干了几天，钱没挣到，脚给砸了。”小伙子对军人还是信任的,拉起裤腿给他看。

“你在哪儿打工?”

“说了你也不清楚,格尔木再往里走,在很远的地方。不小心被石头砸了,我本想着可能过段时间就会好,谁知伤情越来越严重,荒郊野外的也没处看病,工头就帮我买了张车票让我回去。”

徐闻香不由得产生怜悯之情,又拿了两个馒头给他。

“够了,够了,叔叔真是好人。叔叔,能不能再借给我几元零钱?我到家后寄给你,我没带够吃的。”

徐闻香掏出两元钱给他,并没有留下自己的地址。

“烧鸡——卖烧鸡。”一小伙背着蛇皮袋在车厢里叫卖。

“怎么卖?”徐闻香问。

“有三毛钱一只的,也有三元钱和五元钱一只的,你要哪一种?”

“三毛钱的是乌鸦吧?”

“哪是什么乌鸦,就是小一点而已。”

“那三元钱的是死鸡?”

“不是,质量不同而已。你到底要不要买?”小贩急着要走。

“买一只五元的。”

徐闻香买了一只烧鸡,扯下半只塞到受伤小伙手上。

火车越开越慢,最后干脆停了下来。到站也不该停这么长的时间啊,怎么还不走呢?旅客们正纳闷的时候,广播响了:“旅客们,前方路段隧道塌方,本次列车将原路返回。”

天哪,老天太会作弄人了,费这么大的劲又要让我回去?倒霉,这下可完了。徐闻香不知所措之际,突然想起部队老说的那句话:不轻易放弃!他定了定神,决定跳下火车去寻找同路人。

终于见到了一位军人,对方四十多岁的样子,衣服上四个兜,脸黑发紫,一看就是高原上的军人。徐闻香跑到跟前,提着行李没法敬礼,就张嘴喊:“报告首长,请问您也是这趟火车上的?”

“是。”

“那您打算怎么办?”

“我看这隧道没个十天八天修不好,打算把车票退了,坐长途汽车绕道去宝鸡,再上火车,那样也许还能快一点。”这位军官要原路返回的话,估计麻烦更大。

“行,那我和您做个伴?”

“好的。”

终于有伴了,徐闻香高兴了。

火车站广场上人山人海,哭闹声此起彼伏,大人、小孩和行李乱成一团,大家都在寻找解决途径。徐闻香与军官走在路上,突然想起那个脚部受伤需要帮助的小伙子,不知他是选择原路返回还是在此下车。茫茫人海,实在难找,徐闻香迟疑了一下,只能继续向前走。

他们走在路上一时搞不清方向,经过询问才知道这个小火车站距离城市还有十几公里路程。正为难之际,见一辆手扶拖拉机装着货过来,徐闻香忙招手询问。师傅也热情,问清情况后让他们坐在拖拉机的边缘,把他们带到城里的长途汽车站。他们在汽车站门口熬了一夜,次日清晨,坐上了去宝鸡的长途汽车。

汽车在盘山砂石公路上颠簸绕行,飞入的尘土与旅客的烟味弥漫在整个车厢里。徐闻香用手擦了一下被雾气覆盖的玻璃,见外面的树木田地都被云雾笼罩,初秋的大山已是满山红遍。

天已晚,车在一个土坯院子里停下。

“下车了,今天在这里过夜,明天再走。”

司机一声吆喝,疲惫的旅客们呼啦啦地下车。

“这里前没村后没店的,是在哪儿呀?”

徐闻香看了一下周围,判断这是在公路边的小旅馆,类似于传奇武打片中的客栈。进去一看,六人一间房,一间三张床。窗户上玻璃残缺不全,冷风从破洞飕飕地灌进来,一只昏暗的灯泡挂在中间,被风吹得直晃荡。两人合用一张床一条被子，徐闻香从未见过这样的旅馆。不一会儿，旅客们鼾声如雷，看来大家都习惯了。

徐闻香和军官实在没法入睡，就靠坐在床上相互取暖。

“首长，您在哪儿当兵呀?”

他们坐在床上聊天，被子盖在脚上。

“请别叫我首长，我只是连长，在边防哨所。”

他看着憔悴苍老，脸色黝黑，干燥掉皮，浑浊的眼睛里却溢着笑意。

“那太遥远了。”

“是，我从连队出来，已经花费了个把月。”

“什么？怎么可能?”徐闻香心想我已经够折腾的，居然还有比我更折腾的。

“先从连队走下来，到平缓一点的路段搭乘马车，到了县城坐公共汽车到拉萨，到了拉萨就开始等去西宁的汽车，一等就是十来天，再坐一星期的汽车到西宁，然后才上了火车。路途要花费多少天，可想而知。”

“天哪，真不可思议，我的情况比起您来，那是小巫见大巫。为了回家，您这一路上够艰难的。”徐闻香不停地摇着头，非常敬佩这位军人。

“是的，不可想象，三天三夜也说不完。”

难挨的一夜终于过去了，他们长途跋涉到达了宝鸡，又坐上了南下的火车。火车终点站是南京浦口，因适逢长江大桥维修减少车流量，徐闻香需要再次转车。

都已经到了家门口，还有什么困难不能克服？路过南京段的长江时，徐闻香百感交集，久违的江南风光让他倍感亲切。

徐闻香千辛万苦回到了家乡，站在家乡那座熟悉的古桥上，只见石桥人倒立,画舫水中书。石桥水巷温温柔柔,让他忘却了旅途的疲劳。他本来打算以军官的身份荣耀地站在小时候曾经玩耍的石桥上,可惜这个愿望没能实现。

“雨恨云愁,江南依旧称佳丽。水村渔市,一缕孤烟细。”炊烟依旧,亲切又陌生的古镇似乎比以前热闹了许多,临街的居民开店做买卖,河里的农船改装成了游船,农妇变成了身穿蓝花布的船娘,两岸的游客在欣赏着街道与河面的风景。

“妈,我回来啦。”

徐闻香三两步就奔到家门口,还没见母亲就先大声喊着。他手里提着十斤花生米与十斤菜油,斜背着挎包和水壶,挎包里面还有几个吃剩的干馒头,应该馊了。

母亲与儿子对视,儿子傻傻地站着,笑着。母亲绕着他转了几圈,头上摸摸,身上拍拍。咋黑瘦成这样了?最后确认是自己的孩子。

“三儿,你在大西北受苦啦。”母亲拍着儿子黑黑的小脸,说着说着,眼泪就滚了下来,“走,进屋,你爸给你做了红烧肉。”她的声音有点大,有点急,接过行李。

徐闻香由喜变为痛,克制着自己的情绪。他一再端详父母,父母苍老了许多,白发与皱纹已经改变了他们的面容,每条皱纹里都流淌着辛酸,记载着他们对儿子的付出。他以愧疚的心情与父母搂抱在一起。

“都是你爸不好,让你们兄弟三个都到部队去锻炼,否则你也用不着去遥远的西北当兵。你在家里考个师范大学多好呢。”母亲开始埋怨。

“妈,不能这样想,保卫国家也是我想做的。”

“你受苦了吧?”

“没有,部队挺好的。”徐闻香噙着泪水,悄悄转过脸去,积累了五年多的泪水还是夺眶而出。

“你哥哥退役后，按政策顶替你爸回城了。你弟弟从地方大学毕业后，转去部队做了学生军官。部队需要你的话，我们支持你继续待在那儿，不行的话就复员回家。没啥可犹豫的，我们养得起你。你看看小时候与你一起玩耍的阿四，贩鱼发大财了，早就成万元户了。他们家里盖了洋楼，他身体残疾照样娶了漂亮媳妇。男人哪，只要会赚钱就行，自古到今都是这样。乡下结婚早……”

“妈，不是什么都能用钱来衡量的。”

他不同意母亲的金钱观，母亲就转移话题。

“隔壁的小芳，我很中意的……”

“妈，我现在不考虑这些。”

“不考虑？为啥？过了这村就没这店了。”

“妈，我们首长说了，军人要扎根部队。”

“啥？扎根部队？”母亲以怀疑的目光看着他，感觉这个事情复杂了。

“是的。”

母亲知道了徐闻香的心思，原来他想找部队的媳妇。不过她也清楚目前他的困境，打算以后再慢慢给他做工作。“吃饭，吃饭，不谈这些。今天我做了你小时候最喜欢吃的红烧鲫鱼和盐水河虾，你爸给你做了红烧肉。”

软糯的米饭与鲜美的鱼虾肉，徐闻香吃到嘴里，低着头开始吧嗒吧嗒掉眼泪，最后干脆趴在桌子上哭了一阵。在家里，在父母面前，他依然还是个小孩。

父母不吃，就看着他吃，母亲在边上拍着他的后背安慰，大概知道了他在大西北的艰苦。从前天开始，父母都天没亮就起床，买菜做饭，迎接儿子回家。结果菜凉了再热，热了再凉，最后只能自己吃，隔天再去买。徐闻香旅途晚了两天，他们煎熬了两天。

这天的晚上，全家人围着徐闻香，听他讲述在部队里的生活。他们看到了他脸上洋溢的风采，也为他吃的这许多苦而叹息。

徐闻香到家后，最想见的就是赵庆丰。

来到赵庆丰家门口，见他家院子大门开着，徐闻香立正并喊："报告。"坏了，喊习惯了。他赶紧捂住嘴，轻轻地敲了一下门。

"哎呀，这不是徐闻香吗？长这么帅了！看看，多好的小伙子。快进，快进。"

徐闻香听到别人夸他，忍不住害羞脸红。

"阿姨，赵庆丰在不？"

"他考上了县政府，在那儿上班。这样，他在县城分配到了新房子，你下午去看看，我把地址告诉你。"在赵庆丰母亲的眼里，赵庆丰是很有出息的。

徐闻香按地址找过去，在赵庆丰家门口等候着。这是新公房。只听一阵自行车铃声传来，转头一看，赵庆丰到了。

"赵庆丰！"

"啊，是你呀！"

两人紧紧地拥抱在一起，他们笑着。

"看你，这么好，头发光溜溜的，比许文强还帅。看我，还是黑不溜秋的傻大兵。"

"你净吹吧，我要那么帅，会那么久连对象都找不到？"

"现在有了吗？"

"有了，等一会儿让你见见。来来来，快进。"

赵庆丰非常热情地拉着徐闻香进屋。一进屋，赵庆丰先打电话，让女朋友过来帮忙。这房子有七八十平方米，里面一台十四寸的彩电，算是奢侈品，要上千元钱，还有电话机、电冰箱。

"坐，请坐，请上坐。"

“我先问你，后来与二妹没搞上对象？”

徐闻香坐下后，迫不及待地问他复员后的情况。

“没，怎么可能，写了几次信就断了。”

“哦……”

“当时她就是头脑发热，任性。”赵庆丰介绍说，“咱们当兵后，赵香花隔年就考上了师范，毕业后当上了中学教师，现在已经有了小孩。

“复员回家后，亲戚先给我介绍了一个在煤球店工作的姑娘，城镇户口。城里人一般不会嫁给农村人，是亲戚再三介绍说我当过兵、身体好、素质好等等，人家才算同意见一面。结果人家说我家里自行车都没有，太穷，见识一般，还老实巴交，跟傻的差不多……当然，她当面没说，是我亲戚带口信过来的，把我气得差点吐血。她讥笑我是假，看不上农村人是真。你想，咱们当兵离开家乡时，街上有几辆自行车？计划经济要凭票买自行车的，哪儿那么容易？再说，大西北的大山里能骑车吗？下坡是溜下去的，上坡是推上来的，还不如走路呢。那时候我刚回来一年，是买不起，但她也不至于寒碜我，她是把自行车当成小轿车了。

“城里的不行，亲戚就给我介绍农村的。这回吸取了煤球店那个姑娘的教训，见面后我提出一起到庭岭公园去转转吧，提前计划好，还将野餐的所有物品背在身上。兜了一圈，到了吃中饭时间，我们找了个僻静处，就开始野餐，搞点浪漫气息——就像咱们在部队那样。几天后，亲戚又带回口信，对方说我人是不错的，就是年龄大了点，而且开销也大，坐在地上吃的那些罐头要花多少钱哪……连续两次碰壁，我气得不轻，不谈对象了，把自己关在屋里复习考试。

“咱们县城的情况你是知道的，就一条几百米长的破街，嫌难看，拆了，拆了却没钱盖新房，就一直撂在那里多年没人管。咱们这个鱼米之乡其实就是个大农村，只是咱有些人生下来就是农村的农民，有些人生下来就是城市的居民。现在要扩大城市规模，县城周围的农村一下就给合并到县城，农村的农民一夜之间变为城市的居民，你说这是个什么事？

“我复员刚回来那阵真是苦。找不到合适的事干，万分沮丧。谁知没过多久，遇上了县政府招工作人员，我考上政府部门后就成了国家干部，以前的二等功也是参考依据。你猜后来怎么着？找对象不是我去找了，以前我无人问津，现在她们纷至沓来！幸亏我忠贞不渝，要不……”

“咚咚咚”，赵庆丰滔滔不绝讲述的时候，一阵敲门声打断了他的话。

“她来了。”赵庆丰去开门，“来来来，我来介绍一下，这位是我的战友徐闻香，这是我的女朋友王晓青，城里人。”他特地强调女朋友是城里人，看来是被前面的经历害苦了。“她带来了一点菜和水果，咱们就在家喝个小酒，叙叙旧，差不多的时候再一起去看昆曲。”

徐闻香见有酒喝，还有水果、昆曲，别提有多高兴。今天真放松，他一直笑着。

看王晓青年龄小，徐闻香终于开口问：“你对象才多大呀？”

“她二十岁，在银行工作，我倒想找二十三左右的，对不起，没了，人二十五的都有小孩了。你得抓紧。”

“哦，是这么个情况。”

“来，吃水果。晓青，水开了给徐闻香泡茶。”

“哎。”她拿着热水瓶子给徐闻香泡碧螺春。

徐闻香端起杯子，晃一晃，让漂浮在上面的茶叶慢慢沉下去，再轻轻喝几口。王晓青提着热水瓶低头给他续水，最后抬头往后甩了甩秀发。

徐闻香从挎包中取出两包葡萄干：“这是在省城买的，这边吃不上，给你对象。”

赵庆丰说:“这么大老远的,背回来多费劲。谢谢你!”

徐闻香在大西北曾喝过那种三泡台,泡茶的水有点浑浊与苦涩,但因为有冰糖桂圆之类的,喝上一口还是能感觉有丝丝清香浸入神经。太湖碧螺春则不同,在洁净透明的玻璃杯里倒上开水,待水温降到七八十摄氏度时再放茶叶,碧螺春茶叶入杯即沉底,瞬间“白云翻滚,雪花飞舞”。浑浊的三泡台与清纯的碧螺春代表着两种气质。徐闻香不觉又沉入回忆中。

赵庆丰对徐闻香发牢骚:“现在的青年人只管灯红酒绿,享受生活,都不知道有那么一群同龄人吃不上蔬菜、水果和大肉,在遥远的地方呕心沥血,无私奉献,保卫国家。”

“当兵就是吃苦的嘛。”

“这里正在开发,需要大量人才,你要是回来应该大有舞台……”

徐闻香没答话。

赵庆丰的对象做了几个菜,三人提前吃晚饭,有水芹、螺蛳和红烧大排骨,还开了两瓶啤酒。徐闻香先夹一块大排骨,咬一口,笑道:“真好吃,以前吃过咱们战友的母亲叶家阿姨做的大排骨,觉得最最好吃,谁知你对象的手艺也不赖。”

音响里轻轻流淌着《茉莉花》《无锡景》等歌曲。

“吃,使劲吃,你在西北吃不上,这回给补上。”赵庆丰端起酒杯,“部队有纪律,喝酒也限制。今天回来了,放松一下,来,喝一杯。”两人把杯中啤酒一饮而尽。

他们久别重逢,感情很深。

傍晚,赵庆丰邀请徐闻香去看昆曲,徐闻香不想去。

“这戏我就不看了,我从小就不爱看。”

“你光知道冯程程和叶塞尼娅什么的,今天换个角度,看杜丽娘。”

“那就去试试看吧,如不行的话,我就提前退场。”

“行。”

在赵庆丰的再三劝说下，徐闻香勉强答应去看戏。

“梦回莺啭，乱煞年光遍。人立小庭深院。”笙箫渐起，银筝款按。面若桃花的杜丽娘身穿艳色服装登场开腔，春香紧跟而上。主仆两人几段唱罢，四周光影打出一片葱茏翠色，正是春意满园。杜丽娘游园归来，梦遇一俊朗后生，初显惊惶：“那生素昧平生，因何到此？”再细细看来，却面善得紧。那梦里书生持一根柳枝，与杜丽娘相撞，请她题咏一首。杜丽娘欲拒还迎，两人四目相对，透露出喜爱之情。“是那处曾相见，相看俨然，早难道这好处相逢无一言？”那生道，“则为你如花美眷，似水流年。是答儿闲寻遍，在幽闺自怜。”

两人从未谋面，先在梦中相见，把强烈的情感渴望表现得优雅含蓄。与君初相见，犹如故人归，这是何等的古典浪漫。“小生那一处不寻访小姐来，却在这里！”

到底是从哪积累下的缘分，使人一往情深？这趟回家探亲，看到的变化太大了，徐闻香对比自己在部队的“止步不前”，感到了苦恼。从训练大队顺利毕业，调到了精英云集的一团，原是他感到最骄傲的事，虽没有机会扛枪在前，但为国防事业贡献自己的智慧，不是更加荣耀的事吗？可是在解决“个人问题”上，这顶什么用呢……

这似水流年，让他心生感叹，其中包含着太过深刻的惆怅，太多化不了的寂寞。

游园惊梦，惊醒了杜丽娘，也惊醒了观众徐闻香。

“不看了，走吧。”徐闻香深沉地说。

赵庆丰只道他不爱看戏，并不知道他是触景生情。

“不看了？”

“是，回去吧。”

两人起身离开剧院。

“你记得以前咱们在农场的时候见几个老人吼秦腔吗？开始只

觉得震耳欲聋，不知道他们在吼啥，后来问了老同志才明白在唱啥。”赵庆丰回忆道。

“是啊。秦腔有它的旷野之美，尤其那夸张的表演，让人叹为观止。要不怎么会说‘八百里秦川粮食满仓，三千万陕民齐吼秦腔’呢？昆曲比较秀气，如涓涓细流；而秦腔比较粗犷，如壶口瀑布。”

“是，是，有道理。”

走出剧院，徐闻香边走边回头。曲未终，人未散，而他已经出来了。其实他非常喜欢《牡丹亭》，只是心有点痛。

接下来的几天，徐闻香独自一人在家闭门看书。他在部队已明白了坐冷板凳的重要性。做任何事情，可能几个月或几年都无任何收获，但也可能在下一刻就会有重大突破，所以需要过人的耐心。再说了，小时候的伙伴都飞到了外面，而他在部队时写信不便，现在还能联系上的没几个。他看书累了，就在家里的青砖地上来回踱步。

“三儿，我看你老是皱着眉头，在想啥事？我建议你去苏杭玩玩，妈给你钱。”还是母亲看出了他的心思。

“妈，我怎么能拿你的钱？”

“我跟你讲，我不是在家门口摆摊卖大碗茶和茶鸡蛋吗，一个月也能挣上五十来元，不费事。”

没想到母亲的小摊也能挣出排职军官的工资。

“那也行，我出去转转，看看风景。”

“你要是和隔壁的小芳一起出去多好，一个人逛大街傻兮兮的。”

“妈，你又来了。”

“好好好，不谈就不谈。”

母亲拿了几十元钱塞进他的手里。

临行前，他在镜子中看自己。这世界上确实没有什么服装会比军服更帅气，更精神，但是，也没有什么服装会比缺少帽徽领章的军服更加黯然无色。他暂时脱下军服，随便找了件不合身的便服凑合，理了理有些长了的头发，出门了。

徐闻香家乡到杭州有水运轮船。一艘小轮船拖着几只木船，沿着京杭大运河行驶一晚就到了杭州，沿途是一派江南风光。

“孤山寺北贾亭西，水面初平云脚低。”到杭州后，徐闻香选择在湖边住下，这样走到西湖近些。私人旅馆很小，单间已经客满，另有多人间。多人间里放了几张双层床，床边有围帘可遮挡，不分男女，每晚六元。

旅馆的附近有家阳春面馆，早晨挤满了顾客。徐闻香闻到久违的香味，前去看了一下标价——面一毛二分一碗，三两粮票，各种浇头价格不同，合计大约三毛一碗。再看看旁边客人碗里，应该是用鳝鱼骨和猪骨头煮成的汤水，浇头和葱花浮在上面，颜色非常诱人。

继续往前走，看到一家馄饨摊。价钱便宜，围在小桌子上吃的人不少。这种小馄饨在大西北是没有的，徐闻香小时候经常吃，今天很想尝尝。

只见摊主熟练地包好馄饨扔进锅里，再捣鼓几下煤炉，胳膊肘不时擦一下汗，水沸之后先用勺往碗里舀汤，再把馄饨捞起，这一连串熟练的动作让徐闻香看得沉醉。这简直就跟部队操练一样。

徐闻香要了两碗馄饨，八分钱一碗，一两粮票。吃完以后他后悔了，量太少，早知道还不如吃碗面。

“老板，再来一碗。”

“谁吃？”

“我呀。”

“天哪，你这么瘦的身体，怎么能吃三碗？”

“嗯。”

徐闻香只是一笑，没有回答，心里想着这三碗馄饨还没有部队食堂里一个白馒头的量，二两一个的白馒头我要吃三四个呢。

他吃个半饱就来到了湖边。湖水几乎与堤岸相平，微波起伏。岸边杨柳低垂，鸟儿在树上欢唱。碧色清风吹皱千层涟漪，荷花清香扑面而来。远处的山峦层层叠叠，蜿蜒起伏，云雾缭绕，似雨若烟。山、湖、亭和塔在云雾的缠绕下，汇成一幅缥缈的山水画。湖面上难得有一艘游船驶过，漾起一道波浪。如果春天过来，不知会是何等美妙的景色。西湖十景，各季节有不同的景观，现在初秋，最出色的该是三潭印月和平湖秋月。徐闻香买了一张西湖游船票，和众多游人一起登船，陶醉在湖景中。

三座石塔，塔上有五个小圆孔，这怎么印月？游船上大多是情侣或家人，大家时不时讨论着三潭印月是怎么回事。

其中有一个清爽甜软的江南女孩，身边紧靠着一名很帅的小伙，小伙戴眼镜，显得很有学问。在这样美的环境里，他们欢快地交流，时而点头，时而含笑，旁若无人，看样子处于热恋阶段。小伙努力地展现自己的才华，从上学讲到工作，从旅游讲到美食，逐一点评。

"苏东坡当年修堤是为了水利，以控制水患避免淹没良田。他把挖出来的淤泥堆成堤，再立了三座石塔，用于测量水位高低，就成了现在的三潭印月。晚上，当船驶到一定位置时，能看到月光同时穿过这三个潭形成的月影，这就是三潭印月……"女孩边笑边专注地听着，称赞小伙知识渊博。其实能否看到他所说的景象已经不重要，两人能一起荡漾在湖中就足够了。

其他游客也在议论着。徐闻香也想加入进去，跟他们说说三潭印月中究竟有几个月亮，但想想还是算了，三潭印月本来就是人们对月光虚无缥缈的幻想。

傍晚，徐闻香独自站在湖边。四周自然且恬静，满天满湖都是月光，变幻莫测。秋天、湖水、荷花、月光，用张若虚的《春江花月夜》来形容西湖的秋夜也是非常确切的。湖面浩瀚如同大海，充满诗情画意，他心里不由得哼唱起来：十五的月亮，照在家乡照在边关……

边境在打仗，而这里却是一幅太平盛世的景象，靠的正是无私奉献的军人，是他们确保了国家的安宁。徐闻香想着……

徐闻香决定于次日提前坐船离开杭州。他本来打算离开杭州后直接去苏州，现在决定不去了。

踏进家门，母亲急忙拿着一封电报给他。

“部队电报。”

“部队电报？”

徐闻香满脸紧张，匆匆打开，发现是让他提前归队。他急急忙忙去城里排队买火车票。排了一晚上的队，终于买到了张座位票。不用再在火车上站着熬夜，而且这趟车中途不用倒车，徐闻香安心不少。上午九点半的车，徐闻香趁清早人不多，赶紧回家整理行李。到家时母亲已做好了早饭，正等他。母亲见他买了五只烧饼装挎包里，就知道他舍不得买火车上的快餐，于是把钱塞到他手上。可他怎么肯收？母亲借口让他买点上海的土特产送给战友，他才无奈之下把钱收下。

儿子要归队，母亲怅然若失，家里刚刚热闹几天又要冷清了。

“三儿，你这一走是不是又要很多年？”儿行千里母担忧，刚吃过早饭，母亲愁容满脸，来回地转。

徐闻香坐着不答，也答不出。母亲已经为他在行李包中装好自己做的熏鱼和炒米粉，在军用水壶里装满了温开水。熏鱼放上一周不会坏，炒米粉则是用糯米在灶上炒熟后再用石磨磨成的，吃的时候适当加些糖用开水冲一下就可以。这是母亲怕儿子在火车上不舍得买饭吃或旅途上没饭吃而准备的。徐闻香坐在凳子上默默消耗时间，他明白一个母亲对自己孩子的那颗心，那颗敏感、深邃而脆弱的心。

“妈，不会很多年，但不太可能回来吃年夜饭……”

“争取回来吃个年夜饭，你去部队后，咱们家就没有团圆过。”

徐闻香又沉默了许久。

“要不你吃过中饭走吧，我马上去做，九点半的车，来得及。”

才吃过早饭，接着又要吃中饭？面对母亲的一番苦心，他忍不住要掉眼泪。他坐了会儿又站起来，在屋里来回踱步，只觉得两腿发软，心跳加快，再坐下来，强忍着不去看墙壁上的钟，感觉已经过了好长时间，可抬头一看，怎么才过了几分钟。怎么办？还是早点走吧，在家一分钟，父母就要在身边唠叨一分钟。

“妈，我走了，你和爸多保重。”

徐闻香提着行李扭头就往外走，眼睛已模糊。何时能再回，何时能陪他们过个年，他自己都说不清楚。

“路上注意安全……”

父母站在自家门口，悄无声息地目送他离开。

徐闻香从上海上车，这趟车会路过他家。他把头伸出窗外，想再一次看看家乡的面貌，居然发现父母焦急地站在铁道边。特快列车飞驰而过，徐闻香只喊了一声“爸爸妈妈……”，但火车已经把他父母甩得远远的，他依稀看见父母在向自己挥手。

火车刚出江苏就开始缺水。从中部到西部去的人带着一年要用的被子、衣服、粮食、大锅以及做工工具等上车，车厢内被堵得水泄不通。艰难的旅途又开始了。在蚌埠车站，他见到一个穿军装但没有帽徽领章的男人。

“同志，麻烦你帮我接一下行李。”他见徐闻香穿着军装，敲敲窗户示意他把窗拉起。

徐闻香迅速把窗户打开。行李被扔了进来，人也钻了进来。接着，又有一连串穿军装的人挤进来，足有一个班，个个满头大汗。徐闻香主动让他们坐着歇歇，自己踮着脚站在边上。

“你们这是去哪儿呀？”徐闻香问道。

"回老家啊,裁军一百万,我们整个团都没了。"那人苦笑着说。原来是退役军人。徐闻香几天前才从电视里听说裁军的消息,没想到已经有退役的了,不知道自己部队里什么情况。

"裁军才出消息,你们那里行动够快的。"

"是,今年复员的特别多。也好,回家再努力。"

退伍兵的脸上露出勉强又无奈的笑容。

过了秦岭,火车开始用两个火车头爬坡,呼哧呼哧地穿过无数山洞,带动车厢激烈晃动。进山洞时,黑烟从车缝钻入车内,徐闻香感到不能喘气,耳朵堵塞。这是陇海铁路一段比较艰难的路程。

火车晚点了,本该下午到达的车,现在都凌晨了还没到。明早就是归队报到的时间,要迟到了,徐闻香十分心焦。他选择离部队相对近的一个小火车站提前下了车,打算找机会搭车回部队,省得绕去省城火车站还要多费时间。

外面下起了小雪,初秋的小火车站室内温度很低,而徐闻香去南方探亲没带棉衣。车站门口挂着一块格外显眼的木牌子:军民共建车站。

"师傅,这里的长途客车站还有车发吗?"徐闻香问值班的大叔。

大叔说:"这么晚了,没有了,何况下雪了,明早也不一定能发。"

徐闻香很无奈。"麻烦你往煤炉里再加点煤,我等天亮去看看,半夜冻得不行。"师傅从隔壁房间里铲了一铲子煤过来加上。站内有两排破旧的椅子,徐闻香选了靠墙的两个位子,掸掸灰躺下了。

"我们这里缺煤,只能加一次煤了。晚上车站要关门,电灯就给你开着。"

"好,谢谢师傅!"

"唉,小伙子受苦了。"

师傅加煤后摇着头去睡觉了,这煤炉烧过一小时就熄了。车站内只有徐闻香一人,他旅途疲劳加上穿着单薄,凌晨觉得特别寒冷。

要是能喝口热水就好了,他想。伸手抓了一把干的炒米粉,塞嘴里干嚼了几下,用唾沫咽下。

正在他辗转反侧的时候,经过的一列车上下来一个年轻的女同志。她提着大包小包,神态紧张,哆嗦着看墙上的火车时刻表,似乎在找哪儿有汽车时刻表。

徐闻香站起来,问:"请问您去哪儿?"

"我去部队探亲。天哪,怎么这里这么冷,冻得不行了。"她中原口音,嘴唇发抖,估计没想到自己会突遇降温下雪。

"您去哪个部队?"

"就是山上的那个部队。"

徐闻香知道她说的是自己的部队,再问:"是哪个团的?"

"是一团的刘俊杰。"

"哦,刘干事,我认识他。"徐闻香清楚了,"这里下小雪的话,山里应该是大雪,我估计他也下不来。这里也没电话打。"

"是啊,真不知该咋办了。"

经过一番交流,军嫂决定与徐闻香同行。

天亮了,徐闻香与军嫂焦急地跑到附近的汽车站,可是站里的师傅说:"你不看看天气,下着雪,这么高的坡,能开汽车?"

汽车因积雪停班,徐闻香像热锅上的蚂蚁,着急地四处寻找车辆。突然,他看见一辆装有防滑链的空军解放牌卡车。有希望了!他赶紧前去拦车求情,人家看他是军人,同意让他们搭乘一程。空军司机让军嫂坐驾驶室,徐闻香则蜷缩在车后厢里,寒风吹得人直发抖。

卡车轮胎绑着铁链子,吱嘎吱嘎地往上坡滚动着。才十月就下这么大的雪。

到达一个岔道时卡车停下,空军营地就在附近,司机只能把他们带到这里。军嫂蓬头垢面,且四肢僵硬,动作迟缓,显然已经冻得不轻。空军司机把她慢慢扶下来。

岔道口与徐闻香部队所在地县城还有段距离。徐闻香帮着军嫂背行李,两人开始步行。因为没有足够的准备,他们衣服单薄,缺少食物。这天气,公路上连辆拖拉机都不会有,马车也别想。好在公路不难走,他们走了约一小时,到达县城,还有一段上山路要走。海拔越来越高,军嫂气喘得不行,两人放慢脚步,最后坐在了公路边的石头上。

在县城唯一的上山路口,他们远远地看见刘干事推着自行车正在雪地里往下走,徐闻香大喊一声。刘干事看见了,扔掉自行车,军嫂也同时放下行李,他们飞快地跑向对方,并紧紧地拥抱在一起。刘干事把皮大衣给她裹上,眼泪潸然而下。

寒冷的军营让徐闻香感到格外亲切,他心里充满喜悦。军营大门口的警卫、服务社、门诊部、食堂、球场等依旧令人熟悉,还有军号、溪流、鸟鸣、大山……带着对家乡的无比留恋,徐闻香回到了军营。这次探亲磨难重重,当时坐闷罐子车来报到都没如此折腾。返回军营后,他既冷又困,急需睡个饱觉,吃个饱饭。但想了想,还是决定先去销假。

徐闻香来到营长办公室。

"报告。"

"进来。"

他推门进去,又退了出来。不对啊,这不是营长办公室?

"过来。"

军官招呼他,他走了进去。

军官问:"啥事?"

"我找营长销假。"

"你是徐闻香?"

"是。"

“让你早点回来,怎么还迟到了一天?”

他这么一说,徐闻香就清楚了,看来营长和连长都换了。不会是精简整编已经开始了吧?

“报告首长,是火车晚点和天气的原因。”

“这是理由吗? 你是军人。”

“是,明白。”

“赶紧回宿舍整理一下归队。”

“是。”

徐闻香离开营长办公室。

陈亚军听说徐闻香归队,率先来到他宿舍,并关上门。

“陈亚军,给你的东西最多,一大包。你妈都不好意思让我带,我说没事的,只要让上火车就能带。”徐闻香赶紧拉开行李包,取出一只红白相间的网兜交给陈亚军,“这是你母亲做的熏鱼。这是你父亲托人到上海去买的奶粉。”

陈亚军拿在手上,有点颤抖:“我父亲的情况如何?”

“他非常虚弱,不久前动了手术。我担心……嗐,能挺过去的,你别担心。”

“我母亲在信上也说了。”陈亚军拉长着脸,泪花闪烁。

“你要不要请假呢?”

“我还说不好,部队任务多,假期难得。”

“是,是……离开前,我给你父母买了些水果,还说了小时候与你一起偷西瓜的笑话,把你父亲逗乐了。他一直想给你写信,但实在是无能为力,就让我给你带句话:安心在部队,在部队好好干。他作为一个平民百姓,却有这么高的觉悟,如此支持军队建设,我们不该辜负他的期望。”

“谢谢你,谢谢你,帮我尽了一次责任。”陈亚军既然穿上军装,就早有心理准备,必然不负教养,不负重托。

“谢啥，都是战友，谁让咱们离家这么远。你要是探亲，要提前安排，可别像我这么曲折。”

“对了，应该一进门就告诉你的：你的任命可能要下来了。”

“真的？”徐闻香满脸惊讶。

时间过得好快啊，春去秋来，到部队快要七个年头了。

“还有，咱们配发了新准军衔的服装和大檐帽，特帅，帽檐上有条大红边，还增加了迷彩服等等。”

“小时候就想着长大了要戴大檐帽，这回梦想要实现了。没想到我探亲一趟，变化这么大，到时候赶紧去照个相，寄回去。”徐闻香乐得满脸春风。

正说着，其他战友也来了。不一会儿，宿舍里坐满了人，全是来打听问信的。大家离开家乡的时间太长了，都非常关切。

徐闻香一一答复大伙儿的问题，说着说着眉飞色舞起来，还忍不住添油加醋，描绘了家乡的飞速发展。经过徐闻香的解说，同乡们知道了家乡从农村变成城市，自己变成了城市人，复员后地方还会安排军人就业，有各项优惠政策，这多好啊。在部队争做“五好战士”，创建“四好连队”，更加有干劲。

第二十二章
精简整编

徐闻香因没按规定时间归队被行政警告一次。

见营长从宿舍门前走过，徐闻香赶紧前去招呼，顺便打听一下任命的事:“报告营长，我想和您谈几句。”

“好啊，有事请讲。”

“营长，我探亲迟到一天，确实是火车晚点和天气原因，您看……”

“军队铁的纪律，你是知道的。”营长瞪了他一眼。

徐闻香无话可说，感到沮丧。“营长，您看我去二营行不行？咱们一营都是优秀人才……”他小声说。

“啥？你这是犯傻呢，还是想逃避？一团一营是我师的标杆，人家要进还进不来呢，你不好好表现，倒想调走？就这点出息！去做好你的本职工作。”营长不可能让他调走。

“营长……”

“怎么，还没想通？你来一营也有段时间了，我看你的研究也有了进展，这是好事，但你是革命军人，还是一名党员培养对象，不能动不动就翘尾巴，更不能在成绩面前沾沾自喜。部队的纪律你是清楚的，迟到了就要接受迟到的后果。”徐闻香胆怯地不敢对嘴。

营长走了几步停下来，回头说：“我等着你今后再出成果，将功补过。”

徐闻香一听，想通了，自己的研究有进展，营长也看到了，出成果虽然不容易，再推进一段时间，还是有希望的！

从1985年开始部队实施裁军一百万，将十一个大军区合并为七个。此时，徐闻香所在的部队师部机关精简了，下属各团部除了保留几个参谋干事以外，不设任何科室，按照革命化、年轻化、知识化和专业化的方针进行精简整编。为鼓励超龄领导干部退下来，部队设置了高级技术和顾问岗位，大批普通干部和战士被安排复员转业。徐闻香提干的事本来已经在最后讨论了，现在又没消息了，他所在的一团一营要与其他同业部队合并，他继续留在部队的希望更加渺茫了。

服役期满的战士有想留在部队的，也有想离开部队的，思想有些涣散起来。张连长发现了苗头后，立马召开会议。

只见他额头上青筋暴突，严肃地说：“部队精简，不是散伙。边境天天在打仗，可有些同志作风纪律涣散，战斗意识淡薄，服役期满就想早点回老家娶媳妇过小日子。你们当初入伍时是怎么说的？你们在党旗下是怎么宣誓的？保卫国家，无私奉献，科技强军，消灭一切入侵之敌。我看你们是口是心非。还像不像一名军人！去与留，都要服从部队的需要。”

张连长讲过后，有些战士微微地低下了头。大家轮流交换自己的想法，服役期满的战士纷纷表示，要站好最后一班岗，放好最后一班哨。

这天徐闻香在战备值班，政委走过来。

徐闻香立正敬礼：“报告政委。”

政委迟疑了一下：“这个……这个……”似乎有点不太好开口。

“报告政委，是提干的事吧?”徐闻香已有心理准备。

“是，是，这回没有提上……你有啥想法?”

徐闻香心里清楚，部队精简整编，能留下继续穿军装的人一定是最优秀的那一小部分，自己如果留不下也不意外。

“报告政委，我一切服从上级的安排。”

“不错，好样的。说句心里话，我为你们提干的事情揪心哪。我问你，你什么打算?”

部队以荣誉为主、处罚为辅的方式来激励官兵更好地建功立业，战士们都期盼得到上级的认可，政委也清楚，物质利益、政治荣誉关系到战士对自我的认同，是他们努力奋斗的基石，及时关心和解决他们的困惑是非常必要的。

“政委，我是这样想的，留在部队的人一定也是部队最需要的人，我不能提干很遗憾。我们这批兵进来恰逢部队改革期间，部队培养了我们三年，学成了诸多技能，虽然错过了在地方高考和部队高考的机会，也不后悔。但是我的志向本在国防建设上，眼看服役期满，不能提干我有些迷茫，今后的路要怎么走? ……部队改革是对的，我们的队伍一定会走向强大。改革就会有牺牲，我们必须面对这样的现实，如果离开了部队，我想我会重新考虑自己的价值，在经济建设上去做一些事情，为现代化建设添砖加瓦。上次军区首长来咱们部队时，不就表扬大家艰苦创业、乐于奉献，是真正的无名英雄吗? 当时我听得热泪盈眶。就算我以后复员回家也会将部队教给我的本领充分利用起来，家乡建设如火如荼，我相信我可以有所作为。”

“好，好样的，你有这想法，我心里就踏实了。部队需要你们建功立业，也许要长期待在偏远山区，这确实耽误了你们在经济建设上大展宏图。”

“谢谢政委的表扬! 哪里是耽误，这些年能穿着军装，是我一生的荣耀! ……另外我想提一点，咱们这些装备亟待改进。政委，您就看这台设备,它在国内算先进,但到国外就落后了,前一阵就是因此没能及时发现敌方的情况,现在被我们改进后还能凑合用用。我建议,为了防患于未然,装备建设要跟上去。目前,我在这里还能发挥一点小作用,参与的科技项目都在实施过程中,所以只要部队需要,我就义不容辞地干下去。"

政委竖起大拇指,称赞说:"好,你这小子好样的。对了,小徐,你入党了没?"

"报告政委,还没有,是培养对象。"

"入伍这么长时间,怎么还没入党?看来是我们的工作没有做好。"

"哪能呢,是我一会儿受批评,一会儿受处分,还不具备条件。"

"那你有成绩呢。"

"都是些应该做的事,还没有做到最好。"

"手续抓紧办吧,不矛盾的。"

"是。"

徐闻香相信,只要将自己的科研做好,对"301"项目的总体推进大有帮助,对部队的建设也会发挥重要作用,自己的军旅生涯也就是有价值的。

一天下班后,陈亚军和徐闻香准备去食堂吃晚饭,听到张连长在门口说:"小徐,到我宿舍来一下。"

"是,马上就到。"徐闻香整理了一下服装,快步走到张连长宿舍。

"报告张连长,请问有何指示?"

"这样,你帮我去服务社买一瓶好一点的酒,川曲吧,再买个大肉罐头。我去食堂打个菜,晚饭你和陈亚军一起过来,陪我喝一杯。"张连长掏钱。

"是。张连长,我现在的津贴还行,我去买得了。"

"不行,一定要用我的钱。"

"是。"

徐闻香很快买了回来,张连长也在食堂买了份小炒——五毛钱一份的大葱炒肉片,还打了一份土豆丝和醋熘白菜。

陈亚军和徐闻香走进张连长宿舍一看,简洁干净,靠墙摆着两张床,中间放着一张写字桌,桌上摆满了书籍和报纸,桌下有只方凳,窗台上摆着一个玻璃瓶,瓶里插着几枝山花和有红果的植物,在这简陋的屋子里显得很夺目。

"坐,咱们团给每人发了一只小凳子,挺不错的,还编了个号。你们就坐小凳上吧,以后这凳子就成纪念品了。"

"张连长,你是学理工科的,怎么还有那么多的外语书?"徐闻香问。

"主要是学英语,其他语言只是应付一下。小徐,这几本程序设计书还给你。"

"怎么,不编程了? 你留着吧,我用其他语言。"

"上级安排我明年转业,接下来我会去招待所过渡一段时间。"

陈亚军和徐闻香心里不由一震。

"不会吧? 你是正儿八经的大学生,文理兼备。"徐闻香问。

"组织的安排,由不得咱们个人。我文化水平还可以,但在编程与学习新知识方面还是比不过你们了,加上年龄偏大,职务又偏低,再去翻越祁连山的话,在体力上也不如你们,该退还是要退。"

"张连长,你谦虚了,咱们各有千秋,组合在一起才能形成力量。你在正连职上已经四年了,要不跟上级反映一下?"志愿兵满十五年或者副营职干部以上,可办理随军手续。

"不,一切听从安排。个人需要服从部队需要。"张连长虽这样说,其实心里万般不舍。他猛喝了一大口酒,眼睛里湿湿的。

"哎,连长,少喝点。"陈亚军劝连长。

“说起家里，我算有个家，可媳妇小孩一直住在岳母家……”

陈亚军和徐闻香听着他的诉说，替他感到惋惜。

“连长，你回地方后一定是好样的。”

许久后，陈亚军安慰连长：“转业以后两口子在一起有照应了。再说以你的水平，照样能创造成绩。”

“是啊，只能这样想了。亚军，我解甲归田了，这重任说不准就由你挑喽。”

“是，谢谢连长关心。”

陈亚军即将升正连，闻言道谢。

“今天把你们找来主要是托你们帮个忙，帮我把行李捆扎一下，早点托运回去。”

“这算啥事，我们就是扛到火车站去也不是个事。打包托运我们干多了，我们先去准备点草绳，用水浸泡一下再捆箱子，结实得很。但货车上偷盗现象比较严重，贵重物品建议不托运。”徐闻香说。

“好，有你们帮忙我就放心了。车站办理托运的人难弄得很，上次我去帮战友托运，车站工作人员百般刁难，最后还是驾驶员小付机灵，拿出一只铁桶从卡车油箱里抽出一桶汽油送给人家，后来不少人都找小付帮忙。这回我准备了一条香烟。”

“是的，他们知道咱们军人等不及。”

“但愿我这次能顺顺当当。我走以后，给你们留件东西，煤油炉子。煤油是在县城供销社打的。食堂实在缺油水，咱们没那个条件吃点黄油牛肉什么的。用这煤油炉子煎个鸡蛋，能给你们补充点油水。县城里能买到鸡蛋。有一次，我去买鸡蛋，你们猜那老汉怎么说，他说解放军没有粮票。我说有啊，就给了他几斤，他便一个劲地给我鸡蛋，嘴里还说着我听不太懂的话，大概意思是粮票可以换鸡蛋。听其他战友讲，咱们的旧衣服旧皮帽旧胶鞋等也能换鸡蛋。”

陈亚军和徐闻香如获至宝。

“再跟你们说个小脑筋，有时回来晚了不是没饭吃吗，就自己拌一点面粉，用酒瓶子擀面，再拿小刀划几道，放在煤油炉上煮。这就不用愁吃不到饭的问题了。有机会去县城的话，买点挂面最好。还有，你们看咱们的窗户是双层的，中间的空隙就成了天然的冰箱，买块大肉放里面，十天半个月不会坏。但是，使用时一定要注意防火。”

“明白，安全第一。”

陈亚军和徐闻香笑了。

“连长，我给你说个笑话吧。有次我去炊事班帮厨，碰上炊事班的大母猪生了一窝小猪崽，我帮忙去喂的时候，见一条大黄尾巴在猪圈里晃，是狼！训练有素的军人还斗不过一头狼？我想立功的机会到了，大家就等着吃狼肉吧。我拿着扁担正要劈下去，谁知那黄尾巴竟讨好地向我走了过来。混蛋，是营区的看门狗在抢吃猪食呢。我紧张得不行，半天没缓过劲来，陈亚军居然还笑话我等吃狼肉……”

……

几天后，徐闻香在院子里遇见刘副团长。刘副团长经常打篮球，挺勇猛的一个人，非常有军人气质，但今天看起来心事重重。他上前询问：“刘副团长您好！最近很忙吧？”

刘副团长停下脚步，手扶徐闻香臂膀，引他到一侧，沉沉地说：“小徐，我要退休了。”

“不错呀，可以安定享福了。”

刘副团长摇摇头。他五十多点，在部队干了一辈子，如果不是精简整编，还会继续干下去的。“不瞒你说，我现在比你没提干还要愁，退下来后就得寻思去哪儿，能否回老家，有无房子，小孩去哪儿高考、去哪儿工作——这一系列的问题全搁着。不过，上级安排我回老家省会城市的干休所，已是体恤我的难处了，我也算叶落归根了，回去再想办法吧。”

离退休干部原则上是就地安置进干休所，可军区干休所不是各省都有，军职干部经常要跨省会城市安置，师职干部只有少数能回内地。刘副团长能回到家乡所在的省会城市，与他长期在高寒边远地区服役所做出的贡献是分不开的。

徐闻香点点头，突然想到刘副团长会日语，就说："刘副团长，我手上有一本日文的侦探小说，里面的情节比《追捕》还精彩，你会日语，我觉得你退休后，可以翻译小说去投稿呀？"

"哦，是啊，我试试。整天坐在家里瞎想，要犯病的。谢谢你提醒！"老首长乐了，又问，"你有对象了？"

"报告刘副团长，没有，我还没提干。"

"哦，我搞错了。不过以后就算提干了，在部队里也不好找。"

刘副团长笑眯眯的。徐闻香知道刘副团长有四个女儿。

时间分分秒秒从不停歇地行进，科技小组的项目突破一个个难题曲折推进。徐闻香为自己所做的工作感到欣慰。

那年的十月份，在团部会议室里，值班指挥员的口令声震得墙壁嗡嗡直响。官兵们一个个笔挺站着，全神贯注。

团长手持文件，用洪亮的声音郑重其事道："命令——"

官兵们"啪"的一声立正并脚，动作整齐划一。

"徐闻香为一团一营正排职参谋……"

徐闻香的眼泪哗啦一下，霎时流下来了，连掩饰一下都来不及。努力多年，如今终于得到组织认可，终于可以在部队扎下根。此时此刻，是他从军以来最辉煌的瞬间，是他人生中最骄傲的成就。他觉得自己就像一个孜孜不倦的爬山人，由于高山峻岭的险阻、风霜雪露的淫威，他多次闪过放弃攀登的念头，想重新回到花红柳绿的江南，却被一阵突如其来的西北风又推回到了高山上，要他不屈不挠地继续向上攀爬。人生就是这样，时常峰回路转。

徐闻香头脑里一片空白，只看到团长在台上嘴唇一张一合，却听不见任何声音。足足有三分钟，他就这样呆着。还是陈亚军心细，轻拉一下他的衣角，他才回过神来，长长呼了口气。

几天后，营长把他叫到办公室。

“小徐，服役七年了，破格提干不容易啊，我也很为你高兴。”

“谢谢首长关心！”

“谢我啥，是集体的决定。要感谢的话，应该感谢你自己才是。你刻苦学习，努力攻关，科技成绩显著，在思想上也经得起考验。”

“谢谢首长栽培！要说成绩，这都是在您领导下咱们第二科技小组集体的智慧。我个人不算啥，咱们一营那可是全团的标杆。”

“你这小子，亏你还记着我说的话呢。是你自己的努力。”

“我是实话实说，多亏您教育，这是运筹帷幄。”

营长听这话，笑了笑。徐闻香同营长交流的次数不多，记忆中他话语不多，铿锵威严。今天的话语却缓和很多，不知为啥。

“我找你来，主要是提醒你，可以考虑个人问题了。找对象最好在部队内部找，如果不行再到地方上去找。和地方上的人谈对象要向组织汇报，部队要政审，而且你们言行不能涉及部队情况。你已经有过一个处分了，不能再犯错误，明白了吗？”

“是，我明白。”

“以前杨春波老是往你那里跑，你们俩是否真有点意思？”

“报告营长，我不知道她是否有意思，我对她倒是……有意思的。”徐闻香脸红着说，“不过，都已经是以前的事了，她现在去进修了，我们没有联系。”

“嗯。她提干比你早，去进修也有段时间了，现在是个什么情况也不清楚。她是干部子女，以后是否再回我们这里也说不清楚，我看你还是重新考虑吧。”

“是，谢谢首长关心！”

徐闻香原打算等提干后再名正言顺地去追杨春波的，但她去进修了，梦想破灭了。时间过得真快，他心里空落落的，努力克制着自己的情绪。每天的生活就是圆周运动，把全部精力投入到训练与科研中去。过了段时间，自己也慢慢想通了，再美好再浓烈的感情，随着时间的流逝也会渐渐淡忘的。

星期天早上，为了庆祝自己提干，徐闻香打算邀请大家去野餐，但想了半天，觉得大冬天的还是在王建军宿舍聚餐最合适。他现在是团部干事，有条件住单人宿舍，还有煤油炉子可以煎几个鸡蛋。

徐闻香去找王建军，他还没起床。徐闻香说明了来意，王建军躺在床上，说："别请了，心意领了，难得一个星期天，睡个懒觉吧。"

徐闻香坚持说："我提干了，要请客——你提干的时候也请我了。"

"给你省点钱，别请了。"多年的战友，彼此清楚，两人也不见外了，也不再有嫌隙。

徐闻香苦笑着说："没钱也要请，这是我的心意，提干了大家乐乐。工资五十二元虽然还没到手，但我花了四元多买了两瓶绿豆大曲。"

绿豆大曲是大家常喝的酒，便宜。王建军从床上坐了起来："好吧好吧，我给你把大伙儿招呼过来，你在这儿准备准备。"

徐闻香从挎包里掏出大肉罐头、凤尾鱼罐头和花生米等。没有酒杯，就把王建军刷牙的缸子拿来涮涮，倒满酒放在桌子上。过了一会儿，几个不值班的军官都来了，大家围坐在床边。大伙儿轮流端着缸子喝大曲，喝完一缸子，再倒满第二缸子，又干了。两瓶酒很快见底，大伙儿兴奋、激动、伤感都写在脸上。

徐闻香眼睛红红的，说："各位战友，七年了，从此以后，我不再需要父母为我省吃俭用盖房子，为我的将来担惊受怕，我可以独立生活，自己娶媳妇……”

王建军被他的一番话感动了，说：“为你高兴，好样的！咱们当兵的整天让家里牵肠挂肚，现在总算可以放心了。今天说点高兴的，祝徐闻香早点娶上媳妇，也祝他在部队创造更好的成绩，‘301’科研项目尽快派上用场！”

徐闻香破涕为笑。

“行了，今天就这么点酒，还剩最后一缸子。”

王建军拿起缸子大声吼着：“为徐闻香穿上四个兜干杯！”说着就要一饮而尽。徐闻香见王建军舌头不听使唤，赶忙劝阻。

王建军嘿嘿笑着：“没事，今天是星期天，我们几个都不值班……大家都喝，我给你们留点儿……”

慢慢地，部队军人的素质要求更高了，工农兵大学毕业的、军校进修和教导队培训的军人都自觉跟不上需求，想要考取正规大学，进一步深造。部队军官们能到军校学习的还是少数，更多人开始自己补习文化。大家通过广播、电视等学习，再参加自学考试，各显神通，涉及英语、数学、汉语言文学和计算机应用等专业。师部首长支持大家在职业余学习，买了几台质量比较好的收音机，并给各团配发一台电视机看教学录像。

一个夏日，徐闻香等一批军人从山上往县城赶路，他们去参加自学考试。夏天走在这山路上，本来空气中会有醉人的丁香芬芳，可是今天惨了，飘来了漫天的风沙，到处弥漫着呛人的土腥味，能见度极低，连大山都快看不见了。已经很久没见这样恶劣的天气，官兵们把身体捂得严严实实，只露出两只眯成缝的眼睛。路再艰难也要走，考试不能误。

“于参谋，今天考试如有作文的话，咱们一定能写出有真情实感的作品。这鬼天气太刺激了。”徐闻香边走边与战友谈论着。

“浑浊遮盖不了清纯。”于参谋哈哈笑着。

“如何保护环境，防止土地沙漠化，这是未来的大工程啊，给咱们留下很大的思考空间。环境保护是个重要又艰难的课题。”

大伙儿捂着脸，走路气喘吁吁，说话要大声喊着。

“以前都说在三十岁之前把该读的书读完，现在看来不是这样的，不学习新知识就会被淘汰。”

考试现场，除了穿陆军军服的和空军军服的，基本不见其他人，小小的县城成了部队考试专场。这天于参谋考了古代汉语、外国文学和哲学三门课程，徐闻香考了英语一门。大家面带笑容，如释重负，以胜利者的姿态从考场里走出来。

徐闻香问:“于参谋，感觉如何?”

“杀鸡用牛刀。”他得意地笑着。

“这与你平时的努力是分不开的。”

“那当然，你看我体重都下降了好几斤，业余时间舍弃一切，都在拼搏。对了，小徐，你考英语干啥? 你不是本来就懂的吗?”

“报告于参谋，除了学习，我也需要学历啊。工作需要嘛。”

于参谋“哦哦”地点头。

“今晚到我那儿吃饭，我宿舍里还有一点猪头肉。”

“那好。”徐闻香笑道——眼下官兵们的伙食不像刚来那两年一般紧张了。

第二十三章
挺进战场

部队在精简整编过程中，也在不断地调整与总结。边境战事不断，部队开始轮战。

一团团长拨通了准备转业的张连长的电话："张连长，你把招待所的事情先放一放，明天下午赶到我这里开个会。"

"是，明天准时参加会议。"

第二天，徐闻香在一团大门口焦急地等候着张连长——已经到开会时间了，大家都在等他。张连长急急忙忙进来，都忘了哨兵的存在，被哨兵叫住检查了证件后才敬礼放行。一团以外的军人是不能随便进入这里的。

徐闻香接过张连长的行李，边走边说："张连长，你迟到了，咱们走快点，团长、政委和其他首长都在作战室等着开会。"

张连长一脸尴尬，红着脸说："是吗，可我不是要准备转业了吗？"

他的手表在上次训练中摔坏了，没估准时间。他夫妻两地分居，微薄的工资养家糊口比较困难，因为知道自己要转业了，便没有再买新的手表。

两人一路小跑，穿过篮球场和小树林。一团的三层小楼就嵌在山坡下，正面墙上“雄关漫道真如铁，而今迈步从头越”几个红色大字被几棵杏树遮挡了一部分。这小楼从外面看不太清楚，走近了却分外夺目。

“报告。”

“请进。”

团长和军区部门的首长坐在长方形桌前，两侧是其他干部，张连长、陈亚军和徐闻香三人站在团长他们对面，目视正前方。

“张连长，你……”

“报告首长，我手表摔坏了，时间估计有误……”

“我来介绍一下，这位是军区部门首长，这位是师部作训科长……”团长了解张连长家庭情况，没再追究。

经团长逐一介绍，张连长基本明白了怎么回事。

军区部门首长客气地说：“你们这里藏龙卧虎，人才荟萃，今天我过来是要请你们帮个忙。是这样的，上级要我们抽调人员去帮助兄弟部队组建特种侦察支队，去前线轮战。”他看向张连长，接着说，“本来计划明年让你转业，现在不能走了，正缺乏人手。我们还打算把另外几位已经转业的，再特招叫回来。”

“是，只要祖国需要，我一定不辱使命！”张连长一个“咔嚓”并脚，军姿威严。

首长们满意地点点头——多好的基层军官。

团长说：“好，好。这回推荐你去前线，你知道为啥吗？因为我向其他首长介绍了你的优点——心理素质好，在危险面前也不慌不惧，在最关键的时候，你总能临门一脚，而且成功率很高。”

大家纷纷点头认同。

张连长临危受命，再次立正敬礼：“谢谢团长！只要部队召唤，我赴汤蹈火，义不容辞！”

他的言行感动了在座各位。

“好,原来安排你转业,你也别有情绪,希望能理解部队的需要,咱们都是受党教育多年的军人。”

“是。”

见张连长接受了任务,陈亚军和徐闻香也期盼着能上前线。

“陈亚军、徐闻香,你们两位。”两人被点到名后,立刻立正。“组织上把你们借到另一个部队。你们俩在快速制敌、单兵作战和野外生存等方面是有经验的,写过相关的论文,也操练过模拟场景。但是记住,你们只是技术参谋,指导人家,而不是自己去打仗,更不准擅自行动,一切行动听指挥。明白了吗?”

“是,明白!”陈亚军和徐闻香笔挺站着,神情严肃。

只要国家需要,就奔赴战场,这是军人的天职,更是他们发自内心的追求。徐闻香满脑子想着要上前线做英雄,要像电影《英雄儿女》中的王成、《永不消逝的电波》中的李侠那样,用各种手段把敌人统统消灭,有谁敢阻挠他去前线,他就要拼命。但冷静下来想想,他大概率是留在比较靠后的指挥所里,做个幕后英雄。

团长补充一句:“还不明白的话,我现在就给你们讲明白,你们外出时要把‘光荣雷’挂上。”

“是。”

“是否愿意为了国家的利益牺牲一切?”

“愿意!”

选中他们几个,主要是考虑到他们在西北高原的丛林里强化训练过,本身又是南方人,比较能适应南方边境潮湿炎热的气候。他们是这里的高技能人才,足够应对边境冲突。此外,徐闻香手头在搞的科研项目也需要实地论证,这次把他派过去正好能借机把问题考虑周全。

团长又点着一支烟,继续说:“当然了,虽说让你们当技术参谋,但也不能懈怠军事技能,毕竟是在前线。敌人擅长在亚热带丛林作战，但夜战能力不足，说不准你们会有优势。你们在这里，四十几分钟就能完成十公里越野，到了那里还能快一点。据说敌人在高山峭壁上像猴子般灵活，跑得快着呢，你们要想活命，奔跑速度一定要快。还有一点，你们去了以后，要熟悉一下敌人使用的武器。战场上捡到的各种武器都要会用，这也是重要的生存本领。赢得战争靠啥？一是士气，二是武器，三是人与武器及地理环境的高度结合，四是一不怕苦二不怕死的革命精神。当然，我并不希望你们会遇见复杂的情况。”团长一而再再而三地嘱咐他们。别看他平时话语苛刻，其实他很爱这些官兵，此时更是满心的不舍。

徐闻香发言：“报告团长，张连长、陈参谋和我是否还能分在一个小组？”

“我知道你们是老搭档，但现在人手不够，大概率要打散。你们各自注意安全。”

二营长坐不住了，抢着发言：“报告团长，一营一下子就去了三名干部，我们其他营也想去。”

三营长和四营长点头。

“你们的主次关系别搞错了，大西北才是咱们的主战场，只要大西北无战事，就是咱们最大的胜利。”

“报告团长，我们也想去锻炼一下，要不我向团部写请战书，一次不行，两次，两次不行，三次，直到批准为止。”二营长的态度非常坚决。

团长了解二营长和三营长的倔脾气，命令道：“不争论了，他们几位是经过我们团部再三思考的，下回再考虑你们。”

一辆摩托车进入院子，原来是女兵顾敏搭乘师部摩托车去县城，把积压了个把月的信件带了回来。她笑眯眯地把一大包信件往地上一倒，大家蜂拥而上。

电报比较重要，不能丢失，顾敏就拿着电报大声喊名字，喊到名字的上来拿。电报搁在县城有些日子了，早就过了时效，拿到电报的官兵都焦急万分。

“徐闻香，你拿了多少信？”

“八封。”徐闻香满脸激动的笑容。

“哇！没有对象来信吧？”

“哪能呢。等以后有了情况，我就贴黑板报上或者在操场上朗读。”

“你吹吧，净说大话，你这点小心眼我还不知道？”

大家拿到一大堆信件后习惯先看信封，哪个重要就先看哪个，有些不适合在公众场合看的就先塞兜里。现在部队逐步放开了对信件的管理，只要不涉及部队内容就行。

这些天陈亚军和徐闻香正紧张地准备去前线的事情，偏偏这时陈亚军收到了父亲病危的电报。为了不影响正常秩序，他环顾四周，趁没人注意立刻把电报装入口袋。

部队举办简单的欢送活动后，徐闻香与陈亚军坐着吉普车去省城火车站。去省城会绕道很远，却有希望买到座票。在车上，徐闻香一言不发，多次想起自己的父母，还有弟弟。弟弟一个月前到边境集训，离前线也很近，上战场也是随时有可能的。徐闻香心想，这次出征是幕后指挥，相对会安全些，他怕家里担心，就没有告诉他们。但说实话，战场上的意外太多了，去后方指挥也可能面临生与死的考验。徐闻香的耳边响起了《再见吧，妈妈》的旋律，眼睛湿湿的。

省城的气温明显比山里要高，他们把皮大衣、皮帽等扔在车上带了回去。陈亚军和徐闻香走在火车站附近的大街上，已经是傍晚，但商店还没打烊，商店门口的音响传来了《十五的月亮》的歌声：“十五的月亮，照在家乡，照在边关。宁静的夜晚，你也思念，我也思念……”

那天陈亚军接到电报后，在宿舍里蒙着被子大哭了一场，次日照样出操训练，没有任何异常。在这节骨眼上回家探亲或临时换人的话，怎么可能，临阵脱逃吗?！此时走在街上，他听着传来的歌声，心中忧伤。父亲在余生不多的情况下，是多么需要儿子守候在身旁啊！

徐闻香只道他惦记父亲，并不知已是临终之时，不停地安慰说："放心，就咱们这水平，一定会平安回来的。"

陈亚军不语。

"咱们长期在外不能给家里尽孝，以后一定要找机会加倍补偿。"

徐闻香搂了一下他的肩膀，示意他坚强点。

"是，回来后我要尽快申请探亲。"

"但愿你父亲能等到你的凯旋，你要把骄傲的军功章给家里看看。"

"那是。"

晚饭时间已过，城里灯红酒绿，他们犹如刘姥姥进大观园。路过一家小饭店，徐闻香隔着玻璃窗看到客人们正快活地碰着杯。桌上炒菜不少，其中百合炒肉片很诱人，雪白的百合加点红色的酱油后白里透红，叫人垂涎欲滴。他们平时极少进城，当兵这么多年从来没有进过饭馆，因即将上边境，徐闻香特别想凑几个钱去吃上一顿。他用手指了指，问陈亚军："怎么样，咱们也进去吃上一顿?"

"咱们穿着军服……"

"那倒也是，要不咱们就坐在大厅的角落里?"

"算了，还是等回来吧，今晚就买点肉包。"其实，也是囊中羞涩。

"嗐，荆轲'风萧萧兮易水寒，壮士一去兮不复还'呢。"

"咱们是荆轲吗?"

"前线的事情很难预料……"徐闻香苦恼地笑了笑。

"得得得，别胡说。"

两人边走边说，到了火车站门口。车站内人山人海，叫喊声此起彼伏，各处都排着长队。陈亚军和徐闻香带的行李比较多，刚想往前面挤，就被一个五十来岁的女人拦住。

“喂喂喂，你们军人像话吗，跟老百姓挤！排队去。”她话还没说完，队伍里就有人响应：“就是，你们军人有三大纪律八项注意，不给老百姓让道不说，还跟我们挤来了，像话吗！”引起乱哄哄的一片噪声。

“这位同志，那里不是写着‘军人优先’吗？我们有通行证，不能延误。”陈亚军和蔼地解释。

“穷当兵的，你没看有这么多的旅客吗？拥挤会出事情的，有急事的话就坐专车去，你急着上车去挨枪子啊。”女人出言不逊，依旧阻拦。

争执之际，挤过来一位女军官。她一身迷彩戎装，用身体挡在双方之间，一挥手先让陈亚军和徐闻香去前面。刚才的一幕她全看到了，也听到了。她质问女人：“你说啥？我们军人在前线打仗，你却让他们去挨枪子？你有儿子吗？让你儿子也去挨枪子，好不好？”

女人听这位女军人这么说，自知理亏，蔫了。

在经济大潮冲击下，许多人忙着追逐个人利益，对国家大局麻木不仁，不懂尊重军人，尊重国防事业。

女军官面向旅客说：“旅客们，没有我们军人在边境线上日日夜夜地站岗放哨，你们能在这里安心排队，坐车回家吗？军人有急事，要快速通过，这是正当权益，是国家给的。难道你们看不到这两位军人的穿着和所带的行李吗，他们是去前线打仗！”

她的话引得旅客一阵骚动，大家纷纷往两侧避让。

“让军人先走，让军人先走。”

陈亚军和徐闻香如释重负，拥挤着快速进入检票口。徐闻香边走边想，突然停止了脚步，对陈亚军说：“不对啊，这位女军官好像在哪儿见过？”他只看了一眼，没看清楚，但是大盖帽下粗粗的辫子、身影和说话的声音……

“你见过的女兵太多了，搞混了。”

“混了？我还傻了呢！”

“那你说是谁？”

“可能是祁莲！算算年份，她应该军校毕业了。”

“被分配在省城陆军医院？”

“完全有可能，等回来后再去咱们门诊部打听打听，应该有人知道的。”

“看她们几位的穿着，是不是也去前线？”

“这就不知道了，有可能。上前线打仗是咱们大老爷们的事，但医疗队里是有不少女同志的。”两人边走边说，上了火车。

他们在半途与其他战友会合后坐上了闷罐子军列。火车过了长江，徐闻香开始坐立不安，时不时挤到门缝口朝外张望，就怕错过再看一眼自己家乡的机会。此时此刻，为国捐躯的强烈愿望变成了百感交集的思乡之情。

快到了，快到了，终于到了！徐闻香恨不得扒开列车铁门，看个仔细。越来越近，越来越近，他终于看见了儿时游泳的小河，看见了曾经奔跑过的小街，看见了自家的大致位置，家里的电灯似乎还亮着，爸爸妈妈还没睡觉……他心跳加速，潸然泪下。有家不能回的滋味不好受，他多想跳下火车奔跑回去，拥抱自己的父母，和父母道个别——毕竟是去前线！

胡思乱想的时候，火车瞬间呼啸而过，徐闻香又愣愣地坐回原位，许久，许久。他曾经在父母面前说过，在部队，生命已不属于自己，相信父母能理解的。

到达边境城市，再换小火车。陈亚军和徐闻香被安排到同一小组，彼此有个伴儿。这里天气明显炎热，大家换上单薄的服装。当地政府慰问军人，给每人发了一条香烟，他们没拿。到了一个小城后又换乘解放牌卡车，还要颠簸五天才能到前线，比徐闻香上次探亲要辛苦很多。一路上他们看到很多老百姓支援前线,送鸡蛋和饼子,很受感动。

汽车在盘山的泥土路上艰难地绕行,不停地颠簸,路边茂密的亚热带植物被汽车扬起的灰尘沾满了土色。下雨了,道路泥泞,汽车缓慢而行,开了一段路程后又是晴朗天空。只见山外有山,群山都在云雾笼罩之下,似雨若烟。这里海拔不高,非常炎热,要适应这种环境对徐闻香来说不太容易。

临近战区,徐闻香的心情越发沉重,绷着脸,低着头。一辆车厢里铺着稻草的回程车辆从他们身边驶过,稻草上沾满了血,里面还有两个血肉模糊的战士。同行的战友感到震撼,七嘴八舌讨论战场负伤的情况,其中一个大概是受不了血腥味,开始呕吐。驾驶员开车很专心,一言不发。徐闻香也感到触目惊心,以前他只知道革命的英雄主义,并不清楚现实战争的残酷,眼前发生的一切都是他从未见过的。敌人是如此残忍,如果我们退缩,这样的惨状就会更多更多,必须拼尽全力打退敌人——徐闻香更加坚定了战斗的信念。

到达指定地点后,徐闻香看到这里的官兵已在实战。

侦察支队待在小山洞里,山洞约能容纳十人,尽管简陋,但还是划分了工作区域和生活区域。生活区域有个睡觉的通铺,官兵们睡觉如新兵训练时一般,一个个紧紧挨着,一个翻身就会惊动旁边的人。他们上厕所要去洞外解决,且有规定的路径和位置,时刻要提防毒蛇、地雷和冷枪。几只绿色的弹药箱上铺了块布就成了桌子,桌上摆着一盏马灯和其他军事用品。官兵们穿单件迷彩服还直冒汗,有的干脆只穿背心和裤衩。晚上值班人员和指挥人员住山洞,其余人住在山洞附近树林中的帐篷里。帐篷与自然融为一体,不见一丝光亮。

侦察支队所在地相对靠后,比较安全。徐闻香放下行李,初步观察周围,辨别方位。这里确实山大雾大,雨水多,毒虫多,没站一会儿他就热得松开了衣服，摘下帽子当扇子。隐约地能听到枪炮声，他在洞口谨慎地徘徊，开始琢磨设备放在何处。

睡觉前，徐闻香趴在铺上给在边境集训的弟弟写短信，告诉他自己来到了边境。天热，他翻来覆去地睡不着，脑海里又想起白天看到的一幕。睡不着，就想起床小便。

今天走进来时，老兵们嘱咐的第一件事情就是附近有地雷，走路别偏离小道。徐闻香轻声问哨兵茅坑在哪儿，哨兵到洞外指点了一下。他猫着腰小心翼翼地走出去，正要站直，突然听到哨兵低声命令："蹲下！"徐闻香以军人的职业敏感性立刻蹲下，意识到可能遭遇了枪手，回过神来才明白哨兵的意思——在这里小便要尽量降低高度，最好蹲着。

次日，山洞里召开军务会，军人们纷纷起身，好奇地打量着两位新战友。

支队长介绍说："同志们，上级给咱们派来两位参谋，帮助咱们开展工作。陈参谋是副连职，徐参谋是正排职，这两位参谋是技术人员，大家要跟着他们多学点。今后请各位老同志在生活上和安全上多关心他们，他们对环境还不熟悉。我相信，在他们的指导下，咱们的工作会迅速开展起来，要全力以赴地去获取敌军的兵力部署、军事调动和作战企图等信息，为上级指挥作战提供强有力的技术与信息支持。大家鼓掌欢迎他们的到来！"

因空间有限，大家只能站着说话。徐闻香听着支队长的介绍，心提到了嗓子眼，不好意思地脸红起来。一个个单纯年轻的战友瞧着他们俩，眼睛里闪烁着敬佩的目光。

陈亚军解释说："战友们，大家客气了，我们只是普通军人。这回我们是跟大家一起工作和学习来的，为了共同的目标，咱们一起战斗。"他想，自己只能根据所学的知识绞尽脑汁地分析，哪敢说一定能够完成预定目标呢。

“陈参谋，别谦虚了，你们两位教我们几招，让敌人也知道知道咱们不好惹……”官兵们笑呵呵地议论着。这些兵明显是被特地挑选出来的，属于力量兼知识型，而且心理素质过关。

正聊得高兴的时候，突然外面响起了密集的枪声，接着是呼啸的炮弹声。炮弹爆炸后，他们被震得弹了起来，简易桌上的罐头和杯子等物品纷纷倒下，洞顶上的土也掉了下来，一片狼藉。敌军偷袭到洞口了？陈亚军和徐闻香以最快的速度带上武器率先到达洞口，其敏捷的动作与奋不顾身的精神让其他官兵目瞪口呆。

谁知支队长没当回事，慢悠悠地招招手让他们回来，说：“没事的，经常这样地动山摇，你们听上几次就能判断距离远近。”

徐闻香笑了笑，有点丢人，看来要适应战区环境还得跟支队长学着点。果然，没过几分钟又来了炮弹。

夜幕降临，在昏暗的灯光下，徐闻香发现支队长有点坐立不安，问：“身体不舒服？”

支队长不好意思地摇摇头，说：“热了点，没事。”

“那就穿裤衩和背心，反正这里都是大老爷们。”

“还是要打点水冲一下。”

徐闻香明白了，支队长可能私处感染了炎症，听说这是这里的常见病。

“我帮你去沟里打水。”

“不不不，你不熟悉，让小宋去。”支队长不会让他随便出去。小宋没过一会儿就回来了，支队长走到洞口外冲了一下，擦不干，自言自语地说：“想想也没啥好害羞的，蛋蛋坏了那可是大事。你们几个小伙子要提防着点，保持干燥。”

大伙儿笑开了。

“我建议你最好用烧酒再擦擦。”

“不用，只剩下一点点烧酒，舍不得用，要留到关键时刻。”支队长苦笑了一下，他用水冲后轻松了许多，继续坐着开玩笑说，“我已经有后代了，废了也没事。前线有些小孩，毛都没长齐就光荣了，那才叫可惜。”他说到这里有点伤感，伸手想去摸烧酒瓶子，想想不妥又把手缩了回去。

“支队长，我们带的随行物品中有几瓶绿豆大曲，你想喝就喝一点吧，再擦擦身。我给你取。”

“好好好，我就喝一口。”来了新人，支队长高兴，在陈亚军和徐闻香的再三要求下，聊起了一些以前的战况，“这里以前有个尖刀连，是兄弟连队。他们要去占领敌军一个高地，人员还没潜伏到边缘，就被敌军发现了异常。成千上万的炮弹打到潜伏区域，那才叫惨不忍睹。仗还没打就牺牲了好多人，你们说算什么事。”支队长又喝了一口，“我们刚来的时候没有经验，上一线实战前连队的战士们个个嗷嗷叫，要消灭一切敌人，牺牲了做烈士，生还了做功臣，让后代世世传颂，多体面的事情。可进入战场，我们发现情况并不是当初想象的那样，现实是往往人伤亡了却还没看见敌人在哪儿。战士们蒙了，在指挥员的带领下半天才镇静下来，捡起训练时的战术方法。实战也有个适应过程，慢慢经验才多起来。”

徐闻香默默地听着，真实地感受到战争的残酷。

支队长又喝了一口：“在战场上想做英雄都不一定有机会。我刚来时去前线看实战情况，我们的一个战士刚抬头，就被子弹击中颈部动脉，扑通一下倒在我边上，死神连叫一声的机会都没给他。还有一个小战士，被弹片削去了头皮，脑浆都出来了。抬下来的时候，大伙儿都不知道该怎么给他包扎，一个个哭着喊着，阵地上一下乱了套。还有一个战士更惨，在驻地附近被一个老百姓模样的敌方特工发射了一枚肩扛火箭弹，一下就贯穿了……”三十来岁的硬汉，说到这里有点哽咽，难怪这里的战士们很少聊往事。

“那次让我的精神受到刺激，后来我就一直在思考这个问题，如何用先进的科技手段去消灭敌人，尽量减少面对面的对抗，这也成了咱们支队的职责。”

“你讲的这些，让我们看到了自己的不足。就说尖刀连的事情，问题就出在没有掌握敌军炮兵阵地的情况。”

“炮兵阵地是咱们以后要重点分析的。”

在南方边境冲突中，炮火和地雷是双方最有效的杀伤武器。根据统计，我军的伤亡有百分之七八十是敌军炮火造成的，其次是地雷与枪支。敌方特工凭借对当地环境熟悉，经常渗透到我方，甚至跑到后方，然后呼叫炮火打击。这炮弹要是接触到树枝或竹竿，在空中就会引爆，弹片在空中形成的覆盖面和杀伤范围更大；要是落地，形成的冲击波如台风一般，把人体和装备一起抛向空中，摧毁有效范围内的一切。后来，敌军大炮一响，我方就用炮位侦测雷达定位，立即调用炮火摧毁其炮兵阵地。这就是科技产生的战斗力。但没多久，敌军知道了我方的雷达后，打击其炮兵阵地又有了难度。

“还有，这里的地雷非常危险。因地雷成本低、杀伤力大，是敌我双方必备的武器。步兵压发雷，能让人缺胳膊少腿。反坦克雷，能轻松炸断履带。步兵跳雷，跳起一两米再爆炸，这杀伤力更厉害了。一颗手雷挂在树上或放地上都能当地雷用，你说方便不方便？而且炸伤一个，还得用上几个人把伤员抬回去，降低战斗力。敌军还会使用障眼法，就算没有埋雷，也在地上插一块牌子，写着‘前方无雷’或者‘前方有雷’，你是过还是不过？为了稳妥，我们得让工兵忙活半天，严重降低了前进速度。”

陈亚军和徐闻香的心情很沉重，下决心一定要捣毁敌军炮兵阵地。这里的打法与以前的战争类似，先是炮火，接着上坦克搭载步兵，后面跟着步兵车辆，车辆是多，但基本停留在冲锋与坚守上。要是能把炮兵阵地干掉，敌方的战斗力就会大大下降。

徐闻香分析，这里的地形对我军不利，我方屯于连绵的小山，敌方则在高山上，我方阵地完全在敌军射程之内。向上坡进攻时，我军没来得及修筑防御工事，就会被敌军炮火摧毁。

徐闻香和其他战友一样，自幼就做英雄梦，入伍以后感到自己逐渐靠近梦想，他认为军人就是要打仗，不上战场不做英雄有愧于这身军装，自己在大西北练兵备战这么多年，就是为了这一天。然而来到前线后，他逐步变得理性，追求革命英雄主义是一回事，能否实现是另一回事，切忌盲目蛮干。成为英雄有很多途径，不一定要面对面地拼杀，无谓的牺牲不能实现军人真正的价值，做英雄要凭实力和经验，要讲智慧和科学。

基层连队分散在山区各处，有线电话不多，无线设备由于功率小，隔开几座山信号就很弱，以至于上传下达不畅通，信息不全或信息错误的事情经常发生，甚至出现过各连队各自为战的情况。

“报告，上级命令五团原地休息。”陈亚军和徐闻香听到汇报后百思不得其解，五团不是今天才去交战吗？

徐闻香问：“是刚刚收到的？”

“是。”

“不对，应该是信息滞后了。陈亚军，我出去看看设备，你别走开。”

“好的，小宋带路，你们注意安全，一定要走熟悉的通道！”

“是。”

真够热的。不多一会儿，徐闻香大汗淋漓地回来了，喝了几口茶水，歇一歇，定定神。

“报告，敌军可能猜出了二团三营的位置，其他信息空缺。”

小殷拿着一张纸条给徐闻香看，因信号不好，有乱码和缺码。陈亚军和徐闻香皱着眉头紧张地沉思片刻，协商后果断答复：“汇报上级，立刻通知三营转移！”

原来三营在前线打了胜仗，为鼓励官兵们英勇作战，中午改善伙食包饺子，可能是有微弱的炊烟或响声被敌军特工发现，他正在联系炮火打击。三营接到通知后带着装备立刻撤离，锅碗瓢盆和饺子都没顾得上。离开没多远，炮火就铺天盖地炸开了，官兵们回头望着自己的阵地，万分庆幸。

徐闻香问小殷："敌军炮火打击我们，那我们有没有抓准时机还击？"

"徐参谋，还击了，但估计效果不太好。敌军的炮火不像从前那样好对付了。"

"这样啊。"徐闻香沉思了一会儿。

他累了，刚想歇歇，小殷又有新情况要汇报。

"报告，这份材料我只拼出两个字：皮鞋。其他看不清。"

徐闻香接过纸张，用铅笔开始在纸上涂涂画画，重新倒点水，加点茶叶，以保持良好的思维状态。"穿皮鞋……"他自言自语着，心里着急得很。有些信息一旦过了时间节点就会毫无意义。"我们的军官也不穿皮鞋啊。"

"小殷，我认为应该是皮靴。"

"哎哟，徐参谋，要是错了一个字，会出现什么情况？"

"那差别大了，穿皮靴的应该是坦克兵。这样，汇报上级，要想方设法联系上坦克营，看看有啥问题；如果有坦克兵在外，问问是否需要支援或营救。"

"是。"

……

"报告，我们的欺骗战术生效，前方169号高地发现敌军电台。"

"这就不要跟我说了，赶紧汇报上级，通知炮火打击，要提高时效。"

"是。"

"回来，有电台就可能有部队，尤其是大功率的。打了再说，打后要转移。”

“明白。”

各种情况在侦察支队汇总处理，一片繁忙。这些天，全体队员废寝忘食，整天绞尽脑汁地分析问题并给出相应对策。

支队开会，支队长讲话：“根据综合情况并经两位参谋的论证，敌军约有两个营的兵力正在准备进攻，他们的集合地在前方十公里左右的高地后面，配合进攻部队的还有炮兵、后勤和支援部队，攻击线路和方式不详。这几天敌军消息全无，肯定变换了手法。现在最关键的是炮兵阵地，大家谈谈有没有好的想法。”支队长不停地抽着烟，“陈参谋，徐参谋，你们也抽一支？哎哟，我忘了，你们是不抽烟的。但是，我跟你们说，男人哪有不抽烟的，尤其在这特殊时期，得抓紧机会。我是戒不了了，也不亏待自己。”

“报告队长，不抽烟是我们在老部队养成的习惯，您看，我们只喝茶，亏不了的。要说亏的话，那可能就是我们还没娶媳妇……”

大伙儿大笑。

“就是，这么重要的事情，你们一定要坚定信心，不能轻易地光荣了。哈哈哈……”

开了一通玩笑，缓解一下气氛，之后言归正传。

徐闻香发言：“依我看，咱们对敌炮火打击后效果不佳，得派人去实地侦察才行。潜入他们阵地，如果看见他们的炮车，就立刻联系打击。当时组建咱们这支队伍，也是考虑到了这方面职能的。”他狡黠地一笑。

支队长斜了他一眼，说：“派人去侦察打击？没有其他手段了？”上级再三嘱咐不能让徐闻香和陈亚军随便上前方，洞外就够危险的了，枪炮声不断。“你提出的想法是合理的，但双方阵地有交集，派人侦察非常危险。前一阵我们派去的侦察兵至今还有一位没归队，要记住这教训。”支队长又说。

“队长，我和陈亚军去。主要是现在情况紧急，敌军炮兵流动性大。”

“再想想其他办法。”支队长不答应，“另外，根据你们前一阵的表现，我要给你们两位参谋请功。”

“请功？队长，请功就免了，我们不打枪不放炮，没有亲手消灭一个敌人，请啥功？我们提供的情报都是集体的智慧，要请功就请集体功。”听了徐闻香的观点，支队长想想也是，虽说侦察支队提供了准确且重要的情报，但打击敌人都是参战部队的功劳。

电话响了，殷助理接电话。

“喂，喂，啥？我们的阵地又被炮击了？该死的，明白了。”

电话听不清，殷助理拉大嗓门，勉强搞明白大意后对支队长汇报：上级要我们尽快摸清敌军另一处的炮兵情况。徐闻香一听，自己去侦察的方案有戏了。

“现在那个方向的敌人没动静，一般而言，他们会在进攻前发信号，到时候我们不一定能立刻阻止，总是需要时间，说不准等我们搞清了却为时已晚。所以说，带上电台现场侦察，是最有效最快捷的方法。请队长再考虑一下让我们俩参战的可行性。我们是上级派来支援你们的，前方每天有这么多的官兵伤亡，我们不应该搞特殊。”陈亚军的想法与徐闻香相同。

支队长说：“要不这样，我们自己派人去，你们在这里应对。”

徐闻香叹了一口气。

陈亚军说：“报告队长，我和徐闻香请战，理由有这么几个：一是我们是搭档，二是我们经历过模拟作战训练，三是我们熟悉如何操作与维护设备，四是我们确实也需要了解前方的情况……”

支队长挥挥手：“得得得，不是不让你们去，我是做不了这个主。”

“队长，那您主观上是同意了？”徐闻香问。

“我是同意的，但我做不了主。就算让你们出去一个，我也得向上级请示了再说。”

陈亚军乘胜追击：“队长，我们俩是多年搭档，适应夜间行动，去一个的话还真有可能回不来，一起去的话回来的可能性就要大很多。建议你与上级讲，这次主要是时间紧，一时想不出有啥更合适的手段。咱们要把被动变为主动，对方炮兵危害太大，不宜迟疑。当然，去实地观察战区情况也是我们真实的愿望，我们有义务带这个头。”

“那行，我向上级汇报一下。”经过再三解释，支队长勉强答应向上级汇报。

侦察支队很快决定由陈亚军和徐闻香带队出发，成员包括有实战经验并熟悉路况的侦察班长、两名战士、一名工兵，共六人。六人小组出发。两位参谋平时负荷锻炼三四十公斤，今天每人平均只背二十公斤左右，算轻装上阵。他们已经设计好在紧要关头销毁装备快速离开战场的方案，避免硬拼。几人分别带好刀具、雷管、炸药、绳索、钩子、干粮和电台等，侦察兵用冲锋枪，徐闻香还是习惯用81式自动步枪和54式手枪。

他们开两辆吉普车，行驶了很长一段路程。一路上经过了几个调整哨，哨兵见到他们都会盘问情况，好在基层官兵基本都知道二师有个特种侦察支队，并未为难。大约在敌我双方阵地的交界处，突然一枚炮弹呼啸而来，司机一个急刹，掉转车头隐蔽在山坡旁，待确认安全后立刻全速前进。又一枚炮弹飞了过来，司机加大油门快速向前。经过几个来回的全速倒车和绕道，汽车安然度过了火线区。前线的司机果然能力出众。

到达敌占区边缘，侦察小组听到零星的枪炮声不断，接着越来越密集，似乎敌我双方正在交战。此前经过每一个哨卡，他们都会谨慎地问问路况，而后面只能靠自己了。为了更加隐蔽，他们改成步行，继续深入。

“保持队形,记住线路。”陈亚军提醒着大家。

他和一个工兵走在前面,徐闻香和侦察班长在最后掩护。原来的小路经过炮火摧残后已经很难行走。当时我军布雷是整箱整箱从山上倒下去的,估计敌军也是这样。因此满山都有,又以山沟里地雷最多。可以说,没有安全地域,功夫再好也没用,工兵都会失手。想通过,必须胆大心细,且有足够的运气,推测出哪些位置地雷可能会少一点。大家越往前走,越是谨慎,都全神贯注。陈亚军带着队伍,速度很慢。他闻到了某种气味,感觉有点异常,便举手示意停下,全体蹲下。

“啥情况?”

陈亚军轻声地说:“说不上,感觉有点异常。”

观察了一会儿,再慢慢前进,他们推断这里刚刚交战过。

陈亚军看了下手表,焦急地说:“时间紧张,咱们要尽快通过这里。”

“是。”

没走多远,果然发现战斗痕迹。陈亚军第一个冲上去,找到射击位置,扔出一个水壶。

稀里哗啦的枪栓声传来。

陈亚军搞清了对方的方位,轻轻摸过去,发现草丛里躺着一个我军伤兵,看来是自己人。他问:“你们是什么部队?”

对方听出了是自己人:“我们是一营二连,你们是什么部队?”

经过一阵对话,陈亚军明白了,兄弟部队在交火中损失惨重,正在等待救援。侦察班长听到声音跟着赶上来,徐闻香和陈亚军背靠背掩护两侧,快速到达。只见现场惨不忍睹,到处是被炸毁的车辆装备和伤亡人员,敌我双方的都有。在伤兵的指引下,他们找到了受伤的排长。

一个哨兵泣不成声:“排长,咱们有救了,有救了。看看,这是咱们兄弟部队,有两位军官!”

排长疲惫地睁开了眼睛。

陈亚军问:“排长,上级知道你们的情况吗?”

“知道。”

“派人来营救了?”

“是的。你们就是吗?”

“我们不是,我们是路过的。”

“这样啊。”排长失望地叹了口气,“救援部队不知啥时候能来,也不知能否找到我们,受伤的人等不起啊。我们已经等待了好长时间。”

“不会有事的,他们一定会找到你们的,我们可以代你们再联系一次。”陈亚军明白自己所肩负的职责。徐闻香见如此惨状,在一旁焦急不安,我们不能见死不救啊。

“排长,我们有任务马上就要走。这样,你们在这个点上不安全,你看前面有个山坡,那里易守难攻,我们把你们抬到那里去隐蔽起来,再给你们留点食物和弹药,你们耐心等待救援部队,是否可以?”陈亚军判断己方部队可能就在不远处,只是经过双方炮击,道路被毁,军车过不来。

排长在绝望中想想,也只能这样,感激地说:“谢谢你们!”

徐闻香给一个腿部受伤的战士简单地包扎了一下,留下纱布、干粮和弹药,又抱着他的脸,用水给他擦去脸上的血渍,将他安顿在一个比较舒适且隐蔽的位置,喃喃自语:“你会没事的,一定会安全回家的,一定会娶上媳妇的。”根据这个战士的伤势来看,他很难坚持到救援的那一刻。看着官兵们求生的眼神,徐闻香眼含泪水,久久不愿离去。

把伤员安顿好后,陈亚军一抹眼泪,坚决地喊了一声:“走!”

全体队员跟着他快速离开。在丛林中没走多远,陈亚军又一次举手示停。

“什么情况？”

“我看已经进入雷区了。你们看，这棵树上有雷，就在咱们头顶上。”陈亚军焦急地说，“时间不早，咱们要在天黑前尽快通过雷区。”

“那现在怎么办？排雷？”

“让工兵小刘排雷。”

徐闻香轻声警告大家：“看好脚下，踏着脚印走，不能碰两侧的藤蔓树枝，千万不能大意。”

“他妈的，进入了迷魂阵，这脚都不知往哪儿踩。”

“集中精力，看好脚下。”陈亚军又一次警告。

探雷针缓慢地向前移动，到处都是雷。草丛里有绊发雷，树上有触发雷，还有半露在地面的压发雷，夹在绿色的树林里草丛里很难看清楚，清理难度非常大。工兵把一颗颗雷小心翼翼地放在边上，随手用树枝做好标记。大家神情非常紧张，但仍保持着镇静与谨慎。时间越晚越危险。

终于过了几百米左右的雷区，进入敌占区，此时天色已晚。这是一片丛林，曾经被炮战过，树枝上和灌木丛里时不时能看到断肢残臂，地上还有被炸裂的尸体。树木和竹子被炮弹炸得横七竖八，弹坑的硫酸味和腐朽的血腥味弥漫在空气中。丛林里有不可想象的艰险，藤萝缠绕，林密草深，地图上几百米的路程，实际得用上几个小时才能走完。他们的前进速度很慢。

月光不是太好，又由于道路改道和水淹，几人不知不觉迷失了方向。陈亚军走在前面，首先发现了前面的草丛晃动，有响声，立刻举手示意大家停下卧倒。但有风或小动物时也会出现这样的情况，很难判别，慎重起见，陈亚军与班长前往侦察，其他人留在原地。靠近点一看，他们发现果然是敌军阵地，但很明显不是他们要找的炮兵点。

坏了，偏离了方向！陈亚军倒吸一口冷气。他们初次上战场，难免会出差错，而微小的差错可能酿成重大灾难。他想，这要是交上火，就我们这几个人，这几颗手榴弹，能和阵地上的敌人拼命？一向胆大的陈亚军在这个时候不由得出了一阵冷汗。他伸手摸了摸身上的光荣弹。大家的生命全在我手上，我责任重大……冷静下来后，陈亚军仔细想了想，要是现在把手榴弹集中扔过去，打他们个措手不及，是件很痛快的事，可不能这么做，敌我悬殊，代价太高。他轻轻后撤，决定带领大家快速原路返回。

天气炎热，又长途奔跑，他们的体力消耗很大。弹坑边是个安全的地方，侦察小组临时歇了一会儿。徐闻香走近弹坑一看，吓得不轻，弹坑里有尸体！从头发和服装上可以判断是敌军。赶紧走过一段距离，重新找个弹坑停下来歇歇。

刚才他们给伤员留了水和食物，现在只能节约点，喝树叶上的露水，再吃点干粮，留一位侦察兵警戒。他们大汗淋漓。陈亚军、徐闻香和侦察班长商议了一下，达成了共识。炮火已经改变了战区原来的模样，也就谈不上哪一块是雷区，他们要有心理准备，随时可能踩雷。

陈亚军继续在前面带路，其他人适当拉开距离。带路的人承担着最大的危险，陈亚军作为指挥员，他必须敢于担当。凌晨，小组翻越一个山坡，到达目的地外围。在这里已经能够看到炮兵点，大家的神经开始紧张起来。

天快亮了，晨雾迷茫，加上树林遮挡，目标不是很清晰。大伙儿围在一起商量，陈亚军说："地图上已经标好，大致就是这位置。为了再准确点，我和小刘再走近点去看看，这前面一定是雷区。其他人留在原地，不能暴露目标。如果我们暴露，你们立刻打开电台与部队联系上，之后原路撤退。大家看看是否可行？"

徐闻香说："依我看，不能再往前，前面的危险系数太高。咱们等一会儿再看看，山区的天气常变化，我们等雾气散一散。"

“要是雾不散呢?”

徐闻香不语。

陈亚军问工兵小刘:“小刘,探雷摸过去的把握有多大?”

小刘摇了摇头说:“这种地方尤为复杂。”

大伙儿一筹莫展,打算先吃点东西再说。撤退线路已经设好。

时间过得真慢,陈亚军和徐闻香不停地看自己的手表。

陈亚军实在坐不住了:“就按我刚才说的计划办,我和小刘摸过去看看,这里由徐闻香指挥。”

徐闻香一把拉住了陈亚军:“再等一会儿,天亮后能见度可能会好一点。”

“不能再等了,要不咱们的力气都白费。”

“白费也比你丢小命来得好。”

争论不休的时候,转机出现了。不远处传来了汽车声。陈亚军快速走到另一处相对高的位置,借助望远镜看清,该高地北侧已经被我军炮火打成浮土,而背面南侧还有许多树林。树林里有山洞,有小路,有拖车,还能看到天线,所以敌军的指挥部和炮兵阵地应该就在山背后。我军炮火要打这地方的话还需要调整,最好把指挥部一起打掉。他们标好地图后开始后撤。

按照预定线路,他们到达山背后找了个弹坑,打开电台与部队取得了联系。任务完成后大伙儿格外轻松,然而正准备撤离时,不远处的草丛里突然响起了一串枪声。子弹拖着暗红色的光线飞过来,全体人员立刻卧倒。这里一直有零星枪炮声,只是这回的枪声就在身边。

“坏了!咱们可能被发现了,赶紧收拾装备撤离!”陈亚军低声喊着,徐闻香快速收拾装备,其他战友继续卧倒,静观其变。过了一会儿,他们发现枪声并不是因自己而来。

不远处的土墩边闪出几个人影,正在交战。陈亚军观察了一下,大致判断是我军侦察兵与敌军相遇了。怎么办？这回的情况与过来时遇见的情况不同，交战双方堵住了他们的去路。他没去多想，赶紧布置战斗。

“侦察兵小汪走前面，我和徐闻香在两侧，咱们三个上；另三个留着保护设备，必要时和上级联系并销毁设备。如果我们光荣了，班长带队回去。”

侦察兵小汪一个箭步冲到前面，跑上几步卧倒举枪，“嗒嗒嗒嗒”从敌人背后飞了一梭子子弹过去。两个敌人重重地倒在地上，另几个逃窜入树林。陈亚军和徐闻香背靠背保护着小汪的两侧，快速支援。小汪开枪后几秒钟，敌人的子弹就射了过来，而且是子弹先飞过来，再传过来响声。

“侧面有人！”徐闻香低声呼叫着陈亚军和小汪，并用肩推了一下陈亚军。子弹从陈亚军耳边呼啸而过。几个敌人从侧面的树林里疯狂地冲了出来。千钧一发之际，徐闻香想起程队长和区队长的教诲，快速依靠一棵树，果断举枪射击。一枪一个目标，几枪过去，树林草丛里没了动静。用步枪打移动目标，是徐闻香的强项。侦察兵小汪转过身来，拿着冲锋枪对着树林又一阵扫射。这回徐闻香体会到了冲锋枪在压制敌人和短兵相接时的优势，比81式步枪厉害，不过论精度与杀伤力，还是步枪厉害。

“赶紧撤！他们马上会结集兵力冲上来的。”陈亚军再次命令。

他们集中到一起后，确认是我方一个受伤的侦察兵。陈亚军和徐闻香扶着伤员，身背装备，借着树林的掩护按预定线路快速离开战场。

只是撤退过程中，还是偏离了方向。

眼前出现了一条沟壑，三四米宽，十多米深，而绕行的话，不知要走多少路程。怎么办？如果就是他们六个，陈亚军可以扔绳索到对岸，或者找棵树系上绳索，再一个个跳过去，可现在还有伤员。敌人随时会追上，紧急关头，徐闻香发挥了他的智慧。他在沟边找到了一棵根部半裸的树，用刀砍下来后架在沟上，又将绳索扔到对岸钩住另一棵树。他没有耽误一分钟，第一个走到了对岸并持枪警戒着。剩下几人卸下伤员身上的负重让他先过。只是他身体太弱，没走几步差点滑倒，好在徐闻香也将他身上的绳索钩在了树上，他慢慢爬起来缓慢走过去。负重太多，陈亚军来回了两次，总算把全部装备背了过来。

“咱们的行动刚才被发现了?”陈亚军再次问徐闻香。

“我感觉没有。应该是偶然，这里枪声不断，敌人辨不清的。”

“那就好。”

他们离开后不久，我方阵地一枚枚拖着橘红色火焰的炮弹从头顶飞过，落在他们确认过的地方，燃起一片片大火。全体小组成员长长地舒了口气，激动的心情无法言表。

“咱们歇一会儿，吃点东西，侦察兵小汪警戒。”

陈亚军坐下后，给伤员喝了点水，吃了些压缩饼干，又查看了他受伤的情况。这个侦察兵的上肢和头部有伤，看这伤口似乎有点时间了，幸运的是没有严重骨折。他脸色很不好，瘦得只剩皮包骨。伤员有很强的野外生存能力，用鱼腥草捣烂敷在伤口上，既能抗菌，还能镇痛止血。为了节约压缩饼干，还吃了少量鱼腥草充饥。他已经失踪了二十来天，根据山坡上的植被辨别方向，顽强的求生欲望让他终于重新回到了战友身边。

徐闻香问：“小兄弟，你是哪个部队的? 遇到了什么情况?”

“我们侦察班意外遇到敌人的炮火，我被震晕了，醒来时都不知道自己在哪儿，后来还走错了方向。”小战士哽咽着。

“原来是这样。”徐闻香猜测他就是支队长说的失踪未返回的侦察员，“小兄弟，听你口音是南方人?”

“我是江苏人。”

“啊？咱们是同乡！”真是老乡见老乡，两眼泪汪汪。徐闻香用手捂住了自己的嘴巴和鼻子，眼睛闪烁着泪花，说：“你放心，只要我在，你就没事。我的任务完成了，我一定把你背回去！”

“谢谢首长！”他嘴里满是水和饼干，哽咽得咽不下去，泪流满面，感到既伤心又温暖。

“你今年多大？”

“十八。”

“你是好样的！”

“首长，你有对象了吗？”

“还没。”

“首长，你看我，脸部受伤了，以后肯定很难看，不知道还能不能娶上媳妇？”

“能，一定能。只要你自己有信心，相信现在的医疗水平。如果不残疾，你说不准还有机会上军校，做军官。”

“我能正常生活就行，不辜负捡回来的这条命。”

“没错，生命最宝贵。”

陈亚军犹豫着低声对徐闻香说：“你背上一个人，大家还能走快吗？弄不好，大家都走不出去。”

“现在是特殊情况，咱们既要遵守纪律，又要灵活应用。来的时候已经放弃过伤员，这回任务已经完成了，决不能再放弃。我背他，这么小的兵。况且他能走路，只是虚弱而已。”徐闻香坚定地说。

陈亚军同意，他作为组长，要为小组全体成员负责，看伤员的情况应该影响不大。

小组继续赶路，前方就是兄弟部队所在的阵地。徐闻香喊了一声，回答他的是阵地上所有武器哗啦啦戒备的声响。因侦察小组是从敌方阵地过来的，此时尽管天已亮，能看出军服，但他们还是没得到信任。这里的敌人为了偷袭，会将自己伪装得与我军一模一样，还能说汉语或粤语。

陈亚军一看架势不对，不能冒险，说："打开电台，先联系上级。"全体成员卧倒。

不一会儿，前方阵地上传来了喊声。他们终于回到了安全区域。后经上级部门证实，敌军计划于七点半开始进攻我方阵地，而我军炮火已于六点五十分到达。

轮战接近尾声，部队开始总结评比。陈亚军和徐闻香正在整理物品准备归队，经过战火的洗礼，没有受伤安全归队，他们别提有多轻松了。在大伙儿的议论声中，突然听说了另一侦察支队的张连长在外维护设备时意外牺牲的消息。徐闻香拎在手中的物品掉到地上，愣愣地站在那里，脸色煞白，眼泪止不住地流下来。他一言不发，思绪翻腾，想起了张连长那次在宿舍里邀请陈亚军和自己一起喝酒，想起了他即将转业，想起了他的家庭……

一家老小还在指望他呢！他说翻越祁连山有点累，学习新知识有点慢，可有我们在这儿，有啥可怕的？要是我和他在一个参战部队，有多好！记得当时临行前，他再三嘱咐我们要当心，要当心，要好好活下去……不对，姓张的连长多着呢，指不定就是搞错了！

徐闻香当即与人争论起来，最后确认就是西北来的张连长后，又呆呆地站在原地。不知过了多少时间，再次传来催促大家上车的声音，徐闻香眼泪翻滚，发出无声的哀号……张连长将长眠在此。

有什么比生命更宝贵？军人以自己的生命履行报效祖国的神圣使命，赴汤蹈火，军人英勇而伟大，是最可爱的人，英烈将被永远铭记。

第二十四章 住院偶遇

陈亚军和徐闻香完成任务后从前线回到了原来的部队，胡子拉碴，既黑又瘦。经过了战争的洗礼，他们仍然从事原来的研究。

陈亚军第二次去军校进修，他的父亲在他们刚到边境不久病故了。

战友们围着徐闻香要他讲述前线的故事，可他没有像第一次得到嘉奖时那样逢人便说，逢会必讲，只是淡淡地答复："咱们受党教育多年，不管是谁到了那里，都会不辱使命。"

徐闻香从前线回来后身体比较虚弱，消瘦了许多，很容易受凉发烧，还时常肚子痛、咳嗽。一天他正在研究室演算数据，突然感到头晕，他慢慢走到门诊部，医生说是低血糖，打了点滴。治疗了几天却不见好转，医生把他转到了省城的陆军医院。整天在高原上奔跑，这次怎么一点小毛病就走不动路了？他不想给大家添麻烦，自己背上挎包和水壶，在食堂里买了几个白馒头，带上零钱和粮票，搭上村里的一辆马车去县城坐长途汽车。

到达省城后，他的病情加重了。晃晃悠悠地走在去陆军医院的路上，正好遇见二营的耿连长夫妇。耿连长第一次见到他这副样子，一脸紧张，皱着眉头问："你怎么了？走路都在晃，脸色不对啊。"

"啊，是耿连长。没事，今天不知咋的没力气。"

"你去哪儿？"

"去陆军医院，你呢？"

"我家属来探亲，过来接车。"耿连长看一眼夫人，又对徐闻香说，"你要不坐一会儿？"

"你这样不行的，我们送你去医院。"耿连长夫人关切地说。

"不用不用，你们抓紧时间，汽车要赶不上了。"说完转身就走。

徐闻香突然一阵头晕，立刻用手撑住路边的墙壁，停了下来。耿连长提着行李边走边回头，一看情况不妙，扔掉行李赶紧跑了过来。

"你怎么回事？"

"没事的，你们赶紧回去吧，家属来一次不容易。"徐闻香挥挥手。

"你这样怎么能走到陆军医院？"

"我没事，歇歇再走。"说着就一屁股坐在地上，喘着粗气。他已经顾不上军人的形象。

耿连长心想这么顽强的人，今天怎么败下来了？一定有问题。他万分焦灼地说："要出问题的，我送你去医院。"

"不用，你会来不及赶车的，你夫人千里迢迢来探亲不容易。"徐闻香倔头倔脑，全身微抖，大口喘着气，站起来又踉踉跄跄地走了几步。

"我的事你先别管，你这样下去要出事的。"

徐闻香实在无力拒绝，只能在耿连长夫妇的搀扶下坐上公交车到达陆军医院。走到医院门口他蹲了下来，再也走不动了。这是他第一次向疾病低头，虚弱得泪水盈盈，急促地道："我实在撑不住了，快让我躺下。"

"这里没处躺，来，我背你进去。"耿连长毫不迟疑地背起人就走，他夫人拿着行李。

徐闻香无力地躺在急诊室走廊里的长椅上。耿连长一路跑来跑去,给他办妥了挂号手续。急诊室的走道里和椅子上有很多军人患者,不到万不得已,他们不会大老远跑到这里来治病。总算轮到就诊,徐闻香挣扎着从长椅上坐起来。

办完住院手续后耿连长将徐闻香背到病床上,他被安排在一个十人的大病房,迷迷糊糊地在病床上睡着了。后来徐闻香才知道,当天耿连长夫妇没吃上晚饭,更别说坐汽车赶回部队了。师部在省城的招待所没有床位了,他们是带着行李在车站凳子上靠着坐了半夜,次日上午才坐长途汽车回部队的。

徐闻香觉得自己才睡着,就被护士叫醒了,先量体温,再做皮试抽血化验,接着挂盐水。他脑袋昏沉着,似乎听见她嘴里嘟囔着:“哎哟要命的,都烧成这样了,也不派个车早点过来。”

疲惫的眼睛终于睁开了,徐闻香一眨不眨地盯着护士手上粗粗的针筒,攥紧手,哆嗦了几下。医生过来了,徐闻香用嘶哑的声音问道:“医生,我问题不大吧?”

医生讲,是呼吸系统出了问题:“不是很要紧,但你现在很虚弱,需要住院治疗。”

“不是,医生,不会影响我留在部队吧?”

医生抬头看看他,说:“看你的脸色,应该也是在高寒地区吧,恢复需要一个很长的过程,受影响的地方多着呢。以后还能否适应高寒环境,要看你的恢复情况。先别着急,我会尽力的。”

徐闻香由衷道:“谢谢您!”

挂了盐水,半夜要起床小便,他刚坐起来,就觉得心跳加速,天旋地转,心脏快要跳出来了。他艰难地走到卫生间,把背靠在墙上歇了歇,再小便,累得满头是虚汗。他几乎五天没进食了,体重下降了十多斤。他开始有点慌,再这么下去不就皮包骨了?

平时那么大的饭量,现在就依靠挂水过日子,徐闻香已经完全没有了力气。第六天，挂完盐水，女护士拔针。他问："小护士，你们医院里有没有男军人？叫一个过来，帮我上个厕所，我实在站不起来。"

护士有点惊讶，似乎从来没有听到过这样的请求。"小便盆不是在床底下吗？本来就不许你起床的，你长期缺氧，营养不良，肺部又感染，要是再引发心脏病，很危险的。小便盆你拿起来对着尿不就得了？"

徐闻香无奈地说："我不想用那个，不习惯，还是找个人扶我起来去吧……"

"谁矫情，连上个厕所都要帮忙？"护士长过来了，"医生是怎么嘱咐你的？净添乱！既然你有本事自己上厕所，就自己上去。走不动是啥意思？……"护士长说起话来就像老师训斥学生一般，声音一浪高过一浪。正说着，她突然停了下来，似乎发现了什么："啊，你是赵庆丰？"

徐闻香也是一惊，端详她的模样，看她明亮的眼睛和疑惑的神态，心脏开始加速跳动。他用低而嘶哑的声音轻轻地答复："不是，我叫徐闻香。我和赵庆丰是战友，可能我们南方人的长相在你们眼里都差不多。你是祁莲？"

以前在训练大队时他们只是脸熟，也不敢相互招呼，现在认出来了，只觉得一见如故。

"对对对，我是祁莲，真想不到在这里遇见你。"

无数往事在祁莲心头翻滚，不知从何说起。以前的黄毛丫头如今有种成熟女性的魅力，穿着白大褂。她足有一米七的个头，脸上稍有高原红，一条乌黑的辫子藏在大檐帽后面，眼睛扑闪扑闪的。

"你怎么瘦成这样了？简直皮包骨！"祁莲见他憔悴消瘦的样子开始埋怨起来。

他无奈地说："只是有点虚……"

"走，我扶你上厕所。"祁莲做护士的啥都见过，司空见惯。

“不要，坚决不要，我自己解决。”徐闻香却不好意思，倔脾气上来了。

徐闻香艰难地独自走到卫生间，并关上了门。走出卫生间时，他脸色苍白，比十公里越野完还累，心脏快要跳出来了。他仰着头大口呼吸，祁莲赶紧前去搀扶。

“唉，爱干净，偏要硬撑！”祁莲转过身来问护士，“他烧退了？”

“下来一点了。”

“几天没有进食了？”

“六天。”

“天哪，那流食呢？”

“就喝了一点点稀饭汤。”

这么倔强的人怎么会随便求人，他求人一定是遇到了克服不了的困难。祁莲摇着头，明白自己该怎么做了。

下午的阳光从南边的窗户里斜射进来，洒满了床，给徐闻香带来了温暖。到了晚饭时间，祁莲过来了。

“你听我说，这是我让食堂单独为你用鸡汤做的面片，不辣。我知道你们江南人不吃辣。这是一瓶羊奶，吃过饭后慢慢喝下去。你这么大个小伙，不吃东西怎么行呢？这副样子都不是你了，你还能摔上几个人？还能跑上一整天吗？”祁莲说罢，把他扶起来，让他坐着吃，自己在边上监督。

徐闻香眼睛湿湿的，神情凝重，没想到会在困难之际得到了故人关心。

“另外我还给你带来了精神食粮，几本《中华传奇》杂志。其中有一篇是武侠传奇故事，讲昆山顾家的女儿与苏州小伙私奔，还有一本是浪漫传奇故事，讲上海滩杜月笙的后代在苏州如何生活。都是你们那一带的，非常有趣。但是你看了别想家哦，你们这帮读书人就是容易进入角色。”祁莲又说了一些开心话，帮徐闻香驱散心理阴影，让他有事只管找她与护士。

徐闻香平时话不多，一说话就脸红，更别说在姑娘面前，他只是含笑点头。

“你太客气了，我怎么好意思。”

“别客气，咱们是战友。”

徐闻香不停地点头，感激万分。

“听说咱们部队也派人去前线了？我在前线有两年，没碰上认识的。”

“你没受伤吧？”

“没，我还能受伤吗！前线条件虽然很艰苦，却着实震撼了心灵。”

徐闻香不语，慢慢吃着，他不想回忆起残酷的战场。

两天以后，徐闻香真的好转了。呵，这鸡汤和羊奶管用！他开始增加饭量，还吃上了苹果酱。

总算能歪歪扭扭地起床了，徐闻香蹒跚着走到院子里。这里肢体伤残的军人不少，都是从前线回来的，年龄很小，只有十八九的样子。他们或是拄着拐杖，或者相互搀扶着。徐闻香见状很心疼。等这些战士回到自己父母身边，父母见到孩子残缺的样子，会是一种怎样的心情？一定会抱着孩子号啕大哭一场吧。成为战斗英雄被大众关注的毕竟是少数，更多的是这些受伤了还默默无闻的军人。

徐闻香没有完全恢复，就要出院，不能老让祁莲开小灶做饭。

“医生，是这样的，我不想住下去了，咱们部队事也多，三天两头来电话。我还是准备出院。”

主治医生说：“你真要出院的话，我不拦着你，回去要注意营养，呼吸道和肺部不能受寒。以后咽喉部位还要来做冷冻治疗。”

徐闻香走起路来一脚轻一脚重，身体歪歪扭扭，这是一天打两次青霉素的后果。祁莲陪他出来走了一段。

“我刚毕业时曾经想着回咱们门诊部。”

“回来干啥，城里多好，大医院有技术，生活也好。”

“说的也是。中原那批打篮球的女兵都有对象了？”

“都有了。”

“部队还有剩下的女兵？”

“哪还有，等下一批军校毕业生。”

“那杨春波她们那批呢？”

“她们大多都随父母调走了。”

“你今年多大，该二十八了吧？”

“二十九。”

“继续光棍下去？”

“哈哈……我打算回家看看情况。”徐闻香尴尬地说。

“原来你是这样打算的。其实吧，我也很喜欢江南那种蒙蒙细雨的环境。走在小巷里，撑把伞，胸前挂朵散发着芬芳的白兰花。看看咱们这里，沙尘遍布。”

“你也喜欢江南？”

“是啊，我们这里有个护士去南方出差，说那里满眼全是水。”

祁莲说着说着笑了起来，徐闻香也陪着笑。

“对了，改天我回去采蘑菇，看看能不能采到松花。”

“欢迎啊，我提前把大肉罐头买好，再多找几人一起上山野餐。采不到的话，就去三团随军家属开的小餐厅吃饭。咱山里终于有餐馆了。”

“再和你说个有趣的事。以前有一次我们几个女兵上山采蘑菇，我采到了一只巨大的菇。它像棵小树，多枝杈，至少三斤重，应该是茯苓或猪苓。我们回宿舍后查辞典，最后一致确认是猪苓。其子体肉质如蘑菇，味道十分鲜美，地下菌核有药用价值，可惜我们没把地下部分挖出来。过了一周再去山里找，哪能找得到啊。”

徐闻香笑了。

“要是遇上季节，还能找到野樱桃。最来劲的一次是我发现了一大片野草莓，刚采下一粒还没塞到嘴里，就被边上的刘晓莉说是蛇莓，吃了会中毒！这大西北哪有蛇，毛病。我尝了一粒，果然好吃。大家见状，都到草丛里去摘。后来你知道怎么着，我们辛辛苦苦采了不少装在挎包里，想拿回去慰劳大家，可全烂了。”

“哈哈哈，白辛苦。”徐闻香开怀大笑。

“你吹口琴很好听，在静谧的大山里，给我们吹一段《叶塞尼娅》，那多美呀。”

“想听那简单，哪天你来的话，咱们边野餐边吹上几首。”

“太有意思了，就让我先畅想吧。我爱听的曲子多着呢，《友谊万岁》《当我们年轻的时候》……”祁莲笑得合不拢嘴。

走到门口就几步路，两人停在那里说个没完，很有共同语言。

“我记得那个叫张爱民的最惨，不知道他后来的情况怎样？”

“他呀，咱们都误解了。他比咱们提干都早，属于提前毕业提前晋级，是个有特殊贡献的军人。”

祁莲一脸惊讶，竖起大拇指，又问：“那柳连长呢？”

“他身残志坚，后来在写作上很有成绩，还被评为‘杰出青年’。”

“哎哟，都是人才。想想当时咱们拼命地抢救柳连长和王建军，似乎还在眼前。王建军呢？那小子最没个正经。”

“是，是。他还在那儿，办正事还是有数的，现在是团部干事。”

“那陈亚军呢？”

“估计他会调到军区。现在人在军校进修，以后大概是要去北京发展的。”

“那你有啥打算？”

“我嘛，暂时还没啥突破，以后能调到军区就不错了。”

“你也要早点成功。”

这时,小护士出来叫祁莲回去。

“你看,就一点点路,咱们变成了十里相送。我回去了。”

徐闻香用力地点头,微笑,而她的眼睛里闪烁着火花。

祁莲一个转身,大檐帽下的白大褂在走廊里一闪就不见了。徐闻香愣愣地站着,整个住院期间幸亏祁莲的相助,是她的关怀才让自己避免了产生并发症,心中的感激之情用最美的语言都没法表达。祁莲人好,敢做敢当,又处处为别人着想,徐闻香隐隐动了心思。如果能娶上这样的媳妇,生活会很幸福吧。对了,还没问人家是不是名花有主了呢!他万分惋惜,不过自己今后身在何处还不好说,要一起生活可能要考虑的还有很多。

徐闻香坐上当地的长途汽车,喇叭里反复播放着《血染的风采》:“如果是这样,你不要悲哀,共和国的旗帜上有我们血染的风采……”他笔挺坐着,思绪万千。

祁莲自从见到徐闻香,那些封存在心底的青春往事瞬间就被唤醒,包饺子、采蘑菇、“老三样”,甚至那个破茅坑都让她记忆深刻。在训练大队时,她晚饭后经常站在球场外看男兵们打球,满身沙土的男兵有时也会起哄让她下来打,只要她上场了,大伙儿就会让着,围在外圈让她投球。那些场景多么美好啊。当年在封闭边远的环境里,她和徐闻香不过是点头之交,这回见到却如同找到了初恋情人一般,交流特别默契。要不要考虑和他共赴未来呢?说起来她年龄也不小了,先是义务兵服役三年,再上护校,毕业后提干又过去七八年,紧接着赴前线,根本没机会谈对象。可是到省城的陆军医院工作是她多年努力的结果,再调回大山里的小小门诊部,又算怎么回事呢?祁莲心里有点空落落的。

从前线回来,徐闻香的项目数据有了扎实的实践基础,他将项目报告充实完善，呈交上级。圆满完成这一项目他感到非常欣慰，整个科技小组、一团一营受到嘉奖，对他来说，似乎病痛都减轻了许多。

到了复诊时间，徐闻香特地申请去陆军医院看病，门诊部医生给他开了转院单。

他走到住院区，就见祁莲刚从病房出来，在走廊里看见他赶紧一路小跑，脸上洋溢着久别重逢的神采。两人目光相撞，她的脸腾地红了，而他赶紧低头躲避。看来还是个羞涩的大姑娘，徐闻香心下确认。

“你怎么有空过来了？你们那么忙的。看，脸色好多了，上次像病猫。这新军服也好看，多帅气，以后挂上军衔会更帅。”

“是，现在基本恢复了。”他见到祁莲心里踏实了许多，先递上手中的挎包，“我特地在我们县城买了几个香蕉苹果，这里不容易吃到，你就收下吧。”

祁莲眼圈有点红，心里闪过一种难言的酸楚，忽然想起他长途过来应该没吃中饭，问：“你没吃中饭吧，都下午了，要不我陪你到外面吃碗面？以后你来的话，提前和我说一声，我帮你把饭打好。”

“没事，我随便吃了点干粮。”

“要不到我宿舍去坐一会儿？”

“不去，不去。”大老爷们怎么好到女生宿舍去。

“你放心好了，每天都要内务检查，没有隐私可泄露的。”

“不去了，这院子里就挺好。我只有一会儿工夫，否则来不及赶回部队。是这样的，既然来了，我想问你个事。”他憋了半天，总算吐出几个字来，脸红了一阵，“你看我该考虑个人问题了。”

祁莲心里明白他想问什么，偏要逗他：“你不会是看上我们的小护士了吧？没问题，我帮你穿针引线。”

“不不不，哪敢啊。得，我该走了，要来不及赶车了。”

“慢着，凳子上坐一会儿。话还没说完呢，一点礼貌都不懂。”

祁莲的眼睛里闪烁着特别的光彩，柔情似水，见他没说真话不让走。徐闻香只能傻了一样，服从命令坐下。

“我赶不回去，你高兴呀？”

“高兴。”

“我再挨个处分，你高兴？”

“你住院不就得了，我给你办手续。”

“那不行，我不干这种违心事。”

“看你胆小了吧，没出息。”

“我在东方红广场上照了两张相，给你一张？”徐闻香鼓足勇气，从挎包里取出照片，眼睛注视着她。照片拍得很英俊，当时他刚穿上新军服，笑眯眯的，看起来像一个很有学问的文职军人。

两人挨得很近，肩章与肩章几乎触碰到了一起。有病人从他们面前走过，徐闻香赶紧坐直，往边上挪开点。

“好，我收藏。”祁莲愣了一下，又马上恢复镇静。

一缕阳光照在她的脸上，花一般灿烂。她跟在徐闻香身边，他走她也走，他停她也停，两人有问有答，说说笑笑，不用看，就能感觉到彼此的存在，闻到彼此的气息。徐闻香心怦怦直跳，头脑晕乎乎的。祁莲对他的意义不止于女性，更是曾经一起吃过苦流过泪的战友，她代表着那段难忘的青春记忆。

“还有，苹果和麦乳精都在挎包里。上次住院让你破费了。”他把挎包交给她。

“你怎么那么多事？麦乳精你带回去，自己补补，大山里买不到。以后我在城里再留意，看看能否买到奶粉。苹果我收下。”

两人推来推去，最后徐闻香拗不过祁莲，只能背上挎包归队。尽管只有短暂的接触与交流，徐闻香心中却充满幸福感。

他伸出手说：“再见。”

女兵一般不喜欢与男兵握手，上次住院是他们第一次握手，这回是第二次。宽大的手掌,让祁莲觉得烫烫的,湿湿的。她的目光过于炙热,他又含笑低头。

“你下次来看病再找我,我给你多打几针……”

祁莲回头喊着,他笑了。

这天的晚上,徐闻香看着窗外皎洁的月光,辗转反侧。

第二十五章
家属探亲

这天，徐闻香与老乡室友徐彤交流完给团里举办培训班的事情，说起了私事。

“徐闻香，你帮我个忙。改天我家属要来探亲，到时候咱俩一起去火车站接一下。这里不是火车终点站，咱们站在车厢的两头等候，举着她的名字喊，免得她坐过站。”

徐闻香纳闷儿，问：“有这样接火车的吗？”

“你不明白，情况是这样的，我们也算认识四年了，可她长啥模样其实我都忘了。她是个中学老师。第一年老家人介绍我们认识，见了两次面我就回部队了，然后就是写信保持联系。第二年我没能休假。第三年探亲，我们提前写信约好在哪儿见面，才算碰上了头，要不走在马路上相遇，绝对不认识。第四年探亲又见了两次面，我厚着脸皮商量着把证给办了，简单地在招待所食堂请客喝喜酒，新婚第二天就归队了。现在又是大半年过去了，你说我万一认错了咋办？”

“既然你连模样都记不清，那肯定谈不上了解。”

“你说得是，怎么会了解？要是讲究谈恋爱过程，咱们当兵的就别想娶媳妇了。”

“呵呵。只能这样。”

“记得当时在家乡办喜酒，招待所食堂里摆上几张方桌、几条板凳，简简单单，我喝上两瓶啤酒就找不着门在哪儿了……对了，怎么老说我，你的情况呢？”

“这次我住院，遇见了祁莲，人相当不错，就是不了解她的想法，我们相隔又这么远。”

“你笨哪，先问她有没有对象，若有，就别瞎起劲；若没有，就大胆地去追。她的年龄也不小了，要不真会被人抢走。”

“我不是不好意思直截了当地问吗？凭感觉判断应该还是单身。她这个人特好，我特别想娶她这样的媳妇，问题是当今娶媳妇不光看本人的情况，还牵涉家庭条件。她现在在省城，我在这儿还不知会待多久呢。”

“你别优柔寡断了，得抓紧，在家乡也不好找，也是瞎蒙。”

“知道。你再说说，你和你夫人认识以后就靠写信相连？情书写些啥呀？”

“嘿，别提了，什么情书，其实就是工作以外的生活汇报，或者说流水账。说说最近打了几场球，吃了啥饭，跑了多少公里，等等，净是胡扯。实在没啥写的，就写‘东风吹，战鼓擂，这个世道谁怕谁’。她写什么呢，就写有几个学生逃学啦，偷看作业啦，也净是废话。”

在这个纯真的年代，谈对象没有什么卿卿我我，写信只能装模作样地写这些无关的内容，最多再加一些人生哲理或宏大理想，稍微隐藏一点真意。

“就靠这些娶媳妇？”

“那你要怎么着？你还想怎么怎么浪漫？”

“王建军为了显摆，还在宿舍里给我们朗读过情书呢，特有意思。”

“他读情书？那是他从小说中抄下来的吧。”

两人笑了起来。

军官每年的探亲假是一个月，因战备需要，不是都能休上的。在一个月内，探亲访友外，还要把个人的婚姻问题解决掉。这不是件容易的事，无功而返就要再隔上一年。因此，什么择偶标准、志趣相投、门当户对统统都成了废话，只要姑娘四肢健全、政审合格就能结婚，完全省略了相互了解的过程。先结婚后恋爱是部队里的正常现象，否则错过就更难找了。像徐彤和他的夫人就没有刻骨铭心的恋爱，没有花前月下的浪漫，完全凭着直觉定下终身。

徐彤这几天沉浸在幸福之中，脸上挂满笑容，路上遇见其他官兵，都乐呵呵地主动与人家招呼。

“徐参谋，电报！”

徐彤一震，慌了手脚，赶紧打开看。这回的急电是县城邮局的邮递员骑着自行车大汗淋漓地送上门来的。

看了电报，徐彤才知道自己的夫人千里迢迢过来探亲，谁知铁路被洪水冲垮了。夫人在邮局发的电报，可是现在人在哪儿呢？是在原地等，还是原路返回了？因为发份电报很贵，一般都字少，很难把事情讲清楚。

部队领导很重视，马上派了辆吉普车，让徐彤备足干粮和水，翻山越岭快速奔赴她发电报的城市车站去寻找。此时的徐彤早无闲情逸致，愁眉苦脸，寻思着她带着行李行动不便，住哪吃啥。这是一场遥远而艰辛的探亲，牵动着部队与家庭的所有相关人员。

两天后，徐彤找遍车站和旅馆，却无功而返。

“徐闻香，你去哨兵那里看看来了个什么人，南方口音。”

接到团长的电话，徐闻香立刻跑步到大门口。经过交流，确认是徐彤的夫人，便快速安排她到临时宿舍休息。按照部队多年来的标准，家属来探亲，部队临时给安排一间房，军人还能以优惠价买上一袋面粉和十斤菜油，如供应液化气有困难，就用煤油炉子克服一下。

等徐彤返回军营时，夫人发现英俊的小伙变得胡子拉碴，黝黑消瘦，一副疲惫不堪的样子，禁不住失声痛哭。这种曲折的历程真没法用语言描述，徐闻香也跟着眼泪汪汪。

徐彤的夫人胆大能干，铁路受阻后，她与几个旅客做伴，一起坐长途汽车来部队。长途跋涉，汽车颠簸，她几天没好好吃饭还呕吐不止，再加上高原空气稀薄，一来就倒在床上不能动弹了。初来高原的人都这样，要喝上几天粥汤，慢慢恢复才行。

又过了几天，徐夫人好点了，徐闻香前去拜访。

聊了一会儿，徐彤对夫人说："明天你和叶梅春几个来队家属一起到小溪边走走，散散心，看看我们种的花草和松树。山上现在可称得上是森林了，典型的西部风光。把你借的相机带上，一起照个相，我提前把胶卷装好。晚饭的话，就邀请家属们一起过来吃顿饺子，聚一聚，也算认识一下。"

"你们礼堂门口挺整洁的，到时候我们站在台阶上，你帮我们几个军嫂照个合影。"

"里面不让拍照，就在小溪边拍几张吧。"

徐彤结婚不到一年，夫人第一次来军营。他们把宿舍里两张单人床合在一起，再在写字台上放一盘喜糖，简单布置个"新房"，客人来就把盘子端上来补吃喜糖。他们借了几只小凳子备着给客人用。宿舍实在太小，一拨人来了前一拨赶紧走。徐夫人面若桃花，纤巧玲珑，温婉柔美，尤其是瓜子脸上水汪汪的大眼睛和樱桃小嘴，透出林妹妹式的江南女子的味道。

家属们一般都选择夏季到部队探亲，气温相对怡人。徐夫人来队后正遇上"八一"节。部队的"八一"节胜似过大年，会邀请军官家属们一起参加会餐。家属们没见过部队会餐是啥样的，觉得很新鲜。其实就是在简陋的食堂里聚餐，有十个菜，一瓶酒。

政治部主任讲话:"同志们、家属们,在这建军节到来之际,我代表师部党委,向全体官兵、全体家属,致以节日的问候!你们辛苦了!咱们一团藏龙卧虎、人才荟萃,军人与家属为我们的国防建设事业做出了重大的贡献,是当代最可爱的人……"

全场爆发热烈的掌声。

徐夫人倾听大家的交谈,体验了军营的生活气息。这里聚集着一批思想境界很高的优秀青年,他们虽然粗茶淡饭,但是非常满足。并非什么都可以用金钱来衡量,军人就是牺牲,就是奉献,为保卫国家在所不辞。她为自己的丈夫是一名军人,感到无比骄傲。

不到一个月的假期即将结束,又将饱受两地分居的相思之苦,徐夫人带着无限的离愁踏上归途。

"徐闻香,陆军医院让你去复诊。"营长接到电话后,转告徐闻香。

"是,谢谢营长!"

办好转院手续后,徐闻香来到了陆军医院复诊。这次复诊是做冷冻治疗,治疗后立即归队。做完治疗后,他的咽喉部很痛,没有吃饭,在长途汽车上他实在太饿,从挎包里取出饼干,打开水壶用冰冷的水把嘴里的饼干溶化了再咽下去。

第二天一早,"出操!"军号响起,官兵们整齐的步伐声回荡在山谷里。徐闻香跑着跑着,退出了队列——寒冷的空气让他咽喉更痛,呼吸困难。他退到宿舍里,心中久久不能平静:再这样下去不就得告别这座军营了吗,可他喜欢部队的生活,喜欢身边的战友,还喜欢……

冬天的大山上,稀疏的几棵树只剩下凌乱的枯枝,几片落叶被风任意肆虐,就像他即将告别的青春。

一天,徐彤转告徐闻香,说陆军医院的医护人员将改为文职人员,祁莲被调往边远的基层门诊部。不知祁莲怎么想的,徐闻香要去看看。

来到祁莲值班科室，祁莲一脸惊讶，非常客气。

“没吃饭吧？”

“是，我带了干粮。”

“我陪你到外面去吃点？”

“好。”

徐闻香很爽快地答应了。值班科室里大家正忙着，实在不适合说话。

这是一家清真面馆，一踏进去就能闻到浓浓的香味。祁莲给他点了一大碗，不放辣椒，上头飘着绿绿的香菜、蒜叶和几片牛肉，又去隔壁的美食店买了十只馅饼，给他带在路上吃。

徐闻香边吃边若有所思。祁莲就静静坐在那里，没有一句话，不像以前那样满脸灿烂。

“都怪我优柔寡断。你怎么被调走了？我和你重逢以后，一直在努力，争取能调到省城的部队来，目前已经有希望了。我还打算探亲休假时，陪你一起回家去割麦子……”

“那你为何不早点说？”

“我这不是总来这儿看病吗？我问你，你还有希望留在陆军医院吗？”

“调令已经出来了。我们就是一块砖，哪里需要哪里搬。”

两人沉默了。

其实徐闻香的呼吸系统已经不适合待在大西北了，做了冷冻治疗以后咽喉部就像扒了一层皮，他一直在担心，上级会不会让他转业。前路不清晰，让他在祁莲这事上始终犹疑不前。

第二十六章
转业返乡

祁莲的调动，让徐闻香一连几天闷闷不乐。三天后，他被政委叫到办公室。

政委态度异常和蔼，说："小徐啊，你在部队接受各种培训累计有七年之久，提干后还有战争经历，为部队做出了贡献，算得上是一名优秀的军人。"

"感谢组织上对我的培养！"

"都是你自己刻苦学习的结果。坐下。"

"政委，有啥任务您就讲吧。"

政委和团长沉默片刻。

政委说："还能有啥任务，每年到了这个时节我们最头疼。你是一名党员，有一定的政治觉悟……"

团长打断了政委的话，接着说："咱们也不去说那些大道理，有话直说，我们打算安排你转业，想听听你的意见，若有异议，我们重新考虑。"

徐闻香"啪"的一声立正敬礼："是，我服从命令。"口令响得就如奔赴前线一般，可心里却在隐隐作痛。

“得得得，你坐下。”政委说，“这回转业主要是安排老弱病残，你的身体情况可能无法适应特殊作战，所以希望你能理解。你是受党教育多年的老同志，当然明白部队的需要。”

徐闻香又一个立正：“是，我服从命令。”他首先想到自己在部队长期干下去的梦想要断了，其次想到与祁莲在一起的希望更加渺茫了……

团长说：“小徐，以前咱们老是讲‘生是部队人，死是部队鬼’，现在情况不同了，‘铁打的营盘，流水的兵’，部队就是这样的状况，必须正确面对和承受。我知道你在这里生活学习、摸爬滚打这么多年，突然让你走，你肯定不愿意。但是，就算不当这个兵，也能为部队的现代化建设添砖加瓦，在哪儿干革命不都一样？话说回来，改革开放已经搞得举世瞩目，而你的身体已经不适合在大西北，回到江南也会大有作为。你从一个不懂事的农村兵成长为一名文武双全的年轻军官，就说明了你们这批江南兵的实力和素养。希望你有信心。”

“是。”

“你有啥要求？”

“报告团长，要说有啥要求，我希望组织上能重新考虑我以前的处分，让我回地方后清清白白做人。几年前我探亲期间，部队要我提前归队，因天气与交通原因我迟到一天。”徐闻香不假思索地答复，这座大山多少年来一直压得他喘不过气来。

“我们看一下你的档案，了解情况研究以后再与你交换意见。”

“是。”

“还有，你觉得可行的话，先解密一段时间，也考虑一下去哪儿。”

“是，服从组织安排。解密期间我去看守旧营房。”

“好样的，站好最后一班岗。”

徐闻香离开办公室，团长和政委在办公室里皱着眉头，心事很重。前些日子他们还高兴，徐闻香所在连队取得了重大成绩，让一团在业务上露了露脸，团长还打算让他去军区参加交流会。一个普通兵经过漫长的锻炼取得如今的成绩是何等不容易，部队花费了多少心思，可是在讨论转业时，对象却是他。他的体检单上写着胃溃疡、肺炎、窦性心率过缓和脊柱侧弯等等，已经不能适应在高寒高海拔地区接受高强度的军事任务。

徐闻香来到很远的旧营区，宿舍里有两张床，一张桌，一只椅，桌上放了台小收音机。地上有一只煤炉，一口锅，还有一只水桶，桶里面是浑浊的溪水。军营四周荒无人烟，连个找人说话的机会都没有。在这里看管营房就像在一座孤岛上生活——《鲁滨逊漂流记》中的孤岛——更谈不上任何部队生活的节奏，徐闻香慢慢朝着普通百姓转变。

大半年期满后，徐闻香从旧军营返回部队，办理了转业手续，交回军官证，拿了一千多元转业费和几十斤全国通用粮票准备离开。

新营区有高大挺拔的杨树，步道边有格桑与菊花，花坛里是苹果树。十月，树叶花草已经泛黄并开始凋零，但秋芳尽老枯香在，他低头闻香片刻。从到训练大队开始，他已经换过多个营区，如今带着无尽的惆怅在这里结束十多年的军旅生涯。过去的一切是多么令人难忘。

清晨，徐闻香迎着朝霞，提着行李，穿着便装，边走边回头地走出宿舍。军帽和挂有军衔的军服整齐地叠放在行李包里。这身军服已经超出御寒的意义，它代表的是奉献，是荣誉，是梦想。即使脱下了永远还是一个兵，他将珍藏到永远。

大山、食堂、礼堂、宿舍、服务社、篮球场和办公楼等等都渐渐远去，十多年的军营生活已经植根心底，军旅的美妙音符在耳边久久回荡。徐闻香在这里描绘了一幅难忘的青春画卷，曾经的恩恩怨怨全部变得清纯甘甜。所有的军营往事汇成一条河流，这条河流名叫“成长”,在他的人生道路上奔流不息。

走到大门口,军号响起,他再次回望。上班时间已到,可这一切已经与他无关,徐闻香低头克制自己的情绪。三个哨兵似乎发现了什么,两个手持步枪的哨兵“啪”的一声以立正姿势行礼,腰别手枪的上尉哨兵则举手敬礼,笔挺站着,迟迟不放下手。几个哨兵认识他,以前他身板笔直,军服笔挺,金色的军衔和红色的领徽闪闪发光。徐闻香有点措手不及,想还礼,可没穿军服怎么还礼?最终他向哨兵深深地弯腰,泪珠开始往下掉,然后果断地扭头就走。

一股寒风袭来,徐闻香竖起衣领把脖子缩得紧紧的。

秋风渐冷,叶草初黄,溪畔青霜女。柳垂几许,一丝丝、漫着他乡情绪。倩谁细语?南飞雁、声声唤侣。怕月寒,薄了青衫,醒了思乡句。

曾踏西北云路。纵仙桥碧水,军营朱户。人归何处?岚烟袅、多少情怀倾赋。羞传尺素。更又惹、抱愁频顾。思恋深,心似秋痕,尽洒梧桐雨。

来到省城火车站,徐闻香被淹没在人群里。候车室里,坐着的,站着的,靠着的,到处是人。真不知哪来这么多的乘客,难道都和我一样?

“徐闻香——”

尽管徐闻香垂头丧气地低着头,祁莲和王建军还是在人海中找到了他,祁莲身穿文职军官军服,手里还拎着几个面包。

“我不是和你说过的吗,你有啥变动的话要和我说一声,要不是王干事告诉我……”

徐闻香见是祁莲赶紧迎上去,与她握手,眼睛都湿了。祁莲挥挥手让王建军稍离远点,她要单独说几句话。

“你,你怎么从大老远的过来送我?”

这何止十里相送啊,徐闻香激动万分。

"你管我是十里相送还是百里相送，你真不守信用！你去看守旧营房是不是故意不跟我联系，还一去就是大半年？"

徐闻香听了祁莲的埋怨，不禁想起叶塞尼娅与军官奥斯瓦尔多的对话。"这……这……"他结巴着不知说什么好。其实，徐闻香最喜欢听祁莲唱《花儿为什么这样红》。在这偏远荒凉的地方，再也没啥比一位西北姑娘亲口唱这首歌更美好了。

迟疑了一会儿，徐闻香鼓足勇气问她："你到基层门诊部后，有情况吗？"

"你知道我们门诊部只有几个人吗？我心里装着你，在乎你，可你优柔寡断，没有一次清晰的表示。咱们是否还有机会？我知道我再不说，你永远不肯说。"祁莲生气了，把面包塞到徐闻香手上。

"祁莲，你真是好人。你在我最困难的时候帮助我，爱护我，搀扶我。你正直、善良、干练，我何尝不想……可是我已经选择转业，转业就涉及户口迁移的问题，这将成为一个极为复杂的阻碍。咱们之间确实错过了机会，背后有纪律方面的原因，也有我自身的原因。我现在只有身上一千多元的转业费，除此之外一无所有。自从部队确定让我转业，我就没有和你再联系，是因为我觉得我配不上你，更不能耽误你。咱们要是在一起，将来的去向更成问题。……"

"那你打算就这样一直单着？"

"老家有人说对象，我答应了。"

"你看中人家了吗？"

"还没见面，照片看过了，看不看中又怎样……她跟你比差太远了。祁莲，说实话，自从你被调走后，我就学会要和人家表达清楚，避免再次伤害别人。已经和人家说好的事情，我不能随便改变，除非对方变卦，请你理解我。我从心底里感激你。真对不起。"

"那我呢？我比你还大一岁，该嫁未嫁，别提那些人说的话有多难听了。"

这话让徐闻香一震，似乎看到了她一颗痛楚的心。祁莲双手捂着脸，泪水从手指间滴了下来。军人的情爱在心底里埋藏得太深、太久，尤其在封闭的环境里，可现在还能回到从前吗？还能承诺吗？两人低着头，沉默了好一阵。

徐闻香又想起了张连长。组织上本来已经安排他转业，他可以解甲归田，再怎么贫穷也能和全家团聚在一起，而今却长眠在边境。也不知张连长的孩子、妻子、父母和兄弟姐妹，现在又是如何的情况？这一代军人用自己的鲜血和生命证明了在祖国召唤的时候，同样能和前辈一样奔赴战场，舍生忘死。军人也是普通人，为了心灵深处的梦想来到部队，虽然已经预料到这可能是一条崎岖之路，但从未停止对报国的向往。他们在普通岗位上尽心尽责，努力拼搏，用自己的青春年华竭尽全力地去维护边境的安全，没有虚度，没有遗憾。

祁莲说："你们团长在二号候车室，你要不要去看看他？"

"你说啥？啥意思？"徐闻香满脸紧张。

"你们团长今天也坐车走，政委在送他。"

"啥？他也转业了？我们团不是只有一个转业名额吗？"

"谁知道啊，他说要让年轻人上。他还问我怎么跟你认识的……"

"快快快，让我去看看他。"

徐闻香慌慌张张，刚刚挤出几步却停了下来。人群开始骚动，要检票上车了。前后左右的乘客纷纷站起来，拎着大包小包挤向检票口。

王建军挤过来拉住徐闻香，说："政委去送团长了，就让我来送送你。咱们战友一场，以前如有对不住你的地方，千万别往心里去。这次一别，不知啥时能再见面。"

"王干事，别这么说，咱们在一起这么多年相互照应真是不容易，是兄弟。"

分别的时刻到了，徐闻香真想拥抱一下祁莲。只是军人的素养阻止了他在大庭广众之下深情表露，对祁莲的感情仍然只能深深埋在心里。

一阵凄厉的西北风吹来，裹着人世间的喜怒哀乐，带着站台上的烟尘落叶，肆意乱转。徐闻香低着头眯着眼，失落地往车站里面走。视线逐渐模糊起来，他边走边回头，却什么也看不清楚，只觉得祁莲和王建军一直站在那里目送。

军营是人生梦想开始的地方，酸甜苦辣的军营生活凝聚成令人难忘的往事川流，荡漾起绚丽多彩的涟漪，令人回味，令人反思。

经过了无怨无悔的军营生活，徐闻香将踏上社会迎接新的挑战。

祁莲在门诊部的小院里阅读徐闻香的来信。

祁莲，你好！

我已回到地方工作。我们在部队的时候，经历了多少艰难困苦，挥洒了多少青春热血，在国家需要的时候，听从召唤，不辱使命，义无反顾地奔向最祖国需要的地方。我很幸运能和战友一起在大西北拼搏，也很高兴自己曾经对部队的进步与发展做了一点点贡献，至今我仍然为我曾是一名军人而骄傲。我想，你的想法必然与我是一致的，我们都在党旗下宣过誓。

我们都是军人，军人把理想交给国家，将信仰植根边疆，为了心中的梦想和国家的利益心甘情愿地牺牲自己的一切。对于命运可能的冷落，我们早已了然于胸。即使注定要汇入江河迎接风霜，即使面对现实的张狂，也要让心底的希望之花在拭去汗水与泪水的刹那间绽放，让赤诚的信念之果在奉献中衍生辉煌。

我坚定地相信，我们这些曾在部队磨砺过的军人，是最清纯和美丽的，有一颗痴心，有一颗善心，有一颗爱心。踏上从军路，用如火的意志追逐理想，用铿锵的号令锤炼自身。走过人生的